A Fêmea da Espécie

Joyce Carol Oates

A Fêmea
da Espécie

TRADUÇÃO DE
Paulo Reis

EDITORA RECORD
RIO DE JANEIRO • SÃO PAULO
2008

CIP-Brasil. Catalogação-na-fonte
Sindicato Nacional dos Editores de Livros, RJ.

O11f Oates, Joyce Carol, 1938-
A fêmea da espécie: contos de mistério e suspense / Joyce Carol Oates; tradução de Paulo Reis. – Rio de Janeiro: Record, 2008.

Tradução de: The female of the species
ISBN 978-85-01-07721-9

1. Ficção policial americana. I. Reis, Paulo. II. Título.

07-3816

CDD – 813
CDU – 821.111(73)-3

Título original norte-americano:
THE FEMALE OF THE SPECIES: TALES OF MYSTERY AND SUSPENSE BY JOYCE CAROL OATES

Copyright © 2005 by The Ontario Review, Inc.
Publicado mediante acordo com Harcourt, Inc.

Ilustrações de capa e miolo: Cavalcante
Composição: Glenda Rubinstein

Todos os direitos reservados. Proibida a reprodução, no todo ou em parte, através de quaisquer meios.

Direitos exclusivos de publicação em língua portuguesa somente para o Brasil adquiridos pela
EDITORA RECORD LTDA.
Rua Argentina 171 – Rio de Janeiro, RJ – 20921-380 – Tel.: 2585-2000
que se reserva a propriedade literária desta tradução

Impresso no Brasil

ISBN 978-85-01-07721-9

PEDIDOS PELO REEMBOLSO POSTAL
Caixa Postal 23.052
Rio de Janeiro, RJ – 20922-970

EDITORA AFILIADA

Para Lisa e Otto

Sumário

Que Deus me ajude 9

O espectro 43

Boneca: um romance do Mississippi 55

Fantoches na avenida 79

A assombração 95

Fome 109

Diga que me perdoa? 155

Anjo da ira 193

Anjo da piedade 217

Que Deus me ajude

1.

O telefone toca. Minha prima Andrea atende.

Cai um temporal. É uma noite no meio da semana, em abril passado. São apenas sete e pouco, mas está escuro como se fosse meia-noite.

Andrea nem olha para mim. Ela pega o aparelho como se estivesse em sua casa, e não na minha. Passa a filha pequena para o quadril esquerdo, de um jeito que lembra as retirantes caipiras das fotografias clássicas de Walker Evans na década de 1930.

O telefone toca! Mais tarde, vou desejar ter arrancado o aparelho da mão dela e desligado com força, antes que alguma palavra fosse trocada.

Mas Andrea já está respondendo, naquele tom escolar de quem deseja ser surpreendida. Nem confere o identificador de chamadas que meu marido, um agente da lei no município de St. Lawrence, instalou justamente para ocasiões como essa. Ele pegou o turno da noite e eu, sua jovem esposa, estaria sozinha nesta casa no campo, se por acaso Andrea não houvesse aparecido com o bebê e interferido na minha vida.

– Alô. Quem é?

Andrea ri, piscando com olhar vago. Percebo que ela ficou intrigada com a pessoa que está do outro lado da linha, seja lá quem for.

Confiro a legenda digital, e vejo: INDISPONÍVEL. Às vezes o aparelho diz SEM NÚMERO. Significa o mesmo que INDISPONÍVEL. É melhor a gente nem atender. Eu, pelo menos, não atendo. Aqui em Au Sable Forks, que é o centro e a circunferência do meu mundo, todos se conhecem desde o primeiro grau. É raro aparecer um nome desconhecido. Eu posso contar nos dedos de uma só mão as pessoas que provavelmente me ligarão a essa hora, ou a qualquer outra. Por isso, normalmente pensaria que o telefonema era para meu marido, e faria INDISPONÍVEL deixar um recado na secretária eletrônica.

INDISPONÍVEL pode ser qualquer um. Se diante da sua casa aparecesse um sujeito corpulento usando uma touca ninja... você abriria a porta?

Tenho vontade de torcer o pescoço de Andrea, ao ver como ela sorri e balança a cabeça.

– Mas *qual? Quem?* – pergunta ela, escancarando a porcaria da porta.

Eu até me arrependo de ter ligado hoje à tarde, insinuando que estava me sentindo solitária.

Que temporal! Esse tipo de chuva fica martelando a nossa cabeça, feito um monte de pensamentos indesejados.

Andrea me passa o telefone, dizendo em tom baixo e vibrante:
– A pessoa não quer se identificar. Mas acho que é o Pitman.
Pitman! Meu marido. Seu primeiro nome é Luke, mas ele é chamado de Pitman por todo mundo.

Andrea estremece quando me passa o aparelho. Esse tal tremor entre ela e Pitman vem desde antes de nosso casamento. Quando estou desconfiada, penso que o negócio pode ter começado antes que eu conhecesse Pitman. Eu tinha 14 anos de idade e era uma ótima aluna que jurara permanecer virgem a vida toda. Mas nunca interroguei qualquer um dos dois sobre isso.

Pitman diz que meu pai injetou o orgulho da família Rayburn em minhas vértebras. Que por isso eu caminho como se tivesse um

cabo de vassoura enfiado no rabo. E que por isso sou tão dura na cama. Mas é só brincadeira dele.
— Alô. Quem está falando, por favor?
Resolvo me manter fria e tranqüila, pois Pitman e eu nos despedimos hoje de manhã cedo com palavras ásperas, lançadas no ar feito cascalho. Meu marido é conhecido como um homem que explode de raiva facilmente. Mas quando a explosão passa, às vezes poucos minutos depois, ele espera que eu ria, perdoe e esqueça, como se nada doloroso houvesse acontecido. Pitman é um piadista inveterado. Já me passou vários trotes telefônicos. Portanto, estou preparada para escutar sua voz rouca e grave, subitamente íntima junto ao meu ouvido, dizendo:
— É a dona da casa, esposa do senhor Pitman?
Como se estivesse jogando pingue-pongue, eu logo rebato:
— Quem é o senhor? Eu não falo com desconhecidos.
Quem vive mais de quatro anos com um homem, depois de passar três anos loucamente apaixonada por ele, deveria ao menos reconhecer a voz do sujeito ao telefone. Para disfarçar, porém, o diabo do Pitman deve ter colocado pedregulhos na boca. Ou então cobriu o bocal com um pano qualquer. E pronuncia o A aberto, feito um canadense! Além disso, ele está me deixando nervosa, de modo que eu não consigo pensar com a clareza costumeira.
— Que tom mais empolado, minha senhora! Lembra até a velha família Rayburn — ralha a voz.
Isso me convence de que se trata de Pitman. Quem mais poderia ser? Meu rosto está acalorado. Eu começo a lacrimejar como sempre faço diante de qualquer emoção forte, suando pelo corpo todo. Detesto que Pitman provoque esse efeito em mim, ainda mais diante da minha prima.
— Esse tal Pitman é um elemento de tamanho e reputação consideráveis? — indaga a voz.
Acho a pergunta bastante estranha, e respondo:
— O Pitman é um agente da lei com uma reputação dúbia, um gozador cruel que estou pensando em denunciar às autoridades.
As brincadeiras que faço com Pitman nunca são tão inspiradas ou fáceis quanto as que ele faz comigo. É como se estivéssemos lu-

tando em nossa cama. Mas eu sou uma magricela de apenas 50 quilos, metade do peso dele.
— Espere um instante, gatinha... que autoridades? — responde a voz depressa, como que alarmada.
Eu ouço *gatinha*, e penso que só pode ser Pitman. Quando ele fala *gatinha*, parece que me tocou entre as pernas. Qualquer barreira de gelo que tenha se erguido entre nós começa a derreter rapidamente.
— Ele sabe quais! Portanto, é melhor parar de brincar — digo, já falando mais alto.
Num tom alarmado, mas que pode ser falso ou autêntico, a voz diz:
— Que autoridades? O xerife? A polícia?
— Que inferno, Pitman! Pare com isso — digo eu.
Mas a voz insiste:
— Esse tal Pitman vive armado e é altamente perigoso, gatinha?
Há algo esquisito na dicção dessa pergunta. Sinto uma tonteira súbita... *não é Pitman*... e minha garganta se fecha.
A voz rouca e áspera continua a provocar, dizendo no meu ouvido:
— Foda-se o Pitman, gatinha... que roupa você está usando?
Eu bato o telefone com força.
Andrea segura minhas mãos, que parecem de gelo, e diz:
— Lucretia, não era o Pitman? Eu tinha certeza de que era.

Andrea acha que eu devo denunciar o telefonema. Eu concordo, e digo que vou contar tudo a Pitman. Ele pode fazer a denúncia. É um agente da lei. Vai saber como devemos agir.

Examinadas mais tarde, as coisas que nós fazemos quando estamos loucamente apaixonadas causam espanto. E até uma espécie de orgulho. Deixam qualquer pessoa pensando: "Não pode ter sido eu... não sou assim."
Quando me casei com Pitman, meu pai me deserdou. Papai acreditava que Pitman lançara uma espécie de feitiço sobre mim. Eu já não era a filha dele. Deixara de ser algum tempo antes.

Meu pai era um homem teimoso, mas eu também era teimosa. Casei com Lucas Pitman aos 18 anos. Já tinha idade suficiente para casar legalmente no estado de Nova York, mas não para ser friamente descartada por um pai tão adorado. Eu passei a acreditar que odiava Papai, e isso era verdade. Mas também tinha amor por ele, e jamais perdoaria aquilo.

Minha mãe reprovava Pitman, é claro. Mas sabia que não adiantava me proibir de casar com ele. Vira que Pitman já me fisgara, lançando seu "feitiço" sobre mim. Percebera isso muito antes de Papai. Quando eu ainda tinha 14 anos, na realidade. Quando eu ainda era uma loura pálida e magricela, de olhar matreiro. Quando eu ainda acreditava que, só por ser a melhor aluna do segundo ano na escola secundária de Au Sable, não podia estragar minha vida feito as pobretonas que moram em trailers nas montanhas Adirondack.

Mas eu nunca cheguei a engravidar. Pitman cuidou disso.

Quando nós nos conhecemos, Luke Pitman era o mais jovem xerife auxiliar do município de St. Lawrence. Tinha 23 anos. Fora contratado depois de cursar a academia de polícia em Potsdam. Antes disso, servira na Marinha. Tinha parentes espalhados pelo município inteiro, a maioria deles com uma reputação. Ter uma "reputação" é algo ruim, exceto quando se sabe que essa reputação significa integridade, honestidade, ética profissional e moral cristã. Por exemplo, Everett Rayburn, meu pai, tinha uma reputação nos arredores do município de St. Lawrence como um empreiteiro e construtor "honesto". Everett Rayburn era "confiável", "sincero" e "decente". Só os abastados podiam contratar os serviços dele. Por sua vez, Papai podia contratar os melhores carpinteiros, pintores, eletricistas e bombeiros. Ele não era arquiteto, mas projetara nossa casa, que era a mais imponente de Au Sable Forks. Tinha vários níveis, num estilo que misturava o contemporâneo com o tradicional, e ficava na alameda Algonquin. Na escola, eu era obrigada a ser amiga das poucas crianças "ricas", e detestava isso, porque me dava muito melhor com as pobretonas que moravam nos trailers.

Havia membros da família Pitman que moravam em trailers, e outros que moravam em velhas fazendas decadentes pela região. O próprio Pitman nascera em Star Lake, nas montanhas Adirondack, mas abandonara a casa dos pais aos 15 anos. Ele me contou que detestava viver perto de outras pessoas, e que para o nosso casamento durar eu precisava lhe dar "espaço".

Logo de cara eu perguntei se ele também me daria "espaço". Ele puxou o meu rabo-de-cavalo e disse:

– Isso depende, gatinha.

– Então tem uma lei para você, mas uma lei diferente para mim?

– É isso aí, gatinha.

Você não conseguia argumentar com Pitman. Ele parava sua boca com a boca dele. Você tentava falar e ele sugava sua respiração. Você tentava ficar séria, e ele ria de você.

Meu primeiro encontro com Pitman já foi uma história e tanto. Uma história que eu só contei para Andrea, mais ninguém.

Eu estava voltando para casa de bicicleta, depois de visitar Andrea no campo. Ela morava a mais de dois quilômetros de Au Sable Forks, que é apenas uma aldeia e não uma verdadeira cidade. Durante o verão, Andrea e eu nos visitávamos de bicicleta o tempo todo. Era uma espécie de programa. Andrea sempre precisava executar mais tarefas domésticas do que eu. Já a minha bicicleta era mais nova e rápida do que a dela. Como eu vivia entediada e inquieta, geralmente era eu que pegava a bicicleta. Ia pedalando num ritmo lento e sonhador, deslizando quando podia. Nem prestava muita atenção aos carros e picapes que desviavam para me ultrapassar.

Era final de agosto, e fazia um calor entediante. Eu estava usando um short branco, uma camiseta verde da Gap e sandálias havaianas. Mas não era tão nova quanto parecia. Meu rabo-de-cavalo louro pálido ia até o meio das costas. As unhas dos pés estavam pintadas de um verde cintilante que Papai exigia que eu cobrisse com meias ou sapatos durante as refeições. Talvez eu estivesse sorrindo e pensando nas zangas, possivelmente fingidas, de Papai diante de qualquer "infração" das regras caseiras cometida por mim, quando Pitman apareceu a bordo de um carro com o letreiro XERIFE MUNICIPAL DE ST. LAWRENCE. Eu não dei muita atenção ao veículo, que se aproximou por trás, até que uma voz masculina surgiu do nada, dizendo:

— Você aí, menina... tem carteira para guiar essa bicicleta? Eu não conhecia Pitman nessa época. Não sabia que existiam as famosas "gozações do Pitman". Fiquei tão assustada que quase bati com a bicicleta. Lá estava aquele policial, fazendo cara feia para mim na janela do carro. Ele não estava sorrindo. Usava óculos de aviador tão escuros que era impossível ver seus olhos. Mas dava para ver que não eram olhos amistosos. O cabelo de Pitman era preto feito pixe, cortado rente dos lados e atrás da cabeça, mas com tufos compridos em cima feito o dos roqueiros. Para mim era impossível calcular a idade dele. Eu estava tão apavorada que mal conseguia focalizar o olhar.

O que aconteceu a seguir sempre passou a ser narrado às gargalhadas por Pitman nos anos futuros... acho que era mesmo engraçado! Ele exigiu ver minha "carteira de ciclista". Eu gaguejei, dizendo que não tinha. Nem sabia que precisava ter carteira para andar de bicicleta. Era uma menina de 14 anos de idade, e fiquei apavorada feito uma criancinha, chamando Pitman de "senhor" e "xerife". Ele mal conseguia reprimir o riso. Mais tarde Pitman contou que já me vira andando de bicicleta ali na rodovia Hunter mais de uma vez. Que eu parecia estar num mundo de sonhos, pedalando aquela bicicleta cara. Que eu não ligava para os outros veículos, mesmo quando passavam perto de mim. Ele vira ali uma princesinha loura que precisava de uma boa sacudidela.

Eu não percebi que aquilo era gozação. Pitman me apertou, perguntando meu nome, o nome do meu pai, qual era a profissão dele, onde eu morava e qual era meu telefone. Parecia estar anotando tudo isso num bloco. E estava. Eu fiquei montada sobre a bicicleta, com os pés apoiados na estrada, tentando reter as lágrimas e olhando para ele. Pitman me fascinara tanto que parecia que a terra se abrira diante de mim. Eu me sentia escorregando e caindo lá dentro. Ele deve ter visto meus joelhos magricelas tremendo, mas continuou me interrogando impiedosamente.

Papai dizia que Pitman lançara um feitiço sobre sua filha única. Quando queria ser maldoso, dizia que o feitiço era sexual. Eu até concordo. Pitman exerce um poder sexual sobre meninas e mulheres. Mas eu juro que não era só isso. Pitman tinha uma alma que podia ser entrevista nos olhos ou sentida no calor da pele, dependendo do humor dele. A alma era pura chama, uma estranha felicidade selvagem que corria por dentro dele feito eletricidade. Tocar naquilo era perigoso, mas a gente precisava tocar!

Não dá para tirar os olhos dele... Pitman é lindo.

– Mas então, Lucretia Rayburn... como você é menor de idade, acho que posso dispensar sua ida até a delegacia. Talvez eu lhe dê só uma multa.

A essa altura, a maior parte do sangue já sumira do meu rosto. Meus lábios deviam estar brancos feito neve. Eu tremia e lutava contra as lágrimas. Fiquei muito grata por Pitman ter pena de mim. Mas antes que eu pudesse agradecer, ele pareceu lembrar-se de algo subitamente. Então perguntou quantos anos aquela bicicleta tinha, onde fora comprada e quanto custara.

– Deve ser uma bicicleta bastante cara, Lucretia. Parece um daqueles modelos usados nas montanhas. Você tem a nota fiscal de compra para provar que isso não foi roubado, menina?

Nesse momento eu quase entrei em pânico. Fui obrigada a falar que não tinha a nota de compra ali, mas que meu pai talvez tivesse em casa. Eu poderia ir para casa, por favor? Pitman balançou a cabeça com gravidade, dizendo que sua única alternativa era "confiscar" a bicicleta e me levar até a delegacia.

– Precisam tirar suas impressões digitais, Lucretia, e conferir no computador se você é uma criminosa fichada. Pelo que eu sei, você pode nem ser Lucretia Rayburn. Talvez esteja apenas se passando por ela.

Eu comecei a gaguejar, dizendo:

– Não, por favor, xerife, por favor...

Mas Pitman já saiu do carro e assomou sobre mim, com a testa franzida e um ar severo. Ele tem quase um metro e noventa de altura. É um rapaz musculoso, com um uniforme azul-prateado, um distintivo dourado, um cinturão de couro e um coldre. Quando vejo que no coldre há uma arma, um zumbido surge nos meus ouvidos como se eu fosse desmaiar. Pitman segura meu braço com firmeza, mas sem fazer força, e vai me levando até o banco do carona no carro. Faz com que eu sente ali feito uma menininha, e não uma garota de 14 anos com pernas finas e um rabo-de-cavalo glamouroso até o meio das costas. Ele nota o cintilante esmalte esverdeado nas unhas dos meus pés, mas não faz comentário algum. Tira do cinturão um par de algemas metálicas feitas para adultos, e diz com expressão grave:

— Preciso algemar você, Lucretia. É para sua própria proteção.

A essa altura eu já estou morta de vergonha. Não consigo imaginar o fim daquele pesadelo. Pitman puxa meus braços, arrepiados de medo dele, delicadamente para trás. Depois encaixa e fecha as algemas. Cada uma tem o dobro do tamanho do meu pulso! Mesmo assim, eu não percebi que ele estava me gozando. Na casa da minha família não havia muitas gozações. Lá eu era a única criança, uma filha temporã tão valorizada pelos pais que parecia ter uma doença ou deficiência secreta. Mais tarde, Pitman contou que ficou com medo que eu fosse débil mental. Que só parecesse ser uma princesa loura normal com os olhos castanhos mais lindos e doces que ele já vira.

— Há algum problema com essas algemas, Lucretia? Você não está resistindo à prisão, está?

Era uma cena cômica. Eu sentia tanto medo daquele homem uniformizado diante de mim que na realidade estava tentando impedir que a porcaria do par de algemas escorregasse e caísse dos pulsos atrás das minhas costas.

Pitman finalmente deu uma gargalhada, e eu percebi que ele não estava falando sério. Nada daquilo era sério. A risada de Pitman não é cruel como as dos garotos da minha idade. É um riso masculino com certa ternura, que inunda o meu coração de calor. Acho que eu me apaixonei por Pitman naquele momento. Aquele xerife auxiliar do município de St. Lawrence me assustara para diabo, mas agora virara meu salvador e impedira que eu me afogasse.

— Como eu posso prender você, menina, se essas porcarias de algemas não servem? É melhor deixar você ir embora de uma vez.

Eu continuo sentada ali por um instante, aturdida. Parece que o pesadelo terminou. Eu nem acredito que estou livre.

Formado por óleo capilar, tabaco e chiclete de menta, o cheiro daquele homem é forte e pungente nas minhas narinas. O contato com aquele homem permanecerá comigo por muito tempo. Um desconhecido tocou nos meus braços desnudos! Por último, Pitman assume um ar sério e fala que nem vai escrever um relatório.

– É melhor manter isso em segredo entre nós, Lucretia.

Pitman entra no carro da polícia e vai embora. Mas eu sei que ele está me vigiando pelo espelho retrovisor. Ainda trêmula e envergonhada, monto na bicicleta e saio pedalando atrás dele. Sinto minha camiseta da Gap úmida de suor. Sinto os músculos se tensionarem nas minhas pernas desnudas enquanto pedalo a bicicleta. E sinto a emoção no meu coração acelerado.

Algo aconteceu! Virei alguém especial.

Três anos, dois meses e 11 dias depois das algemas, Pitman e eu nos casamos.

Papai me deserdou, e tanto melhor! *Ele* também foi deserdado por mim.

Uma esposa deve ser leal ao marido e abandonar todo o resto. Eu penso assim.

Mamãe ficou magoada, de coração partido, furiosa feito uma galinha molhada. Mas não podia deixar de comparecer ao casamento da única filha. Em segredo, ela própria nutria certa afeição pelo xerife auxiliar Lucas Pitman.

Era difícil resistir quando Pitman queria fazer alguém gostar dele. Mesmo daquele tamanho todo, ele tratava Mamãe com toda a deferência. Era "senhora" para cá e "senhora" para lá, como se ela fosse a dama mais graciosa que ele já conhecera. Provavelmente era mesmo. Pitman falava "senhora" com tanta cortesia que parecia filho dela, e então Mamãe esquecia as objeções que estava tentando fazer.

Até que um dia Mamãe me abraçou e admitiu:

– Seu marido realmente adora você, Lucretia. Talvez nada mais interesse.

– Para mim nada mais interessa, mamãe.

Falei até com certa dureza. Em matéria de fidelidade, uma esposa deve ser leal ao marido, e reticente com a mãe. Qualquer outra coisa é traição.

Tivemos uma casa de lua-de-mel. Era um bangalô de inverno, alugado fora da cidade. Pitman assobiava, pintando o exterior de azul-claro, mas depois de secar, a cor ficou mais berrante do que a amostra indicava. Eu ainda fiz uma confusão pintando os cômodos por dentro de amarelo-pálido e marfim. O quarto diminuto mal conseguia acomodar nossa cama, que era feita de um metal barulhento e fora comprada na liquidação de uma fazenda. Era uma cama para um homem enorme e uma garota miúda, que eu me esmerava em forrar com os melhores lençóis, travesseiros com penas de ganso e um lindo edredom antigo em tons de roxo e lavanda. Pitman e eu vivíamos nessa cama, mais vezes por dia do que só à noite.

Só por coincidência, nossa casa de lua-de-mel ficava perto da rodovia Hunter, nos morros a leste de Au Sable Forks, com o monte Hammer a distância. O quarto dava para um braço do córrego Au Sable, que rumorejava feito uma ventania quando o nível da água estava alto e gotejava feito um pinga-pinga quando estava baixo ao fim do verão. Nossa casa ficava exatamente a quatro quilômetros da casa dos meus pais na cidade.

Alguns meses depois que nós viemos morar aqui, Pitman foi escalado para um plantão novo, mais longe e em outro horário. Ele e seu parceiro passaram a patrulhar aldeias montanhesas em encruzilhadas, como Malvern, North Fork, Chaprondale, Stony Point e Star Lake. Pela atitude zangada de Pitman, eu era obrigada a pensar que ele não estava satisfeito com o tal plantão, mas ele brincava dizendo:

— Qualquer policial espera acabar no meio dos morros, mesmo...

Um agente da lei precisa ser cruel para brincar desse jeito com a esposa, mas Pitman era assim. Quando via minhas lágrimas, ele se arrependia. Limpava meus olhos com os polegares enormes, beijava minha boca com força e dizia:

— Não se preocupe, gatinha. Ninguém vai acabar *comigo*.

Isso era provável. Pitman não tinha medo de coisa alguma. Mas também era astuto e sabia se cuidar.

Uma noite dessas foi um momento de virada, como eu perceberia mais tarde.

Pitman chegou em casa depois do plantão noturno fedendo a cerveja. Desabou na nossa cama ainda parcialmente vestido, e depois me abraçou com tanta força que minhas costelas quase quebraram. Ele não me acordara de verdade, pois eu estava só fingindo. Pitman não gostava que eu ficasse esperando por ele preocupada, de modo que eu sempre fingia estar dormindo, mesmo com o abajur e o televisor ligados. Naqueles primeiros meses, eu agradecia só por meu marido voltar para casa, sem ser baleado ou atropelado por algum maníaco. Eu perdoaria Pitman por tudo, ou quase tudo.

Ele escondeu o rosto acalorado no meu pescoço. Estremeceu feito um cavalo atormentado por moscas e disse:

– O negócio lá em Star Lake, gatinha... foi feio.

Star Lake. A cidade natal de Pitman. Ele tinha parentes lá, mas guardava distância deles. Houvera um assassinato seguido de suicídio numa cabana acima de Star Lake. Os detetives do departamento do xerife estavam investigando. Por outras fontes, que não Pitman, eu soubera que um sujeito de Star Lake estrangulara a esposa e depois se matara com uma arma de fogo. Não ouvira falar no envolvimento de qualquer Pitman, e nem queria ouvir. Pitman tinha muitos parentes com nomes que eu desconhecia, até alguns na Reserva Indígena Tuscarora.

Eu já aprendera a não pressionar Pitman sobre certos aspectos do seu trabalho, ou até da sua vida pessoal. Ele prometera sempre me contar tudo o que eu precisasse saber. Mas não me perturbaria com as coisas chocantes que visse, ou com coisas que uma mulher não desejaria saber. Os agentes da lei são assim. Eles não respondem perguntas. Fazem perguntas. Quando você pergunta algo, vê surgir um brilho feito aço nos olhos deles, avisando que é melhor recuar.

Pitman perguntou se eu sabia o que era um garrote. Eu disse imediatamemte que não, embora na realidade soubesse. Mas também sabia que ele não desejaria que sua esposa de apenas 18 anos, com o segundo grau concluído poucos meses antes, soubesse algo assim. Pitman ergueu o corpo sobre os cotovelos e me encarou. Ele tinha olhos de cavalo, que pareciam grandes demais para o rosto. Eram olhos lindos, escuros e penetrantes, com uma borda branca acima da íris. Aqueles olhos serviam para expressar humor, espanto e fúria. Não serviam para deixar você à vontade.

Pitman disse:

— O garrote é um negócio usado para estrangular. É feito de duas coisas. Uma corda ou um cachecol que você enrola na garganta de alguém, e uma vareta ou um bastão para você torcer a corda ou o cachecol. Assim não é preciso tocar na garganta da pessoa.

Mas Pitman estava tocando na minha garganta. Ele tinha mãos grandes e fortes. Estava rodeando minha garganta com os dedos e polegares, apertando de vez em quando. Sem força demais, mas com força suficiente.

Eu ri e dei um empurrão nele. Não ia ficar assustada com as gozações de Pitman.

Perguntei se a mulher de Star Lake fora estrangulada assim, mas Pitman ignorou minha pergunta, como se não tivesse ouvido. Continuou por cima de mim, olhando para meu rosto. Eu lembrei que na cerimônia de casamento ele ficara me olhando de esguelha, piscando quando nossos olhares se cruzavam. Como se houvesse uma chama rápida de compreensão somente entre nós dois. Como se Pitman estivesse pensando naquele primeiro segredo entre nós, quando ele me algemara no carro da polícia lá na rodovia Hunter.

Como Pitman fora audacioso! Arriscara o diabo tapeando daquela forma uma garota de 14 anos. Abusara de sua autoridade. Se tivesse nome, aquilo seria chamado de *assédio sexual*. Mas Pitman acreditava que estávamos destinados a nos encontrar. Naquele dia ou em outro, numa cidade pequena como Au Sable Forks, nós nos conheceríamos e nos apaixonaríamos.

É claro que eu nunca contara aquilo aos meus pais. Aquela história fora o grande segredo da minha meninice, pois marcara o fim dela. Jamais contei aquilo a alguém, exceto minha prima Andrea, mas nessa época eu já tinha 17 anos e estava cursando a última série do segundo grau. Surpreendi meus pais e professores quando resolvi não fazer faculdade. Era o que eu sempre planejara e o que todos esperavam de mim.

Mas nessa época eu já ficara noiva de Pitman em segredo. E em segredo fazia amor com ele sempre que podia.

Ele parecia cuspir as palavras que lhe ocorriam, enquanto dizia:
— Fazer um garrote exige tempo. Exige planejamento. Sempre que alguém garroteia uma vítima, é um ato premeditado. A coisa tem uma finalidade doentia, Lucretia. Você nem sabe o que é isso.

Eu nem sei mesmo, cacete! Estava tentando não entrar em pânico, enquanto afastava as mãos de Pitman da minha garganta, agarrando os grandes polegares dele com as duas mãos, como se fosse uma criança. Não era a primeira vez que Pitman punha as mãos em mim de forma assustadora. Mas era a primeira vez que não estávamos fazendo amor. A primeira vez que não parecia ser por acaso.

Pitman disse:
— Se você garroteia alguém, pode estrangular a pessoa até ela desmaiar, e depois reanimar a pessoa. Pode estrangular a pessoa até ela desmaiar novamente, e depois reanimar a pessoa. Você não exerce pressão alguma com suas mãos. Você poupa suas mãos. É um método cruel, mas eficaz. Era assim que os espanhóis costumavam executar os prisioneiros condenados. Mas aqui nos Estados Unidos é raro.

Isso era um discurso longo para Pitman. Ele estava mais bêbado do que aparentara inicialmente, e muito cansado. Eu sabia que não devia demonstrar qualquer nervosismo, pois isso ofenderia Pitman, que se julgava meu protetor. Então eu simplesmente ri, afastando suas mãos da minha garganta com mais firmeza. Depois ergui o corpo desajeitadamente para dar um beijo nele.

— Huuummm, Pitman, vamos deitar. Nós dois precisamos dormir.

Ajudei Pitman a tirar mais algumas roupas. Ele estava todo mole, feito um peixe grande. Quando finalmente consegui me inclinar e desligar o abajur, Pitman já dormia, roncando.

Foi nessa noite que o pensamento me ocorreu pela primeira vez: "Eu estou presa num garrote."

2.

– Que reportagem horrorosa! Essa gente...
Minha mãe falava com repugnância e desdém. "Essa gente" significava gente envolvida em mortes descritas nos jornais locais. Gente de um tipo que a família Rayburn não conhecia.

Eu estava na cozinha da minha mãe, lendo o semanário local. Por alguma razão, o exemplar da nossa casa não fora entregue. Na primeira página havia uma reportagem sobre o assassinato seguido de suicídio em Star Lake, vinte quilômetros a leste dali. O nome era Burdock, e não Pitman. Eu resolvi que não investigaria se os dois eram parentes. Pelo meu raciocínio, as aldeias montanhesas como Star Lake são tão pequenas e isoladas que os habitantes têm mais probabilidade de serem aparentados entre si do que em outros lugares. Eu preferia não saber se Pitman era parente do tal Amos Burdock, que assassinara a esposa e depois se suicidara.

– Na realidade, nem terminei de ler isso – disse minha mãe, empurrando um prato na minha direção. O destino das mães é nos seduzir com biscoitos caseiros que evocam nossa infância perdida, mas eu não queria comer, pois preferia guardar meu apetite para as refeições que fazia com meu marido. – O Pitman é que deve saber tudo sobre isso. Ele está investigando o caso?

A reportagem não mencionava garrote algum. Mas o legista concluíra que a morte da vítima feminina, a esposa, fora por estrangulamento. O garrote era uma informação secreta, evidentemente. Conhecida apenas por alguns indivíduos.

– O Pitman não é detetive, Mamãe. Você sabe disso. Portanto, não.

Ele estrangulava, e reanimava. Estrangulava, e reanimava. Fora assim que Pitman me gozara na rodovia Hunter. Ele me assustava, e depois parecia ficar com pena. Depois me assustava novamente. Assustava de verdade. E depois ficava com pena.

É melhor manter isso em segredo entre nós, Lucretia.

A música predileta de Papai é ópera. Eu cheguei a saber de cor sua ópera favorita, "Don Giovanni", pois passei a vida toda escutando aquilo. Ele também nos levava a qualquer montagem de peças de Shakespeare num raio de oitenta quilômetros, e durante vários verões nós fomos ao Festival de Shakespeare na cidade de Stratford, em Ontario.

Para Papai, "Don Giovanni" e Shakespeare eram recompensas pelo tempo que ele passava no mundo "lá fora", lidando com homens, fregueses e empregados. Lidando com material de construção. Ganhando dinheiro. Pitman parecia dar muito valor a dinheiro. "Seu velho é milionário, gatinha. Por isso você é tão metida a besta. Também, que diabo... quem pode, pode."

Quando eu queria irritar Papai, dizia que o mundo não era Mozart e Shakespeare. O mundo era música caipira, tevê a cabo, supermercado Wal-Mart, revista *People*. Eu sabia que tinha razão, e ele ficava com o rosto avermelhado. Eu era boa aluna e filhinha-de-papai, mas também era meio gozadora, feito ele próprio. Papai é um cinquentão ainda bonito. Tem uma barriga alta e dura que parece uma bola de futebol embaixo da camisa, geralmente de algodão, branca e engomada. Seu cabelo embranqueceu prematuramente e sempre é aparado pelo barbeiro na terceira sexta-feira do mês. Papai preferiria perder uma chuveirada matinal diária a uma sexta-feira na poltrona do barbeiro.

Eu sabia que tinha razão, mas ele nunca concordava.

– Nada disso, Lucretia. O mundo é "Don Giovanni", e o mundo é Shakespeare. Sem a beleza.

Nada disso, Papai. O mundo é muito belo. Para quem tem sorte no amor.

Durante muito tempo, eu acreditei nisso. Acho que acreditava.

Assim que casei com Lucas Pitman, percebi que o homem era *vigilante*.

Ele ligava do celular várias vezes por dia. Quase sempre do carro da polícia. Baixava o tom sensualmente e dizia:

– Minha princesinha nunca sai do meu radar...

Perguntava onde eu estava e o que eu estava fazendo. Que roupa estava usando. O que eu estava pensando. Eu estava me tocando? Onde? Pitman tinha orgulho da sua esposa, aquela princesinha loura. Eu era a filha mimada de um ricaço, e ele me seduzira. Dormira comigo enquanto eu cursava o segundo grau. E casara comigo assim que eu fizera 18 anos. Ainda por cima, eu empinava o nariz para o velho. Pitman tinha orgulho de ser adorado pela esposa, mas não gostava que outros homens olhassem para ela. Até gostava, desde que não fosse de maneira óbvia demais. A coisa precisava ser sutil. Não podia ser grosseira. Pitman era temperamental. Seus próprios amigos se afastavam quando ele bebia.

Nos fins de semana, Pitman me levava para dançar nuns lugares caipiras nas montanhas onde ele era conhecido. Depois que casamos, passamos algum tempo saindo como sempre fazíamos. Pitman dançava feito um daqueles garotos doidões da MTV, com pernas e braços compridos. Seus pés eram tão ágeis quanto os meus. Ele me agarrava e me inclinava para trás. Eu usava sapatos de salto alto, uma camiseta bem curta, e calças tão justas que o gancho me apertava entre as pernas. Pitman roçava os dedos ao longo do gancho, de maneira rápida e matreira, mas sem se importar se alguém estava vendo. Ali ele era um agente da lei sem uniforme, louco para se divertir. Desesperado para se divertir. Pitman tinha alguns amigos policiais, rapazes como ele. Eu era jovem demais para perceber que Pitman e seus amigos não tinham chance de avançar muito na carreira policial. Minha adoração por ele me impedia de ver que seus superiores talvez não admirassem sua irreverência como eu. Na verdade, acho que eu nem me dava conta que Pitman tinha "superiores". Ele desprezava a burocracia, os computadores e as "equipes investigativas" que dependiam de relatórios laboratoriais forénsicos, e não de ação. Gostava de usar o uniforme, dirigir o carro e estar em movimento perpétuo. Gostava de ter a arma de serviço da polícia, um revólver de calibre 45, brilhando ostensivamente no quadril.

Pitman era um moleque das montanhas Adirondack. Fora criado no meio de armas. Em nosso bangalô de lua-de-mel, ele guardava seu "arsenal": dois rifles, uma espingarda Springfield calibre 12 de cano duplo, além de pistolas e revólveres. Ele tentou me ensinar a atirar, para que nós pudéssemos caçar juntos veados e faisões. Mas eu me recusei.

– Por que eu mataria uma criatura linda e inocente?

Pitman piscou e disse:

– Que diabo... alguém precisa fazer isso, gatinha.

Eu adorava ver o orgulho infantil que Pitman tinha de um revólver Smith & Wesson calibre 45, com cabo de "madeira de zebra". Ele ganhara aquilo numa partida de pôquer. Também se orgulhava do rifle Winchester calibre 30 para caçar veados. A arma tinha um esguio cano preto-azulado e uma culatra feita de bordo. Pitman era tão obecado por aquilo que vivia lustrando a madeira, tal como minha mãe mantinha os talheres sempre reluzentes na casa dela. Pitman guardava esse rifle carregado e pronto, para ser usado a qualquer hora contra invasores ou assaltantes. Ele me mostrara a prateleira do armário na qual o rifle ficava, dizendo como eu deveria empunhar a arma e destravar o gatilho em caso de perigo. Mas eu ficara nervosa. Recuara, rindo e agitando as mãos. Não, não! Se alguém ia me proteger, só podia ser meu marido.

Na mesa da cozinha, enquanto eu preparava uma refeição numa frigideira sibilante, Pitman bebia cerveja Coors e escutava Neil Young, às vezes Dee Dee Ramone, em volume alto. Ele desmontava, limpava e lubrificava o revólver policial de cano longo com verdadeira ternura. Parecia um homem dando banho numa criança. Interpretava meu temor de armas de fogo como respeito por ele, e gostava disso. Acima de tudo, Pitman exigia respeito. Os membros da família Pitman e seus numerosos parentes não eram respeitados nas redondezas. Eram temidos e desprezados em proporções quase iguais. Pitman desejava ser temido e respeitado em proporções iguais. É claro que ele gostava de rir e se divertir, mas o respeito era mais importante. Pitman sabia que meu pai desdenhava pescarias, caçadas e armas de qualquer tipo. Ele tinha um jeito de aludir a "seu estimado pai, o senhor Everett, que paga outros homens para atirar no lugar dele" que sempre me espantava. Por um instante, parecia que o cérebro de Pitman fora cortado por uma faca, e você

via lá dentro a malícia, o ódio de classe, a revolta. No instante seguinte tudo aquilo sumia. Pitman gostava de me provocar de um jeito que parecia sexual. Ou que parecia um prelúdio para o sexo. Ele falava das vezes que já precisara usar sua arma. Sacara o revólver, apontara segundo o treinamento, e avisara:
— Mostre suas mãos! Mostre suas mãos! Avance devagar! Avance devagar!
Mas acabara sendo obrigado a abrir fogo. Desde que prestara juramento como xerife auxiliar, ele já precisara balear e matar dois homens, além de ferir outros. Nem sempre sozinho, mas com seu parceiro ou outros. Raramente um agente da lei usava sua arma sozinho. Ele se arrependia de alguma coisa? Não, que diabo. Ele jamais fora repreendido por empregar força excessiva. Os tiroteios haviam sido investigados e justificados. Numa das ocasiões, Pitman recebeu crédito por salvar a vida de outro auxiliar. Ele nunca sonhava com os tiroteios reais, mas sonhava com tiros. Muitas vezes.
Pitman dava seu sorriso vagaroso e relaxado, enquanto me contava essas coisas. Eu sentia falta de ar.
O município de St. Lawrence exigia que os xerifes auxiliares disparassem pelo menos duas balas na direção de cada alvo, e nunca uma só.
— Por que isso? E se você mudar de idéia?
— A gente não muda.
— Mas se você tiver se enganado...
— A gente não se engana.
— Os xerifes nunca se enganam?
Pitman riu de mim. Naquela época, eu nunca sabia se fingia ficar chocada por ele ou se ficava verdadeiramente chocada. Vi aquele brilho de aço surgir nos olhos dele. Pitman se inclinou e passou lentamente o cano do revólver por minha coxa. Falando num tom que mostrava que ele estava citando alguém que reverenciava, disse:
— Usar um três-oitão não é emprego para qualquer um.

A última vez que Pitman me levou para dançar. Uma cidade caipira no lago Hammer. Nós já tínhamos cerca de três anos de casados.

Sempre saíamos com outros casais, em que os homens eram amigos de Pitman. (Eu raramente via minhas antigas colegas de escola. Elas haviam ido para a faculdade. Quando vinham para casa visitar as famílias, eu dava desculpas para não aparecer.) Mas continuava sendo a princesa loura de Pitman, que ele adorava exibir. Continuava apaixonada por ele, e apavorada com o que aconteceria se não estivesse. Uma antiga canção de discoteca tocava bem alto no sistema de som. Era uma música tão ruim que dava vontade de rir. Mas a batida, aquela batida de glamour cafona, de sexualidade crua, botava qualquer um em pé, dançando como se o chão embaixo estivesse pegando fogo. Ninguém conseguia parar. Eu sentia os braços fortes de Pitman em volta das minhas costelas. Cheirava o cabelo oleoso e o hálito dele. Então cheguei até a ficar enjoada, de tanta saudade de Papai, de Mamãe e da nossa casa na alameda Algonquin.

Com seu olhar de lince, Pitman percebia todas as minhas mudanças de humor.

– Onde está sua cabeça, gatinha? Você parece viajandona...

Eu estava bêbada. Uns tragos rápidos já me embebedavam. Junto com "I Will Survive" martelando no sistema de som.

Eu ri e escondi meu rosto no peito de Pitman. Coloquei os braços em torno dele e apertei com tanta força que ouvi o grande coração dele batendo como se fosse o meu.

Depois que o parceiro e amigo íntimo de Pitman, Reed Loomis, morreu, ele passou a beber pela manhã.

Isso foi no princípio de abril. Pouco depois, começaram os telefonemas anônimos.

Havia alguma relação? Acho que só podia haver. Mas eu tentava não pensar no que seria.

Ah, eu gostava de Reed Loomis! Todo mundo gostava. Era um homem simpático, com um rosto gorducho e cabelo bem curto. Parecia o técnico esportivo de alguma escola, e não um xerife auxiliar. Era seis anos mais velho que Pitman, e até maior. Convidara o parceiro para ser padrinho de batismo do seu filho, e Pitman ficara profundamente comovido com o pedido.

– É a única vez em que alguém vai ouvir "batismo" e "Pitman" na mesma frase – dissera.

Ele não me contou, pois nem conseguia pronunciar essas palavras, mas Reed morrera em decorrência de um câncer pancreático que se espalhara rapidamente. Pitman ficou perturbado, em estado de choque. Parecia um homem olhando fixamente para uma luz ofuscante, incapaz de proteger os olhos.

– Não acredito... Reed se foi – murmurava ele.

Pitman já notara que ultimamente vinha dirigindo o carro da polícia quase sempre, porque Reed vivia com dor de cabeça, um problema nos olhos, ou uma sensação "esquisita". Certo dia, as pernas de Reed fraquejaram no estacionamento. A contagem das células brancas dele estava nas alturas. O diagnóstico foi dado. E poucas semanas depois ele morreu.

Abruptamente, Pitman parou de falar em Reed. Quando eu mencionava o assunto, a sua frieza logo me calava.

Às vezes ele tentava esconder as bebedeiras matinais de mim. Outras vezes, não.

– Isso que você está fazendo consigo mesmo não vai trazer Reed de volta, meu bem.

(Eu disse isso? A gente diz essas coisas, podem acreditar em mim.)

Pitman deu um sorriso debochado, como se estivesse descobrindo que casara com uma deficiente mental, e disse:

– Isso não é pelo Reed, gatinha. É por mim.

Às vezes Pitman ouvia minha respiração se acelerar, e reagia com a velocidade de um animal se defendendo.

Ele me empurrou para o lado com força, e disse:

– Saia daqui! Não toque nisso.

Depois sumiu porta afora.

Estava fazendo frio na época. Eu usava mangas compridas para esconder os machucados.

Enrolava cachecóis no pescoço. Aplicava maquiagem no rosto pálido e magro. Passava um batom tão alegre que parecia estar prestes a cantar.

Nunca disse uma palavra a Andrea. E certamente não a Mamãe.

Nem a Papai, que parecia estar me observando e esperando. A essa altura, com quatro anos de casada e ainda morando no tal bangalô de quatro cômodos na rodovia Hunter, eu entendia que Papai já me perdoara. Ele não tinha o que dizer sobre meu casamento. Tanto tempo já passara, e talvez ele houvesse ficado impressionado porque eu nunca pedira dinheiro algum. Na realidade, Papai até oferecera algum dinheiro para que Pitman e eu trocássemos o Chevy Malibu 88 por um carro novo no Natal. Mas Pitman era tão orgulhoso quanto Papai, de modo que eu disse:

– Ah, obrigada, Papai! Mas não.

Durante o dia, Mamãe ligava freqüentemente. Se o telefone tocasse e o identificador de chamadas indicasse E. RAYBURN, era minha mãe. Às vezes eu atendia logo, feito uma criança solitária. Outras vezes me afastava, dando um sorriso debochado.

Ah, Mamãe era alegre! Mas cautelosa. Uma mulher inteligente, que conhecia piadas sobre sogras. Sabia que era melhor não fazer perguntas íntimas demais. Então perguntava como estava Pitman, e eu dizia que Pitman estava bem, você sabe como ele é. E eu estou bem, Mamãe. Como vão você e o Papai?

Essa palavra idiota, *bem*, grudara no meu vocabulário feito um carrapato sob a pele. Coçava para diabo, e era difícil de deslocar. Sempre havia um instante, um momento, em que eu poderia ter dito mais a Mamãe. E talvez ela já soubesse mais. Provavelmente sim, ela já sabia mais. Au Sable Forks é uma cidade pequena, e as notícias se espalham depressa.

Manhãs, tardes! E a lenta chegada da noite.

Como dizia Pitman, era uma primavera de merda, cheia de temporais. A lama era tanta que as pessoas estendiam tábuas e caminhavam por cima.

Chuvaradas e goteiras no telhado. Feito um personagem de desenho animado, eu espalhava potes, panelas e assadeiras para apanhar os pingos. Então o céu se abria, e o sol surgia com um brilho ofuscante. Era como se meu cérebro fosse verdadeiramente escancarado. Usando galochas, eu saía andando pela rodovia Hunter. Entrava nos caminhos e campos dos fazendeiros. Marchava ao longo do córrego Au Sable, vendo a água enlameada passar correndo por mim feito um veículo veloz. Nessa parte do estado de Nova York, é o céu que chama mais atenção, e não as montanhas, quase todas cobertas por árvores. É o céu que força seu olhar para cima. Há sempre a expectativa de ver no céu algo que você não conhece, mas sabe que só verá ali.

Nessa época eu encomendei catálogos de várias universidades: a de Cornell, a de St. Lawrence e até a de McGill, em Montreal. Escondia os catálogos no armário, embaixo das roupas de cama e toalhas. Pitman jamais procuraria ali.

Eu planejava fazer faculdade em Cornell. Antes de me apaixonar por Pitman.

Mas talvez isso não fosse verdade. Talvez eu tivesse me apaixonado por ele naquele dia na rodovia Hunter. O resto foi só uma espera.

A gente nunca pensa que vai envelhecer. Nem mesmo a nossa cara.

A época mais feliz da sua vida. Ah, Lucretia...

Durante a última série na Escola Secundária de Au Sable, Mamãe vivia choramingando.

Naquele ano eu abandonara a maioria das minhas "atividades". Matara aulas. Minha lembrança dessa época era borrada, como se eu estivesse a bordo de um veículo ziguezagueando em alta velocidade. A paisagem continua linda, mas passa depressa demais para ser vista.

Pense no que você está abandonando. Por aquele homem.

É o seu corpo, Lucretia. Querendo ter bebês.

Então eu bati nela. Bati na minha mãe. Vi minha mão avançar, e vi minha mãe fazer uma careta de dor. Nunca contei isso a alguém, nem a Pitman.

Não queria que ele soubesse da maldade que existia no meu coração. No coração da princesa loura dele.

Papai já parara de interferir. Naqueles meses finais, ele manteve uma distância cavalheiresca de mim. Afinal, eu ainda era sua filha e morava na mesma casa. Mas como ele não confiava no próprio autocontrole, não falava comigo.

Cacete, eu jurara não chorar. Nem meu pai nem minha mãe iam conseguir me fazer chorar. Eu não era mais a filhinha virgem deles. Era a garota de Pitman. E seria a esposa dele. Vocês querem saber se ele me fode? Fode, sim. E eu fodo com ele, do jeito que ele me ensinou. Agora eu não choro mais por causa de vocês. Só choro por causa de Pitman. No mundo todo, só ele tem esse poder.

A única coisa que Mamãe fez, com a concordância de Pitman, foi marcar um casamento na igreja. Um autêntico casamento religioso. Muito discreto, e combinado às pressas. Papai ainda ameaçou faltar, mas acabou se portando feito um cavalheiro. Claro que ele compareceu, embora mantivesse uma expressão pétrea, com um sorriso forçado. Foi obrigado a ver, diante do próprio altar, o corpo envolto em seda branca de sua filha ser cutucado por um sorridente Luke Pitman, que piscava com ar safado para ela.

Eu estava pintando o banheiro novamente, dessa vez com uma tinta de qualidade superior.

Sorrindo. Acho que eu estava sorrindo. E sendo obrigada a reconhecer uma coisa. Quando você está no segundo grau, mal pode esperar para se formar. Aquilo parece uma prisão detestável. Mas depois que sai você olha para trás, recordando.

Eu acabei não largando a escola. Fui à formatura com meus colegas. Mas o último período foi o pior em todos os meus anos de escola, sem uma única nota máxima. Se eu já não houvesse partido o coração de Papai casando com um homem que ele considerava um vagabundo caipira, teria partido o coração dele com aquelas notas baixas.

Pintando o banheiro de marfim. Sem ouvir o telefone tocar.

Os telefonemas anônimos eram dados ao anoitecer ou de madrugada, quando Pitman não estava em casa. Fosse quem fosse, conhecia os horários dele. Ou espiava a alameda da garagem e via que o carro de Pitman não estava lá.

Ou então era mesmo Pitman, fazendo uma das suas brincadeiras.

Às vezes eu até me aproximava do aparelho, já esperando a chamada. E o telefone tocava. Eu via INDISPONÍVEL no identificador de

chamadas e sorria, pensando: *Você não vai conseguir. Não tem poder sobre mim. Eu não tenho medo de você.*
Eu nunca atendia. E apagava a fita da secretária eletrônica sem escutar.
Às vezes eu escutava. Talvez uma ou duas vezes. A voz era como eu lembrava: rouca, com um som canadense. Eu ficava imaginando se não seria um dos xerifes auxiliares colegas de Pitman. Ou um parente dele. Alguém que fosse inimigo de Pitman. Que ficara com raiva dele. Eu só sabia que não era alguém da minha vida.
– Ei, eu sei que você está aí, gatinha! Sei que você está escutando. Por que você não atende, gatinha? Está com medo?
Pausa, com uma respiração úmida no bocal.
– É a dona da casa, parada aí, sozinha?
Outra pausa. (Será que ele está tentando abafar o riso?)
– Talvez não esteja sozinha o suficiente, né, gatinha?
Pitman não falava daquele jeito, pensei. Aquelas vogais abertas lembravam um sotaque canadense. Aquele *né* era estranho. Mas podia ser um truque. Talvez ele estivesse ao lado do sujeito, escutando.

Quando Pitman voltava para casa depois dos telefonemas, havia uma estranheza entre nós. Pelo menos eu sentia isso. E não acredito que estivesse imaginando coisas. Ele ficava esperando que eu mencionasse os telefonemas. (Será que ficava mesmo?) Mas agora era tarde. Já houvera telefonemas demais. Se houvessem sido dados por outra pessoa, Pitman ficaria incontrolável. Tão furioso, eu precisava reconhecer, que poderia me culpar.
Eu tivera alguns namorados na escola. Mas eram apenas meninos. E nada sexual. Pitman sabia disso, mas talvez houvesse esquecido. Provavelmente estava enciumado. Desconfiado. Por que eu não mencionara o primeiro telefonema? E eu não poderia dizer: *Mas talvez tenha sido você.*
Às vezes ele se agarrava a uma palavra. Ou uma palavra se agarrava a ele. Eu tentava imaginar se isso acontecia com quem bebia.
"Cara", por exemplo.

Ele me chamava de cara-de-bebê. Cara-de-anjo. Ou..
– Não apareça na frente da minha cara, Lucretia.
Ou então...
– Quer que eu arrebente a porra da sua cara?

O tal Burdock era mesmo da família. Garroteara a esposa, já separada dele, e depois se matara com uma espingarda. É claro que eu não soube disso por intermédio de Pitman. Ele jamais falava dos parentes. Sua mãe ainda estava viva, eu acho. Ele tinha um meio-irmão mais velho em Attica, cumprindo uma sentença de prisão perpétua com um mínimo de trinta anos.

Tal como um fragmento metálico vai lentamente atravessando os tecidos da pele até sair, a fúria de Pitman estava emergindo. O Pitman! Sujeito maluco. Os homens sempre falam com admiração de um amigo que enlouquece. Traziam Pitman para casa bêbado de cair, e largavam o Chevy Malibu no lago Tupper. Pela manhã eu precisava levar Pitman até lá para pegar o carro. Em junho, ele perseguiu um motorista bêbado pela rota 3 a oeste de Malvern. Era um rapaz de 20 anos que vivia na Reserva Tuscarora. Como resultado, o motorista bateu com o veículo numa ponte e teve arrancada parte do crânio. O xerife do município de St. Lawrence defendeu seu axiliar em público, mas passou-lhe uma reprimenda em particular. Pitman falou em pedir demissão. Falou em se realistar na Marinha. Ficou tão indignado que parecia não perceber que já deixara de ser um garotão de 18 anos, e virara um homem com mais de 30. Estava acima do peso e tinha fios grisalhos no cabelo ralo. Não conseguia mais passar a maior parte da noite bebendo se tivesse apenas três ou quatro horas de sono para recuperar as forças, a clareza mental e a disposição de encarar o dia seguinte.

A bordo do carro da polícia, ele ligava pelo celular e dizia:
– Ei, gatinha, essa manhã está comprida pra caralho. Não deu meio-dia ainda?

Dava até para se viciar naquilo. A revolta. O sabor da coisa na boca dele, feito ácido quente. Eu nunca acreditei que Pitman era maluco. Ele era astuto e metódico demais. Mas tinha aquela fúria lá dentro. Era mais do que Reed Loomis morrendo. Havia aquelas aldeias montanhesas morrendo. O próprio Pitman estava morrendo. Ele suava até ensopar a roupa de cama, gemendo e rangendo os dentes. Quando o rapaz morreu na rota 3, Pitman insistiu em dizer que nada fizera de errado. Seguira os procedimentos de rotina. Usara a sirene e os faróis. O garoto era procurado pela justiça e provavelmente fora por isso que acelerara. Chegara a quase 120 por hora naquela rodovia cheia de curvas sinuosas, que a ponte estreita ainda transformava em pista única. Era um garoto bêbado, dando uma banana para a lei. Pitman disse que estava cagando, que não se arrependia e que não ia perder o sono por causa daquilo.

Deitado na cama comigo num domingo à tarde, Pitman me agarrou como se estivéssemos nos afogando juntos. Ficou me prendendo ali durante 45 minutos. Só me soltou quando eu implorei, insistindo que precisava fazer xixi. Ele queria que eu molhasse a cama?
– Você nunca me trairia, Lucretia. Ou trairia?

Quando Pitman ligava do celular dentro do carro da polícia, não aparecia INDISPONÍVEL, e sim CHAMADA DE TELEFONE MÓVEL, de modo que eu podia atender se quisesse. Ele me chamava de gatinha. Dizia que me amava, que não queria me machucar, que eu era a única coisa que ele amava nessa vida de merda, que rezava para que eu entendesse isso e que ia me recompensar por tudo. Dizia que ele estava passando por um momento ruim e implorava meu perdão. Dizia que eu era sua princesa e nunca saía do seu radar.

O telefone toca. Impulsivamente, minha mão ergue o aparelho.
– Alô?
É como riscar um fósforo. A mesma rapidez. INDISPONÍVEL não está preparado para uma voz ao vivo. Ouço alguém arquejar. Surpreendi o cara. Talvez ele esteja chocado. E leva um tempo para se recuperar.

Depois aquela voz grave e áspera, em tom pseudocortês, diz:
– É a dona da casa?
E eu ouço minha própria voz perguntar:

— Quem está falando?
O sujeito faz uma pausa, pois também não esperava isso. Não esperava uma voz feminina destemida.
— Um amigo seu, Lucretia. Aqui é um amigo seu.
Há uma vibração na voz, no jeito de pronunciar *Lu-cre-tia*. Não é assim que Pitman pronuncia o meu nome. Há vários meses ele nem fala o meu nome. Só me chama de *gatinha*. Ou de *você*. É a primeira vez que eu ouço a voz do meu interlocutor ao vivo, desde a noite daquele temporal em abril. Já chegamos no fim de agosto. E Pitman saiu. Eu estava vendo o noticiário na tevê, pulando de um canal para outro. É quase meia-noite. Filmes antigos, reprises de *Law & Order*. Estou deitada na barulhenta cama de metal. O edredom feito à mão, já esgarçado por tantas lavagens, está dobrado ao pé da cama. Eu vesti uma camisola de seda em tom champanhe, que Pitman comprou para mim quando casamos. E estou nua por baixo da camisola, é claro. Ainda sinto o frescor acalorado do banho. E ainda tenho um pouco de maquiagem no rosto. Pitman não gosta de mulher com cara lavada. Sei disso por causa de alguns comentários seus. Tento ficar bonita para ele. É um hábito. Quer ele veja ou não. Quer esteja aqui ou não. Na minha mão há um copo grande com Parrot Bay, um rum porto-riquenho que eu roubei do aparador de teca de Papai, quando fiz a última visita à casa da avenida Algonquin. Como ele nunca bebe esse tipo de bebida, a garrafa quase cheia fora empurrada para o fundo do aparador.

Não estou bebendo para ficar bêbada, só para amaciar a aspereza das coisas.

Com minha voz arranhada, eu digo:
— Que amigo meu? Quem é esse meu amigo? Eu quero um amigo, amigo. Estou precisando de um amigo.

Meu coração está disparado. Os dedos dos meus pés não param quietos. Eu queria ver a cara desse sujeito. Queria ver seu rosto surpreso, como se alguém houvesse enfiado a mão entre as pernas dele.

E a coisa então começa. Vira um pingue-pongue. Ele pergunta por que preciso de um amigo, e digo que é porque estou solitária, é por isso. Ele pergunta o que estou usando, e eu respondo que é uma roupa com apenas um botão, um único botão, que ganhei de aniversário. É tão engraçado que eu rio até fazer a cabeceira metálica tremer. Rio tanto que quase derramo na barriga o rum escuro feito ameixa. Ao telefone, o sujeito que se diz meu amigo também ri. E fala que gostaria de ver essa roupa de aniversário. Eu digo que na realidade acabei de sair do banho. Saí do banho e estou sozinha aqui. Ele pergunta, você precisa de ajuda para se secar, e eu digo, Nãããão. Talvez. E ele diz: Comece do começo, com os peitinhos. Em primeiro lugar os peitinhos, meu bem. Os mamilos. E eu passo a arquejar. Estou rindo tanto que chega a doer, como se eu tivesse a lâmina de uma faca cravada nas costelas. Ele continua falando, mas eu não consigo ouvir porque estou rindo. Jogando sua vida fora, ah, Lucretia, minha mãe chorara. A vida é minha para jogar fora ou não, caceta. É minha, e não sua... quer me deixar em paz? E eu estou pensando: *É o Pitman. Ele está me testando. Vai me assassinar.*

Eu poderia ter dito, Pitman! Eu sei que é você, cacete. Venha para casa, Pitman, eu estou me sentindo sozinha.

Em vez disso, desligo o telefone com força e fico olhando para os dedos dos pés. Eu tenho pés estreitos e brancos feito cera. Não passo esmalte nas unhas há anos. Pitman nem notou na última vez. Na realidade, meus pés parecem ser de uma velha enrugada, e não de uma garota.

"Que Deus me ajude" é uma maneira de falar. Você pode até rir desse tipo de desespero, antes de ouvir a frase sair da sua própria boca.

Era para impedir que Pitman me machucasse. Era para que ele se mantivesse a distância. Só para dar um susto nele. Eu achava que até merecia ser machucada por Pitman, mas ficava apavorada ao pensar na dor. Os dedos de um homem se fechavam em torno da minha garganta. Ele batia a minha cabeça contra a parede. Bam... pou! Minha cabeça batia contra a parede. Eu parecia estar me lembrando dessas coisas, como se já houvessem acontecido. A não ser que ele estivesse me empurrando contra a cabeceira metálica da cama que rangia.

Você nunca me trairia, Lucretia. Ou trairia?

Mexendo no armário em que Pitman guardava as armas. No teto, uma lâmpada balança numa corrente. Esse armário que eu sempre evito, com aversão e medo das armas de Pitman. Repugnância das armas de Pitman. Agora preciso do rifle. Há anos não vejo o rifle que ele usa para caçar veados, mas logo reconheço o longo cano preto-azulado com a culatra de madeira polida que Pitman tanto admira. *Carregado e pronto.*

Com o gatilho *destravado.*

Você foi tão descuidada. Cometeu um erro. Um erro descuidado, fruto da bebedeira. Outros podem perdoar, mas não Pitman.

O rifle é mais pesado do que eu esperava. É um trambolho. A gente pensa num rifle como uma arma graciosa, ao contrário de um fuzil, mas eu me sinto desajeitada com o rifle nos braços. É tão pesado. Acho que eu já não estou mais bêbada. Acho que fiquei completamente sóbria, feito uma criatura que foi esfolada viva. Meu coração bate loucamente, preso dentro das minhas costelas. Eu arquejo e ofego sem parar. Não consigo focalizar os olhos direito.

Quero enxergar onde fica o gatilho, para encaixar meus dedos ali.

Bem que ele tentou me ensinar. Ficou me provocando, dizendo que eu era a princesinha do papai e que preferia que atirassem no meu lugar.

Pitman chega em casa cedo. Isso é um mau sinal. Ultimamente ele fica fora até duas da madrugada, quando os bares fecham. Só volta para casa às duas e meia. Mas hoje os seus faróis surgem na alameda à uma em ponto.

Eu fico esperando por ele, escondida. Estou aterrorizada por não saber o que vou fazer.

É inútil fugir. Eu sou a esposa de Pitman. Não existe esconderijo para a esposa de Pitman. Se eu corresse para a casa dos meus pais, ele me encontraria. E puniria os dois também.

Pitman entra em casa pela cozinha, usando a porta dos fundos. Sem se esforçar para fazer silêncio. Tropeçando e praguejando. Eu estou agachada atrás da cômoda no quarto. Há no ar um cheiro de rum derramado, pânico animal, e vapor perfumado que vem do banheiro. A tevê continua ligada, sem som. O telefone ficou fora do gancho. Só a luz do abajur da cabeceira está acesa. Ao pé da cama metálica, o edredom xadrezado em púrpura e lavanda foi meticulosamente dobrado. Freqüentemente, Pitman chuta as cobertas para longe durante a noite. Pela manhã eu apanho o edredom no chão e cubro a cama cuidadosamente. Pitman já reconheceu que sim, o edredom é "bacana". Tal como outras coisas que eu trouxe para casa. Se é que coisas "bacanas" têm alguma importância.

Deixo o pesado rifle para caçar veados apoiado em cima da cômoda, apontado para o umbral. Acho que deve ser a estratégia desesperada de uma criança. Uma esperança de que a magia intervirá. Só sei disparar uma arma de fogo mirando, fechando os olhos e puxando o gatilho. Pode ser apenas um truque de Pitman... talvez o rifle não esteja carregado.

— Ei, gatinha. Que porra é essa?

Pitman cambaleia no umbral. Seu rosto está sombrio e raivoso, mas também tem uma expressão levemente divertida. Ele precisa se barbear, pois não faz isso desde as seis horas da manhã anterior. Seus olhos são os olhos de Pitman, olhos de cavalo, vidrados mas vigilantes. Eu sinto até certo alívio, e penso que nunca mais precisarei sentir o cheiro de outra mulher no corpo dele. Nunca mais precisarei sentir o cheiro da fúria vazando por seus poros. Um sorriso brota lentamente no rosto de Pitman. Você diria que era um sorriso mau e debochado, mas está mais para gozador.

— Gatinha, é bom mirar com bastante cuidado essa porra. Você tem um tiro antes que eu chegue aí.

3.

— O que nós vamos fazer, Lucretia, é...

É Papai. Ele veio aqui hoje à noite para me ajudar. Branco feito cera e abalado, mas assumindo o comando da situação. Jogou umas roupas apressadamente por cima do pijama, e veio. Agora lambe os lábios e repete, como se tivesse dificuldade para articular essas palavras: "O que você vai dizer, Lucretia, é..."

Eu liguei para casa à 1h14. Não liguei para o 911, o número de emergência. Os registros telefônicos mostrarão isso.

Não sei quanto tempo Papai levou para chegar aqui depois que eu liguei. Quando ele me encontrou, eu estava no chão da sala com a luz apagada. Por causa do zumbido nos ouvidos, não consigo escutar tudo o que Papai me diz. Ele é obrigado a agarrar meus ombros e me sacudir delicadamente. Esse rosto tenso e doentiamente lívido não é exatamente o rosto bonito de Papai. Mas claro que ele é Everett Rayburn. Não lembro quando foi que seu cabelo ficou tão ralo. Ele me leva ao banheiro para lavar o rosto e pentear o cabelo emaranhado. Eu bochechei para tirar aquele gosto de rum, parecido com ameixa. Não consegui entrar no quarto novamente. Papai foi buscar roupas para mim, com um par de sandálias. Eu ri, só de ver sandálias! Não olhei para o quarto desde que Papai chegou. Quando ele veio, foi imediatamente ver onde Pitman caíra, enquanto eu chorava histericamente, dizendo:

— Ele está morto, Papai? Ele está morto, não está?

Disque 911. Papai disca 911. E disca também, de memória, o número do seu advogado, que mora em Canton.

— Está, meu bem. Ele está morto.

O rifle que achei pesado demais para erguer nos braços e mirar está caído no chão do quarto. Papai viu a arma, mas não tocou nela. Também se agachou e examinou o corpo do homem, sem tocar nele.

Duas balas. Porque a primeira não bastou para deter Pitman.

A distância, uma sirene. É raro ouvir uma sirene no campo à noite. Nesse estado de esfolada viva, que me parece um estado puro e espiritual, eu fico sentada no sofá da sala, como meus pais gostavam que sua filha sentasse às refeições. Postura perfeita. Cabeça erguida. Com orgulho, sem deixar os ombros caírem. Nunca.

Agora estamos sozinhos nessa casa que Papai jamais visitou. Ele parece desajeitado, confuso. Está respirando rapidamente e agarrando minhas mãos. Antes de virar um empreiteiro rico, Papai era marceneiro. Às vezes ele ainda trabalha com as mãos, que são fortes e calejadas. Eu gosto de sentir suas mãos, embora os dedos já não pareçam tão quentes quanto antes. São mãos tão maiores do que as minhas.

Papai está engolindo com força e tentando controlar a respiração. Ouvindo a sirene se aproximar, ele repete que eu preciso dizer a verdade. Contar como tudo aconteceu, exatamente, e por que eu precisei disparar aquele rifle para salvar minha vida.

E tudo o que levou a isso. Tudo.

– Simplesmente diga a verdade, Lucretia.

Vou fazer isso mesmo. Que Deus me ajude.

O espectro

A ilha Hedge fica no litoral de Nantucket, a vinte minutos de barca do porto de Yarmouth, em Massachusetts. O promontório acima da larga praia inclinada sedia o Clube de Iatismo e Navegação da ilha. Num trecho de terreno equivalente mais para leste, fica a casa da família Hendrick. É uma imponente construção em estilo vitoriano, feita de madeira já gasta pelo tempo, com três andares, numerosas janelas altas, uma torre, um balcão, telhados íngremes e uma varanda circular com um piso cinzento tão brilhante que parecia laqueado. A varanda tinha mobília de vime com almofadas coloridas. Nas águas turbulentas do litoral, os veleiros pareciam recortes de papel branco.

Havia gritos de gaivotas misturados ao vento. E aquele barulho de asas batendo lá em cima! Ela erguia o olhar a toda hora, com medo de ver pássaros gigantescos voejando e caindo em cima dela. Mas era só a bandeira movimentada pelo vento no topo do mastro metálico.

A bandeira era do Papai. Mas ele fora embora no começo do verão.

Vestida com uma roupa nova da Gap, uma camiseta regata rosa-coral e uma saia de brim azul, com um grande bolso em forma de gatinho, ela ficou procurando a Mamãe entre os convidados. Tantos desconhecidos! A Mamãe tinha tantos amigos. No terraço de lajotas. Em torno da piscina. No gramado em que o bar fora instalado. E até nas quadras de tênis. Havia copos de bloody mary, longas taças de vinho branco, cogumelos recheados com carne de caranguejo, caviar russo espalhado sobre pão preto feito geléia, salmão defumado e pepinos finamente fatiados sobre bolachas suecas. A música tocava tão alto que mal dava para ouvir. Mulheres feito a Mamãe, com blusinhas justas e calças de seda cobrindo as pernas finas como lápis. Homens bronzeados com calças brancas, de camisa esporte aberta até o meio do peito. Homens feito Gerard, o novo amigo da Mamãe, com um largo sorriso que exibia reluzentes dentes brancos. Ah, aqui está a menina bonita! Aqui está a princesa! Com seu rosto de flor! Os desconhecidos se maravilhavam, mas logo se entediavam com ela. A garota irlandesa trouxera o Bebê para a Mamãe, que mostrara o Bebê para os amigos. Por algum tempo, o Bebê despertara interesse, mas os bebês são até mais entediantes do que as meninas de 6 anos, e logo a garota irlandesa foi mandada de volta para casa, pois já estava na hora de trocar, dar a mamadeira e da soneca do Bebê.

Ah, lá estava a Mamãe. Uma cachoeira de cabelos cor de palha se derramando sobre ombros bronzeados desnudos. Risadas feito vidraças se estilhaçando.

Ma-mãe?

Puxando a Mamãe pela mão. Coisa que a Mamãe detestava nessas ocasiões. A Mamãe estava com Gerard. Ele usava óculos escuros, tinha um cabelo descolorido pelo sol esvoaçando ao vento, e vestia trajes de navegação resplandecentes de tão brancos. Mamãe estava usando seu top "transado", que era apenas um lenço de seda preto amarrado em volta do peito, e uma saia de seda em tom morango-néon. Tinha as pernas à mostra, balançando sobre sandálias de salto alto. As unhas da Mamãe também eram morango-néon e perfeitas feito plástico. Mamãe deu umas palmadas nela como quem espanta uma mosca inoportuna, querendo dizer, Vá embora! Volte para a casa! Aquela garota irlandesa não deveria estar tomando conta de você? Enquanto isso, continuava rindo de uma das histórias cômicas de Gerard.

Quando ela ainda era uma menininha, a Mamãe às vezes se enroscava nela para tirar uma soneca. Isso não fazia muito tempo, durante o verão na ilha Hedge. Na grande cama de ferro antiga que ficava no quarto da Mamãe e do Papai, com os travesseiros de penas de ganso. Enroscadas juntas no meio da tarde, que era uma hora especial. Sussurrando, rindo e subitamente sonolentas na cama que ficava diante da janela. Você podia ver, entre as pestanas, o céu e um pedaço do litoral. Podia se imaginar navegando no céu, sobre finas nuvens flutuantes. Agora ela não era mais uma menininha, tinha 6 anos, logo ia começar a primeira série na cidade, e um novo bebê chegara. Ela precisara aprender que *só pode haver um bebê*. Sempre acreditara que ela era esse bebê, mas agora o Bebê chegara, de modo que ela não podia ser o Bebê. Quando a Mamãe e Gerard foram navegar, porém, não deixaram que ela também fosse. Ela era *pequena demais*.

Pequena demais, e era perigoso. A rota de Gerard ia para leste entre a ilha Monomoy e a ilha Nantucket, pegava o oceano Atlântico, dobrava para oeste e rodeava toda a ilha Hedge até voltar em triunfo para o ancoradouro da família Hendrick.

Ela estava correndo de volta para a casa. Abrindo caminho no meio das pernas. Ah, ela odiava os amigos da Mamãe, até Gerard que sorria fingindo que ela era especial!

Ela odiava o Papai, por ter ido embora. Por deixar a ilha Hedge. Aqui é o lugar seguro, dizia o Papai. Por que o Papai dizia isso, se não era verdade? E não era mesmo verdade. Na ilha Hedge havia temporais de verão. Às vezes havia furacões, com ventos uivantes. E no inverno o ancoradouro fora rachado pelo gelo e precisara ser consertado. O Papai agora morava na cidade, mas era uma cidade diferente. Ela procurara o Papai entre os convidados da festa, para ver se ele viera escondido. Era esse tipo de festa, com os vizinhos aparecendo de surpresa, hóspedes de verão e visitantes da ilha Hedge, o pessoal do Clube de Iatismo e Navegação. Portanto, o Papai poderia ter se enfiado ali. Ele mudara de aparência. Quando ela vira o Papai pela última vez, ele tinha ásperos bigodes pretos, e entre as sobrancelhas uma ruga vertical que ela tentara apagar esfregando com os dedos. Ah, *Pa-pai*.

O Papai não era papai do Bebê. Era estranho, mas a Mamãe dissera isso. Mas o Papai ainda era papai da menina. A Mamãe também dissera isso. E por essa razão, ele talvez estivesse na festa. Mas como eles poderiam se encontrar naquela multidão? Só se ela ficasse na varanda! Se subisse no sofá de vime da varanda! Com aquela roupa de verão nova e bonita, talvez ela fosse vista pelo Papai. Mas também havia gente demais na varanda.

Dentro da casa as paredes eram tão brancas que ofuscavam a vista. Acima de um sofá estofado havia um espelho, refletindo tanta luz que os olhos doíam. Ela esfregou os olhos. Não estava chorando! Ofegando feito um cachorrinho chutado, mas não estava chorando.

Lá estava o Bebê, no berço do andar térreo. No quarto lá de cima o Bebê tinha outro berço. Os dois berços eram brancos.

O Bebê era um *menininho*. Assim como ela era uma *menininha*. A Mamãe dizia que, ah, ela amava os dois! A Mamãe dizia que não queria parar na primeira vez, ainda por cima com uma *menininha*.

A Mamãe dizia que toda mãe fica supersticiosa, pensando: "E se? E se alguma coisa acontecer com..." Ah, é o pior pensamento que existe. É um pensamento impensável. Então você fica obcecada, querendo ter mais. É uma espécie de seguro contra a catástrofe. Talvez seja apenas um instinto primitivo, mas nós somos primitivos, não somos?

A garota irlandesa estava rindo com aquele rapaz bem bronzeado que usava um boné de beisebol. Ele era filho de uma das amigas da Mamãe e morava a poucas casas de distância na praia. Trouxera um "cigarro especial" para a garota irlandesa e ele fumarem. Os dois estavam rindo juntos enquanto o Bebê continuava deitado no berço, diante das portas duplas que davam para a varanda e a brisa salgada. As pálpebras do Bebê tremelicaram quando a sombra dela passou sobre o rosto dele.

Be-bê?

Ela sabia aguçar a voz imitando a Mamãe. Cuidadosamente, ergueu o Bebê nos braços. Seu irmãozinho! Era isso que ele era. Ela tinha fascínio pelos olhos do Bebê. Eram tão pequenos, azuis e reluzentes de umidade. Estavam sempre em movimento, tentando focalizar o rosto dela. Ela gostava de tocar aquela pele, lisa feito a pele de borracha de uma boneca. E havia a pequena boca perfeita. Mas o Bebê era temperamental. Os sons que saíam daquela boca eram inacreditáveis. À noite, a garota irlandesa precisava cuidar do Bebê quando ele acordava sem sono e fazia uns barulhos sufocantes ferozes. Pois às vezes a Mamãe não estava em casa. E às vezes a Mamãe estava em casa com Gerard no quarto grande, mas não gostava de ser acordada nessas ocasiões pelos uivos de um espectro.

— O que é um *espectro*, Mamãe?, ela perguntou. Mas a Mamãe parecia não saber, e ficou zangada por ela ter perguntado. Gerard sempre sabia o que significavam as palavras e disse que um espectro era uma espécie de índio do sudoeste, feito um apache. A garota irlandesa raramente falava com a Mamãe. Só dizia: "Sim, senhora", "não, senhora", "obrigada, senhora". Mas agora disse com uma voz vibrante:

— Ah, senhora, um espectro é um espírito selvagem, que soa feito o vento. O espectro fica uivando dentro da casa à noite, quando alguém vai morrer logo.

A Mamãe deu uma risada que parecia vidro se estilhaçando. Dava para ver que a Mamãe estava irritada. Então o pálido rosto sardento da garota irlandesa se avermelhou, e ela disse:

— Ah, desculpe, senhora...

Aquele verão na ilha Hedge estava sendo solitário. Às vezes ela levantava da cama durante a noite e ia na ponta dos pé até o quarto do Bebê ao lado. Prendia a respiração e ficava olhando para o berço, tão branco que parecia flutuar nas sombras feito um bote na água. Principalmente quando havia luar. Quando a luz estava brilhando feito um olho lácteo. Quando a garota irlandesa estava roncando, adormecida. Ela ia feito um fantasma e ficava ao lado do berço do Bebê. Ouvira a Mamãe dizer que aquele berço já fora seu, e era estranho pensar que muito tempo antes ela já fora o Bebê, mas que agora o Bebê era alguém diferente, que ela podia ver dormindo. O Bebê tinha dificuldade para dormir. Seu corpo pequenino tremia com o calor de sonhos misteriosos. Ah, o que o Bebê estava sonhando? Ele era tão pequeno, ainda não aprendera a falar. E assim, seus sonhos de bebê se perdiam quando ele acordava.

Era tão empolgante! Ela estava segurando o Bebê nos braços! E ninguém podia ralhar, porque ninguém sabia. Ela estava segurando o Bebê como a garota irlandesa segurava, na curva do braço esquerdo, quando dava a mamadeira para ele. E levantou o cotovelo um pouco para apoiar a nuca do Bebê. Diziam que o pescoço de um neném ainda não tem força para sustentar a cabeça. Era uma hora boa para o Bebê. Provavelmente ele não ia chorar agora. Como o corpo dele estava quente! A ilha Hedge vivia refrescada pelas brisas marinhas, mas o corpo do Bebê estava quente por dormir tanto. Ela gostou de ver que o Bebê estava tentando sorrir para ela, com a pequena boca molhada de cuspe parecendo um caramujo. Já era conhecida pelo Bebê, que confiava nela.

Ela não sentiu dificuldade para carregar o Bebê. Ele não pesava muito mais do que a boneca de cerâmica, grande e antiga, que a Vovó lhe dera. Ela saiu carregando o Bebê pela porta que dava para a varanda, e passou pelos convidados barulhentos. Passou também pelo umbral que levava à despensa onde a garota irlandesa e o rapaz de boné de beisebol estavam abraçados. Foi subindo a escada que rangia, até o segundo andar. Cruzou o corredor, ao longo de portas que davam para aposentos ensolarados. Passou pelo quarto do Bebê e pelo quarto que já fora do Papai e da Mamãe, mas agora era da Mamãe e do Gerard. E chegou ao seu próprio quarto, com a pequena cama num canto acolhedor. Na colcha havia patos e gatinhos brancos feito a neve, sobre um fundo azul como o mar. As cortinas combinavam com a colcha. Numa pequena cadeira de balanço estava a grande boneca de cerâmica vitoriana, usando um avental. Ela levou o Bebê até um banco sob a janela, para que eles pudessem descansar. Mostrou ao Bebê as pessoas lá embaixo. As quadras de tênis, o gramado e o terraço. Entre tantos desconhecidos, ela não conseguiu ver a Mamãe, e também não conseguiu ver o Papai. Era difícil saber se o Bebê estava vendo o que ela apontava. Ele gorgolejava, suspirava e fazia outros barulhos parecidos. Depois se contorceu, e uma das suas mãos gorduchas de bebê tocou a face dela. Como que dando uma leve repreensão: *Não podemos parar aqui. Ainda não chegamos a uma altura suficente para que eles nos vejam.*

A torre! O balcão! Ela carregaria o Bebê até lá.
A idéia ocorreu a ela de repente, como uma tevê ligada por controle remoto. Mas a escada para o terceiro andar era muito mais estreita do que as outras, e em vários pontos o carpete estava quase furado de tão gasto. Ela precisou parar mais de uma vez, encostando o Bebê na balaustrada. Subitamente o Bebê parecia mais pesado, e mais quente. Um cheiro azedo e adocicado emanava da fralda do Bebê. Ela começou a ofegar novamente, e seu braço esquerdo estava doendo. Desajeitadamente, ela passou o Bebê para a curva do braço direito. Mas o Bebê não parecia confortável ali, pois ela nunca carregara o Bebê na curva do braço direito. Também nunca vira a garota irlandesa carregar o bebê assim. Nem se lembrava de ter visto a Mamãe fazer isso.

Ela ficou surpresa quando o Bebê riu... estava tudo bem!

A Mamãe subira com ela à torre uma vez naquele verão, mas o Bebê não fora junto. Quanto mais alto subimos, mais nítida fica a nossa perspectiva, dissera a Mamãe. Se pudéssemos voar até a lua e olhar de volta para a Terra, nós nos veríamos melhor. Riríamos das nossas chamadas tragédias. Lá do balcão era possível ver um pedaço de terra maior. Você via as dunas de areia e as roseiras selvagens entrelaçadas nas cercas. Via o litoral de Nantucket, com as ondas sempre agitadas num tom azul-escuro, plúmbeo, ou esverdeado, dependendo do céu. "As gaivotas parecem livres, veja as gaivotas!", dissera a Mamãe, protegendo os olhos com a mão. Mas as gaivotas são criaturas movidas pela fome. Cada minuto da vida que elas passam acordadas é regido pela fome. Ela não sabia se a Mamãe queria que ela sentisse pena das gaivotas, ou achasse as gaivotas bobas.

Era mais difícil se lembrar do verão anterior, quando o Papai subira com ela na torre. Ela fez força para se lembrar do Papai subindo a escada do terceiro andar com ela pela mão, e da excitação quase insuportável de cruzar a porta que dava para o telhado. Lá havia uma plataforma protegida por uma balaustrada. Era o balcão. Ela ficara com medo no início, mas o Papai pegara a mão dela, dizendo que era absolutamente seguro ficar ali. Sim, era muito alto, e não havia telhado, mas eles não corriam perigo de cair. Ela piscara muitas vezes, por causa da claridade ofuscante do ar. Ali em cima ventava muito mais do que no chão. O balcão era tão emocionante! Parecia aquele avião de oito lugares que vinha do aeroporto de Boston até a ilha Hedge. Era muito mais emocionante do que pegar a barca no porto de Yarmouth. Aquela viagem era entediante, porque você ficava dentro do carro e mal conseguia ver a água.

Ela precisou encostar o Bebê na parede, porque se atrapalhou ao abrir a porta. Já estava ofegando muito, toda coberta de suor. Como o Bebê *pesava*. Era até difícil acreditar. E o Bebê começou a se agitar, como se estivesse impaciente com ela, querendo sair para o ar fresco e claro. Suas pernas gorduchas chutavam, como as de um gato que você apanha para abraçar enquanto o bicho se contorce querendo fugir.

Bebê, *não*.

Bebê, veja onde nós *estamos*!

Ah, eles já estavam lá fora, ao ar livre. Subitamente, só havia o céu lá em cima, com uma claridade que cegava. O vento chicoteava o cabelo e a roupa dela. Um pouco acima do telhado ali perto, a bandeira se agitava como se fosse uma coisa viva, desesperada para se soltar do mastro metálico e voar pelo céu. Ah, Bebê, *veja*!

Ficando na ponta dos pés e se inclinando sobre a balaustrada, ela conseguia avistar algumas pessoas no chão lá embaixo. Mas ficou decepcionada. Não conseguia ver as pessoas direito e também não conseguia ser vista. A balaustrada chegava à cintura de um adulto, e ela era muito menor do que isso. Então não conseguia ver muita coisa interessante além do céu, onde um monomotor estava passando com a hélice zumbindo feito uma vespa. Mas ela não podia ser vista. Nem o Bebê podia ser visto. Ninguém lá embaixo estava notando!

Ela precisaria cruzar a balaustrada engatinhando, e passar para o telhado levando o Bebê. Conseguia fazer isso, pensou. No verão anterior uma turma de homens escuros arrancara algumas telhas antigas e pregara outras novas no lugar. Eram cinco ou seis homens com martelos, andando curvados por aquele telhado. Às vezes eles se acocoravam, escorregavam, rastejavam e voltavam a andar eretos pelos diferentes trechos do telhado. Pois alguns trechos eram mais íngremes do que outros, e o trecho diante do balcão não era dos mais íngremes. Então ela pôs o Bebê no chão do balcão. Enfiou a cabeça pela balaustrada, e espremeu o restante do corpo atrás feito um gato. Já estava fora do balcão, em cima do telhado! Colocou cada perna de um lado da cumieira para se equilibrar. Era preciso ter mais coragem do que um gato... era preciso ser um macaco! Ela ainda conseguiu virar para trás e dizer em voz alta:

– Não olhe para baixo!

Era isso que a Mamãe dizia, enquanto aquele avião pequeno e barulhento fazia um círculo para pousar na ilha Hedge. O aeroporto só tinha uma pista de terra, que terminava no meio de um descampado com dunas de areia e roseiras selvagens. "Não olhe para baixo!", disse ela para si mesma com severidade. "Bebê, não olhe!", repetiu ela ao enfiar o braço pela balaustrada na direção do Bebê, que nem ouviu a ordem. Ele estava deitado de costas, agitando os braços e as pernas feito um besouro bobo. Seu rosto estava se avermelhando e assumindo aquela expressão de frustração dos bebês, tão cômica que às vezes fazia você ter vontade de rir. Outras vezes você queria sacudir o Bebê depressa, para evitar o uivo do espectro. Bebê, *não*.

Estava difícil puxar o Bebê pela balaustrada, porque ele chutava sem parar. Havia bastante espaço entre os pilares, mas o Bebê não colaborava. Ah, ela já estava ficando impaciente com o Bebê! E se o Papai estivesse esperando ali para ver os dois? E se o Papai estivesse lá embaixo, perto da festa barulhenta? E se o Papai estivesse prestes a dar uma olhadela no telhado para ver os dois... e ninguém estivesse visível, ninguém pudesse ser visto? E se o Papai perdesse o interesse e fosse embora? E se a Mamãe também não visse coisa alguma?

Logo que o Bebê chegara, ainda muito pequeno, ela às vezes ficava enciumada. A garota irlandesa dissera: "Ah, não fique enciumada! Você é mais bonita... sempre será a princesa." Ela sabia, portanto, que estava se sentindo *enciumada*. Vivia emburrada, rebelde e chorosa. Tratava sua boneca mal e odiava a Mamãe. Chorando, implorara que a Mamãe devolvesse o Bebê ao lugar onde ela o pegara. Por que isso era bobagem? A Mamãe vivia comprando coisas! Grandes embrulhos com fitas. Bolsas de papel brilhante com alças plásticas. Às vezes a Mamãe devolvia o que comprara nas lojas. Por que não podia devolver o Bebê também? Mas o Bebê não fora devolvido. O Bebê ficara, e todos adoravam o Bebê. Depois de algum tempo, ela deixou de se incomodar tanto com ele. Não se importava quando diziam que ele era o *irmão caçula* dela. Ela queria ter um cachorrinho, mas em vez disso tinha um *irmão caçula*. Sempre que ela espiava dentro do berço, lá estavam os úmidos olhos azuis do Bebê fixados no seu rosto. Ah, era preciso rir do Bebê! Mas às vezes ela ficava confusa e tinha pensamentos que faziam sua cabeça doer. Ela era o Bebê, e o Bebê era ela? Era assim que devia ser? Ou o Bebê viera tomar o lugar dela?

Ela tentara perguntar isso ao Papai. Se o Bebê era ela, e tomara o lugar dela, onde *ela* estava?

O Papai rira como ela estivesse brincando. Dera um beijo e um abraço nela, mas aqueles bigodes coçavam.

Ela estava no telhado, com o Bebê. Quando o Papai visse isso, ficaria impressionado. "Minha macaquinha!", brincaria o Papai.

Esse trecho do telhado não era muito íngreme, nem muito alto. Havia um outro telhado mais alto e mais íngreme em volta da chaminé de tijolos. Se ela conseguisse chegar àquele telhado! Sim! Ela podia chegar lá deslizando ao longo desse telhado. Desde que continuasse montada na cumieira para não perder o equilíbrio. E desde que não olhasse para baixo. Ela bufava, carregando o Bebê dessa maneira nova, aos trancos e barrancos. O Bebê não gostou dos baques e começou a se agitar. Sua cabeça caía para trás, porque o braço dela não estava bem curvado. Ela via que não estava bem curvado, mas não podia corrigir aquilo. E o sol era tão forte que cegava. Um vento soprava dos descampados a oeste. A quilômetros dali, na outra ponta da ilha, havia um enorme depósito de lixo, que as gaivotas e os urubus sobrevoavam freneticamente. O vento soprava o cheiro daquilo para os habitantes da praia do Leste, como era chamada. Mas também havia gaivotas ali. Sombras que passavam voejando rapidamente sobre o telhado. Ela pensou em pânico: *Elas vão bicar meus olhos*. Ela precisava proteger seus olhos das gaivotas, mas não podia deixar o Bebê cair! Ela já conseguia ouvir com mais clareza as vozes dos desconhecidos lá embaixo. Havia risadas e uma música alta, que pulsava feito um coração batendo.

As gaivotas se aproximaram, voando em círculos. Pareciam curiosas, mas só soltaram uns gritos para ela e o Bebê. Depois aproveitaram o vento e foram embora. O Bebê ficou piscando boquiaberto diante delas. Sua boca pequena de caramujo estava molhada de cuspe, preparada para gritar de volta. Mas as gaivotas já haviam partido.

Ah, o seu bumbum! Embaixo da saia de brim, ela estava usando calcinha rosa de algodão. As telhas eram duras e ásperas. Seu bumbum era macio e estava começando a doer.

Como uma palmada forte e rápida da Mamãe. Do Gerard também. Ela merecia, diziam eles. Uma menininha mimada, sempre emburrada!

Seu braço também estava doendo. No lugar onde o Bebê se debatia feito um gato enlouquecido, seu braço estava *muito* cansado.

Psiu, Bebê! Pssiiuu, Be-bê!

Palmo a palmo, ela foi empurrando o bumbum ao longo da cumieira do telhado. Não era tão divertido quanto ela achara que seria. Parecia um trabalho árduo, como limpar algo derramado, ou rastejar sob a cama para apanhar algo chutado para lá. Ela ainda não fora avistada. Aquilo estava demorando tanto! Possivelmente ela ainda não se tornara visível, e precisava avançar mais. Sua cabeça parecia estranha, como se estivesse cheia de insetos zumbindo e querendo escapar. "Não olhe para baixo", disse ela para si mesma com a voz severa da Mamãe, que era uma voz a ser obedecida. Mas pelos cantos dos olhos ela já estava começando a ver, não podia evitar. Havia gritos e risos lá embaixo, além de um borrão louro que talvez fosse o cabelo da Mamãe. Então ela olhou e soltou um breve grito de medo. Estava tão no alto! Ela e o Bebê estavam tão acima do chão! Subitamente ela se sentiu tonta, com a boca seca. Ficou paralisada ali, olhando para as pessoas lá embaixo, que nada haviam percebido. Ela e o Bebê ainda não haviam sido vistos. Ah, o Bebê estava chutando e se debatendo num momento tão ruim. Parecia tão pesado na curva do seu braço. Seu coração batia com tanta força preso dentro das costelas que ela mal conseguia respirar. Parecia que acabara de correr. Ela mordeu o lábio para não chorar. Ah, quantos minutos faltavam para que ela e o Bebê fossem vistos por alguém e todos arregalassem os olhos?

Boneca:
Um romance do Mississippi

O que aconteceu entre Ira Early e sua enteada Boneca é um segredo guardado pelos dois há muito tempo. Mas o que aconteceu a um número x de homens, como resultado desse segredo, já é mais público.

Seu nome é mesmo Boneca? (Essa pergunta é feita com freqüência a ela.)

Boneca foi treinada para responder: É.

É, mas você pode me chamar do que quiser. Se preferir, pode me chamar pelo nome de outra garota. (Boneca dá uns risinhos. Mordisca a ponta de uma das tranças, posicionada sedutoramente sobre o ombro esguio.)

Na realidade, Boneca não é o seu nome. Ela só é chamada assim. Boneca tem dificuldade para recordar seu nome de batismo, assim como tem dificuldade para lembrar-se do seu passado antes de completar 11 anos. Para ela, que já tem 11 anos há tanto tempo, fazer isso é como tentar recordar um filme antigo que você viu na tevê, mas sem prestar muita atenção. Você até lembra, mas só de alguns trechos. E por quê?

Boneca não gosta de se preocupar. Ela deixa isso para seu pai/padrasto, Ira Early.

E ele vive preocupado. Reclama que primeiro surgiram alguns fios grisalhos na espessa cabeleira escura que descia de sua testa feito a crista de um galo. Então os fios viraram mechas grisalhas, que logo se espalharam e assumiram um feio tom acinzentado. E depois viera essa brancura que parecia amarelada de mijo, com um círculo careca no topo da cabeça do tamanho de uma laranja grande. Tudo isso era resultado do comportamento imprevisível de Boneca. Dos momentos em que ela abandonava o roteiro, ficando perversa e *malvada*.

Ira Early suspira e estremece. Passa a mão pelo cabelo ralo e alisa a barba hirsuta. Desempenha o papel do velhote abobalhado, um vovô ou tio solteiro, num seriado de tevê sobre a família na década de 1950. Como se ele, um homem sensato, um homem em que outros homens podem confiar, não conseguisse controlar a própria filha nesses momentos de modos *malvados*.

(Será que Boneca está assim hoje? Ira fica preocupado. Há quantas semanas ela não passa por um momento malvado desses? Ele começa a contar nos dedos, uma, duas, três... e meia? Não é um bom sinal.)

No luxuoso interior estofado do LaSalle, um sedã velho mas imponente, Ira aguarda a volta de Boneca. Ele bebe algo essencial... uma dose do conteúdo gelado de uma garrafa térmica. Um martíni bem seco, preparado exatamente de acordo com a preferência do Sr. Early. Cebolas diminutas, próprias para coquetéis, flutuam no líquido. Ira pesca as cebolas habilmente com a curva do dedo mínimo. Boneca sempre debocha de seu pai/padrasto por exibir sinais do que ela acredita ser alcoolismo incipiente. É um conceito que ela aprendeu assistindo à televisão à tarde. Mas Ira Early sabe o que está fazendo.

Ele bebe e balança a cabeça. Ah, sim. Essencial.

Uma ventania típica de dezembro balança a imponente relíquia que é o velho automóvel. Um batalhão de nuvens tempestuosas, feito intestinos entupidos, vem se aproximando no céu, cobrindo e descobrindo a luz fantasmagórica da lua. Ira estremece. Que cidade é essa? A leste ou oeste do Mississippi?

(Boneca tem uma espécie de fixação infantil. Ela não gosta de se afastar muito do rio Mississippi. Se alguém pergunta por quê, ela franze o rostinho atrevido e diz: "Quem quer saber? *Você?*" Ela começou a dar essa resposta com freqüência, quando não quer ser interrogada por Ira.)

(Quem são vocês para *nos* julgar? Com que direito vocês se acham superiores a *nós*? É assim que Ira Early fantasia que se defenderá em algum lugar público. Possivelmente com luzes ofuscantes nos olhos, algemas nos pulsos e correntes nos tornozelos.)

Boneca aparece! Ela esteve com um Sr. X (pagamento adiantado), e depois foi buscar um jantar tardio para comer com o papai. Calçando botas de couro branco que vão até os joelhos e envolvem suas pernas esguias feito serpentes, com finos saltos altos que acrescentam vários centímetros à sua altura diminuta, Boneca vem passando com displicência infantil por trechos da rua gélida e escorregadia. O cabelo liso, dividido em duas tranças curtas, balança sedutoramente em torno da cabeça pequena. Ira exclama pela janela: Cacete, Boneca! Não vá escorregar e cair.
Pois Boneca é uma garotinha linda, mas quebrável.

Sim, senhor, nós guardamos o dinheiro que ganhamos com nossas viagens. Fazemos isso há anos. Passamos dois ou três dias numa cidade e depois seguimos adiante. Às vezes, e possivelmente agora será uma dessas vezes, eu me comporto mal e nós precisamos partir com rapidez, sem sequer passar a noite e descansar um pouco. Quase sempre ficamos perto do rio Mississippi. É melhor você perguntar ao Papai que investimentos ele fez.

No começo Boneca mal consegue enxergar seu pai/padrasto nas sombras do banco traseiro do LaSalle, no qual ele aguarda, parecendo uma aranha velha e gorda, com aquela barriga ampla. Ah, *Papai!* Surpresa.
Boneca está trazendo para Ira um sushi de frutos do mar (eca!), e para ela mesma um cheeseburguer com batatas fritas, repolho pi-

cado e uma Pepsi tamanho gigante num copo encerado. Ah, Papai, abra a porcaria da porta. Quer que eu faça *tudo* sozinha? É claro que Ira abre a porta rapidamente. Essa criança simplesmente gosta de ser mandona. (Tal como sua falecida mãe.) Ira certamente não aprova os hábitos alimentares de Boneca. Os cheeseburguers e as batatas fritas já são ruins, mas ela consegue devorar comidas até piores. Seu metabolismo nervoso queima as calorias rapidamente. Por enquanto ela não passa de uma criança, mas... e depois? Nos anos vindouros? O rosto de Ira se enruga de preocupação, visualizando uma Boneca gorducha. Aquela macia pele cremosa ficaria toda inchada e esticada. Isso certamente atrairia uma categoria de admiradores com menos discernimento e educação.

O vento traz o cheiro selvagem do rio. É uma noite qualquer da semana numa Metrópole Anônima dos Estados Unidos.

Sim, nós estamos na internet. Papai nos conectou há muito tempo. Assim como fez aqueles investimentos financeiros espertos. Papai parece um velhote gorducho e inofensivo, daqueles que a gente tem vontade de botar no colo, mas ele está *ligado*.

Comer dá prazer quando você está com fome, assim como beber dá prazer quando você está com sede. Ira Early e sua enteada/filha Boneca devoram o jantar para viagem. Bebericam e engolem suas preciosas bebidas. Enquanto isso, a menos de três quilômetros dali, no quarto 22 de um motel barato, o próximo amigo pré-pago se examina diante de um espelho vagabundo. Ele tem um cabelo ruivo meio desbotado, com uma pele pálida e bichenta que causava vergonha até em sua mãe. É um homem que tem consciência, ou pelo menos quer pensar assim. Fica olhando para seu reflexo, murmurando. Tarado! Agora nós sabemos.

O telefone toca na mesa-de-cabeceira queimada e arranhada.

Ira vê os dedos ágeis de Boneca, com unhas vermelhas cuidadosamente tratadas, apertar números no telefone celular. Aquilo é um aparelho tão absurdamente pequeno (para os olhos com óculos bifocais de Ira, quase todas as novidades eletrônicas parecem que vão

explodir a qualquer momento) que ele sempre fica surpreso ao ver que o troço funciona de verdade. Feito um telefone normal.
Boneca ri de Papai. É claro que isso funciona feito um telefone normal, bobo. É um telefone normal.
(Mas o telefone celular não é um rádio, na realidade? Uma espécie de rádio miniaturizado? Ira sabe que é melhor não discutir com uma filha temperamental.)
Ira toma o aparelho de Boneca depois que ela aperta as teclas do número que ele mandou. (Seus dedos são grandes demais para fazer isso.) Ele pigarreia, assumindo uma expressão e uma dicção formais.
— A-lô! Senhor, aqui é...

Boneca não presta muita atenção, enquanto seu pai/padrasto confirma com o Sr. X o lugar, a hora e a duração. Ela já ouviu tudo isso incontáveis vezes. (Centenas?) Eles já deram sorte nessa velha cidade ribeirinha do Meio-Oeste, e a impressão é de que terão mais ainda. Ontem, hoje, agora esta noite. Ira planejou um terceiro dia de encontros antes de seguir viagem. Boneca leva a mão à boca, num bocejo, sentindo o cheiro do cheeseburguer.
Não. Boneca não está bocejando, está limpando a boca gordurosa. Em seus olhos dilatados e vidrados, relampeja o olhar de um tubarão. Enquanto tenta desajeitadamente desligar o telefone, Ira vê esse clarão nos olhos dela. Ou acha que vê.
Boneca, você vai se comportar bem hoje à noite, não vai?
Ela faz bico e dá de ombros. Remexe um pouco o corpo de Boneca, de uma forma que pode significar sim, claro. Mas também pode significar o contrário.
Ainda desajeitadamente, Ira tenta terminar de comer o restante do sushi. Boneca debocha dele por usar pauzinhos de madeira. Pauzinhos de madeira! Caceta, Papai, nós somos *americanos*. Atum cru molenga e grãos de arroz, que para Boneca parecem formigas marrons ressecadas, caem no colo de Ira. Soltando um muxoxo desdenhoso, ela joga para ele um guardanapo de papel usado.

Ira Early se preocupa porque é um perfeccionista. É perfeccionista porque tem um medo infernal de que as coisas acabem mal. Tem um medo infernal de que as coisas acabem mal por já ter visto, e continuar vendo todo dia, coisas acabando mal para outras pessoas. Às vezes, muito mal. (Ele não pode saber se as coisas acabarão mal para o Sr. X no quarto 22 do motel barato. Mas ficou com um pressentimento ruim, depois de ter espiado o olhar de tubarão de Boneca.)

Ainda assim, há o consolo da Política Sem Contato Físico. Essa regra, implementada por Ira desde o início das viagens dele com Boneca, é uma astuta norma estratégica. Sem Contato Físico (SCF na internet) garante uma classe de admiradores com discernimento. Há também a idade... 11 anos. Jovem, pré-pubescente, mas não jovem demais. Boneca atrai uma classe mais alta de indivíduos (masculinos) com idades variadas, mas majoritariamente bem-educados, com renda entre média e média-alta. Quase todos têm diplomas universitários, predominantemente em artes. Entre esses indivíduos, a SCF é um incentivo, uma novidade e um alívio.

Boneca, faça o papel de co-piloto. É melhor nós partirmos.

Boneca solta um lamento: Ah, Pa-pai! Não terminei meu jantar ainda. Você sabe que eu não consigo comer tão depressa quanto você.

Vá lendo as indicações, querida. Nós só temos 15 minutos.

Ele vai esperar. Poxa!

Já são quase onze horas da noite. A lua se deslocou conspicuamente no céu, feito uma piscadela prolongada.

Ira vai em direção ao sul, ou ao que parece ser o sul, entrando na colméia do centro da cidade. É um labirinto de pistas de mão única, rampas de saída, trevos e luzes ofuscantes. Ele detesta vias expressas, mas não tem escolha. Ao seu lado, Boneca equilibra a Pepsi gigante entre os joelhos e vai lendo as indicações numa folha de papel. Embora esperta e astuta, ela tem dificuldade com palavras de mais de uma sílaba, ou que contenham consoantes pouco familiares.

– Caís no topo da rampa. Saída à direita.

O que foi isso?

– Caís...

— Você quer dizer "cáis". C-A-I-S se pronuncia "cáis".

Boneca fica emburrada. Como eu poderia saber disso, diabo, se fui educada em casa?

Sem que o velho babão do Papai saiba, eu escondi minha navalha na bota. Embrulhada em papel-alumínio, por medida de segurança. Venho pensando que... talvez sim, talvez não. Desde St. Louis, faz muito tempo que estamos na estrada. Dizendo para Papai: "Sabe de uma coisa? Eu quero botas de couro de avestruz no Natal. Quero pegar um pouco de sol em Nova Orleans."

No tal motel barato, ele lava o rosto, os antebraços, as axilas e as mãos. Embora não vá (ele jura que não vai!) tocar na garota. A pele bichenta parece inflamada, como que salpicada de acne. Aos 37 anos de idade, e não 17, ele ainda tem espinhas. Deve haver algo de errado com seu metabolismo.

Ele precisa aproveitar que está solto, em liberdade condicional, para tratar disso.

Há dois anos Ira Early e sua filha/enteada Boneca, na época conhecida como Margaret Ann, ainda moravam no que as autoridades chamavam de "endereço fixo". Na realidade, era a casa da família da falecida esposa de Ira, que ficava num elegante bairro histórico de Minneapolis. Nessa época, sua vida doméstica apresentava problemas, que foram quase todos resolvidos depois que eles pegaram a estrada.

Detestei tirar da escola essa criança esperta e atenta. Meu consolo é que ela foi escrupulosamente educada em casa. Quase todo dia nós visitamos um museu de história natural, um borboletário, uma aldeia colonial, ou um planetário.

Ira Early foi um grande estudioso de latim, matemática e história mundial na Academia de Rapazes de Cincinnati. Sempre gostou de rondar sebos e brechós. A mala de seu carro está entupida de volumes avulsos da *Enciclopédia Britânica*, livros condensados de Seleções e até o *Dicionário Completo Webster*.

Boneca tem, ou costumava ter, uma memória fotográfica. Ela ainda consegue deixar todos os Seus X fascinados ao recitar, com uma voz de colegial ofegante, o rol de presidentes americanos com seus desconhecidos vice-presidentes. Ou resumos de teorias econômicas (o longo ciclo de ondas de Kondratieff, econometria, monetarismo, neo-keynesianismo). Ou as maiores guerras européias desde a Guerra dos Cem Anos até a Segunda Guerra Mundial. Além dos grandes nervos cranianos e das principais artérias.

Qual é a minha favorita? A carótida.

Nós tentamos! Tentamos. Mas aquela vida doméstica na avenida Mount Curve não era para nós.

A mãe de Boneca deixou esse mundo quando ela ainda tinha, vejamos, 2 ou 3 anos de idade. Pelo menos acredita-se que a esposa de Ira Early deixou esse mundo, mas na realidade seus restos mortais nunca foram encontrados. Em tom indignado, Boneca já declarou que *não* acredita nas "alegações" de que seu papai assassinou sua mãe/esposa dele, desmembrou o cadáver e espalhou os pedaços, presos a pedras para jamais virem à superfície, ao longo de sessenta milhas do Mississippi ao sul de Minneapolis. *Não*, ela *não* acredita nisso.

Boneca diz: Isso foi numa época há muito tempo, antes da tevê a cabo e do telefone celular. Eu conheço o coração do meu papai, e ele jamais tocaria num fio de cabelo na cabeça de alguém que não merecesse.

Um deles me mostrou uns bonecos de borracha idiotas, completamente nus, e perguntou: O seu pai maltrata você? Eu disse: Não, não, não! – Fiquei cantarolando sozinha, balançando de um lado para o outro.

Eu amo meu papai. (É verdade, Ira Early é o pai biológico de Boneca. Não é o seu padrasto, como eles dizem aos associados e senhores X. Mesmo entre os amplos contatos de Ira vigora o princípio de rejeitar certas formas de conduta, e é bom respeitar esse princípio se você é do ramo.)

(A tal época há muito tempo? Alguns dizem que foi entre 1970 e 1975, e outros dizem que foi em 1953. Mas há quem afirme que Ira Early e sua filha/enteada Boneca começaram a viajar em 1930, depois da quebra da bolsa. Boneca fica perplexa com essa idéia. Então ela tem 11 anos de idade há mais de setenta anos?)

Quantos anos você tem, Boneca? O Sr. X certamente vai perguntar caso o Sr. X no quarto 22 desse motel barato seja parecido com os senhores X dos outros motéis espalhados ao longo do Mississippi. Ouvi essa pergunta a vida inteira, tanto que hoje em dia fico muito puta.

Papai diz: Faça a vontade dos clientes. Eles têm um valor inestimável (porque são incontáveis).

Papai diz: Siga o roteiro. Veja, eles recuariam diante de 10. Também não querem ouvir 12. Muito menos 13. Existe uma espécie de consenso.

A SCF vem funcionando muito bem. Ou quase.

Em Mount Curve, nós tentamos. Lá havia até uma Vovó, com cara de cereja enrugada e olhos de gelatina. Era a mãe da Mamãe, que Boneca se esforçou muito para amar, mas não conseguiu. Ela ficava fungando nos braços da velha, prendendo a respiração até não agüentar mais. Então engasgava e se libertava do abraço. E o Papai, que era um jovem viúvo suportando estoicamente a tristeza, um dia puxou o cavanhaque ainda escuro e disse: Margaret Ann, você é minha filha, não é? Não é coisa alguma dela. Os meus genes são o seu destino, querida. O Papai estava gravemente abalado. Só sentira amor-de-pai naquele instante.

Mesmo assim, nós tentamos durante anos (quantos?) levar vidas "normais", "comuns", ou "convencionais". Às vezes até freqüentávamos a antiga igreja de Mamãe.

Como se isso nos adiantasse alguma coisa.

Sempre motéis baratos. Nunca hotéis com saguões. (Embora Ira Early e Boneca às vezes se hospedem nos Marriots ao longo das rodovias, pai e filha viajando sob variados nomes e disfarces.) Caso Sr. X, Sr. Y, ou Sr. Z viaje para se encontrar com eles numa Metrópole Anônima e quiser ficar num hotel bom, precisará reservar também um quarto num motel barato. Não convém Boneca aparecer em qualquer saguão cheio de luz e gente, por causa das botas de couro branco com saltos altos, a jaqueta de camurça roxa e as tranças lisas balançando em torno da cabeça exótica.

Uma garota de 11 anos, sem pai nem mãe, com olhos maquiados, sensuais lábios carnudos e faces rosadas. Ah, não.

Eles fugiram de Minneapolis por um bom motivo. Pode-se dizer que foram caçados e expulsos. Perseguidos. Aquele dia terrível em que o inspetor da saúde pública chegou à casa sem ser convidado, inesperadamente. Um funcionário com o poder fascista de delatar Ira Early às autoridades, sob a ameaça de ser preso por negligência paterna.

Para dizer a verdade, Ira fora avisado. Já recebera cartas enviadas pela escola de Margaret Ann, registradas e endereçadas a ele. Também recebera, mas não levara a sério, telefonemas inoportunos do diretor da Escola de Primeiro Grau de Mount Curve. *Margaret Ann Early*, matriculada na sexta série, onde está ela? Por que falta tanto às aulas? Por que, quando vem à escola, ela adormece sobre a carteira? Por que suas notas são tão baixas e sua conduta é tão rebelde?

Examinada em Busca de Sinais de Abuso Sexual. Nenhum fora encontrado.

No quarto 22 do tal motel barato, o homem conhecido como Sr. X (ou Sr. Rabanete, como logo será chamado pela maliciosa Boneca) está se examinando num espelho sujo dentro do banheiro. Ele passa a mão pelos cabelos ruivos, ralos e desbotados. Em seu olhar, nota um desespero lacrimoso e um louco desejo exultante. Afora isso, seus olhos parecem comuns, apenas um pouco injetados. Ele está pensando que ainda não é tarde demais. É possível cancelar tudo. E simplesmente ir embora.

Ele é sujeito decente, na verdade. Cometeu alguns erros que jamais cometerá novamente. (Acredita ele.)

Sua virilha está pulsando. É uma sensação agradável, mas que provoca nojo nele.

Sem. Contato. Físico.

Ele dá a descarga para se certificar de que a privada está limpa e volta para o quarto. Alisa com as duas mãos a colcha suja, de veludo cotelê cor de ferrugem. São 11 da noite. Talvez a criança não seja entregue?

São 11 da noite, é verdade. Mas Ira Early não pode ser forçado a ultrapassar o limite de velocidade, mesmo que queira. Na realidade, ele tem o hábito exasperante de dirigir 15 quilômetros abaixo do limite de velocidade. A bordo daquela restaurada relíquia de 1953, ele dirige com os maneirismos de um homem idoso que tem desprezo pela vida contemporânea. Isso ajuda a compor o estilo cavalheiresco de Ira. Em parte, é por isso que ele parece confiável. Com seus ternos, coletes e gravatas de uma outra era. Com os óculos bifocais, sem armação, aboletados no nariz levemente rechonchudo. Os cabelos e bigodes brancos lhe dão um atraente ar de Papai Noel. Ou talvez a pessoa seja levada a pensar naquele gênio maluco, Albert Einstein. Os frios olhos astutos de Ira cintilam atrás das lentes bifocais como os de um professor. Os lábios finos abrem um sorriso vago sobre os grandes dentes carnívoros. Garçons em bares, gerentes de hotéis, a maioria dos colegas e parceiros de Ira Early persistem no mesmo erro: *Esse velho bundão não é perigoso.*

Depois de Cais vem o quê?

Parece... Centro da Cidade? Saída à esquerda.

Essa Metrópole Anônima é um labirinto de ruas feias que deveria ser familiar a Ira e Boneca. Eles já estiveram aqui antes, sabe-se lá quando. Em todo o Meio-Oeste, os Centros das Cidades são iguais, numa repetição infinita. Decadente Centro de Cidade em Metrópole Outrora Pujante. Aquilo parece um tubo de sucção, atraindo os dois. Parece água ensanguentada escorrendo alegremente por um ralo só parcialmente entupido de cabelos.

(Por que Boneca está pensando uma coisa tão perversa? Com a serpenteante língua rosada umedecendo os lábios rubros.)

Saída à *esquerda*, eu disse. Pa-pai! Você está indo para a direita.

Você falou à esquerda. Quer dizer, você falou à direita.

Eu falei à porra da *esquerda*, Pa-pai.

Dobre a língua, menina.

Além disso eu estou com fome – disse Boneca em tom bem alto. – Depois disso vou querer um pouco de sorvete. Com a porra da cobertura de caramelo.

Já falei, menina... dobre a língua.

Dobre a língua você, Pa-pai. Velho tarado.

(Boneca está ficando malvada. O cheeseburguer era quase todo de queijo. Ela está pensando que possivelmente não se contentará só com a carótida. Isso é fácil demais. Isso foi em St. Louis. Já faz pelo menos oito meses desde que ela traçou o outro. Aquilo é mais desafiador. E ela trouxe um certo bombom borrachudo para o Pa-pai.)

(Que finge ficar horrorizado e enojado. Mas é claro que Ira Early guarda essas Lembranças Aventurescas, como qualquer tarado honesto.)

"Rua Front." Viu, Papai?

– É claro. Eu não sou cego.

No estacionamento do motel, Boneca retoca a maquiagem. Para uma garota impaciente e mimada, ela demonstra uma habilidade surpreendente ao maquiar o rosto, principalmente os olhos. Enquanto isso, o Sr. Rabanete alisa nervosamente o rosto ruborizado, virando a cabeça de um lado para o outro e se olhando no espelho.

Mas esse sou eu? Ou é algum pervertido que me arrastou até aqui?

Ira Early acompanha Boneca até o quarto 22 (que está iluminado por dentro, com as persianas cerradas). Mas ele recua discretamente para as sombras de uma caixa de entulho, quando Boneca bate e a porta se abre.

Silenciosamente articulando as palavras Que Deus acompanhe você, querida.

E seu papai estará por perto, de sentinela.

(Será que ele deveria ter forçado sua temperamental filha pré-pubescente a lhe mostrar o conteúdo da bolsa? Os bolsos da jaqueta? Suas sensuais botas de couro. Cacete, ele pretendia fazer isso, mas esquecera.)

A porta é aberta cautelosamente. Boneca é convidada a entrar, mordendo o lábio inferior para abafar um risinho nervoso. Por quê? Ela não está com medo desse indivíduo que jamais viu antes... está?
A filha/enteada de Ira Early, não. Boneca, não.
O cara faz Boneca se lembrar de um rabanete em pé. Sr. Rabanete!
Ele também parece nervoso por causa dela. Está excitado. Fica parado ali, mexendo os dedos, com um enjoativo brilho oleoso no rosto. Como se jamais houvesse visto algo como Boneca. Como se estivesse tentando descobrir o que ela é. Mas tem presença de espírito suficiente para fechar, trancar e aferrolhar a porta.
Tentando sorrir. Lambendo os lábios nervosamente.
"Bo-boneca." Esse é o seu nome de verdade?
Boneca dá de ombros. Talvez sim, talvez não.
– E você... (Sr. Rabanete é gago?)... t-tem... 11 anos?
Boneca dá de ombros e murmura algo que parece "simsenhor". Ela é uma mistura fascinante de mutismo, timidez, matreirice e perversidade. Bate as pestanas com charme, mas também revela algo rancoroso por baixo, como uma batida de rock pesado. O Sr. Rabanete fica enfeitiçado e sorri boquiaberto, flexionando os dedos compridos.
Tropeçando nas palavras: Vo-você parece ter mais do que 11, eu acho... mas é mui-muito bonita, Boneca. Seja lá quem você for.
Boneca murmura: Hum, obrigada, moço. – Depois tira e deixa cair sobre a cama a jaqueta de camurça roxa, como se isso fosse o gesto mais natural do mundo. Joga para trás as tranças arrepiadas, vendo de esguelha o olhar arregalado do Sr. Rabanete.
Enquanto a política for Sem Contato Físico, que importância tem?

Ah, ele está se sentindo taciturno, melancólico.
Talvez essa não seja a vida certa, você se pergunta às vezes. A lua tão vívida, feito o olho de Deus. Vendo tudo, e perdoando? Talvez não.

Ira Early já esvaziou o conteúdo da garrafa térmica. Resolve dar um pulo num bar que notou a um quarteirão de distância do motel na rua Front. Boneca nem ficará sabendo. Ele se afastará por apenas alguns instantes, doçura.

Esse Sr. X é um professor de segundo grau. Ira tem certeza de que ele não faria mal, sequer tocaria, a uma mosca.

Onde está o controle remoto da tevê? O olhar de Boneca esquadrinha o aposento encardido.

Sr. Rabanete só quer conversar. Ótimo. Mas não se pode exigir que Boneca responda às insistentes perguntas dele. Ou sequer escute. Ela faz seu papel, reagindo feito uma boneca mecânica, um-dois-três-quatro, como sempre. Só que a coisa parece totalmente espontânea! Movimentos faciais, cílios trêmulos, ampliações do sorriso, variações do sorriso, doce olhar recatado, serpenteante língua rosada umedecendo os lábios e simulação de um rubor. Como se Boneca pudesse se ruborizar. Ela está um pouco puta da vida com esse cara, que disse que ela parecia ter mais do que 11 anos... vá se foder! É óbvio que ela parece mais velha do que isso, mas não tanto assim! Boneca acha que foi insultada. Vai retalhar a carótida desse babaca e ficar vendo o sujeito sangrar até morrer feito o último. Só que dessa vez ela não quer ser atingida pelos respingos de sangue. Isso já é ruim nas roupas, mas nas tranças do cabelo é uma bosta total.

Noite de bosta, deixa a gente meio triste, diz o garçom de rabo-de-cavalo grisalho e meio calvo, como se quisesse conversar com Ira Early. O lugar está quase deserto. Ira passa os dedos pelo cabelo e cavanhaque brancos, como que procurando os vestígios da sua consciência. Pois é, diz o Sr. Early, com uma entonação bíblica, realmente é triste. O destino da humanidade.

O garçom de rabo-de-cavalo, que provavelmente nasceu na era hippie do século passado, diz ansiosamente: Trágico, você acha?

Ira Early olha para sua bebida. Ali reside a verdade nua e crua.

Talvez apenas triste, meu amigo. "Trágico" é briga de cachorro grande.

O Sr. Rabanete consegue dar uma espécie de risada misturada com tosse, feia como um pigarro. Flertando como se fosse um cadáver em pé, ele diz: Você falou que é cha-chamada de "Boneca"... quer dizer que o seu nome é outro?

Boneca pula sentada sobre a velha colcha de veludo fedorento na cama, guinchando suavemente e soltando risadinhas como se tivesse seis anos de idade, pois isso é o que se espera dela. O Sr. Rabanete é a platéia ideal. Fica de olhos arregalados e queixo caído, como se houvesse adormecido em pé.

Boneca dá de ombros. Talvez sim, talvez não.

Você pode me dizer, Boneca. O seu nome.

Boneca localizou o controle remoto da tevê, meio escondido pelo exemplar de USA *Today* na mesa-de-cabeceira. Com a graça de uma bailarina infantil, ela pula da cama para pegar o aparelho.

Meu no-nome é...

Boneca não está escutando. Ela já percebeu que esse cara não é uma ameaça. Feioso como um sapato gasto. O cabelo ruivo e desbotado parece uma escova velha. E aqueles olhos de cachorro, piscando. O panaca quase provoca pena. (Quase.) Boneca não consegue calcular a idade dele, mas também não sabe calcular a idade de adulto algum. Para ela, quem não é criança é velho... "velha bruxa", "velho bundão". Ela *vê* que Sr. Rabanete usa uma camisa branca. Enroladas, as mangas da camisa revelam antebraços peludos, mas os pêlos estão divididos em tufos, como se Sr. Rabanete tivesse sarna. Ele parece ter dormido com as calças que está usando. Seus sapatos amarrados são velhos e feios. Sr. Rabanete tem músculos flácidos e ombros caídos. Não fosse isso, seria tão alto quanto Ira Early. Mas sem aquilo que se chama estatura, ou dignidade. E Sr. Rabanete fede.

Eca. É aquele odor entediante do macho excitado. Combinado com ansiedade e vergonha. Boneca vem sentindo esse odor em quartos assim há muito tempo, desde que partiu da avenida Mount Curve.

É hora de ver tevê. Mas Sr. Rabanete fica andando em semicírculos nervosos ao redor de Boneca. Puxa uma conversa fiada de babaca naquela voz rouca e áspera, que dá vontade de esmigalhar embaixo do salto-agulha.

Dizendo: Bo-boneca? Quem são os seus parentes?

Hum. Numsei.

Aquele homem que... aquele homem que falou comigo no telefone... é mesmo seu padrasto?

Boneca responde devagar: Papaidrasto.

Ora, mas isso é horrível!

Boneca liga a tevê. Depois responde vagarosamente algo que parece acertado.

Seu próprio padrasto? Ele fez isso com você?

(Cobertura de caramelo é o que Boneca quer. Cacete, bem que ela merece.)

(Esse sujeito. Não vale a pena cortar a garganta dele. Não passa de um pobre coitado. Nem cortar fora aquela coisa entre as pernas dele, se é que ele tem algo lá. Não hoje à noite.)

Mas, querida... como isso... a sua vida... aconteceu?

Boneca responde devagar:

Numsei, não, senhor. Acontecendo.

Você vai à escola, Boneca? Quer dizer... você recebe algum tipo de educação?

Sr. Rabanete enfia as mãos nervosas nos bolsos da calça, e fica olhando para Boneca na cama, ofegando como se estivesse ferido.

Fungando orgulhosamente, Boneca diz: Eu fui educada em casa.

Educada em casa! Sr. Rabanete ri, como se alguém houvesse agarrado e apertado o que ele tem entre as pernas.

Na escuridão quase deserta do bar, Ira Early está tomando o segundo martíni. Ele está na fossa e precisa tomar cuidado para não perder a hora. Pretendia voltar para o motel após um intervalo de dez minutos, mas já ficou mais tempo do que isso.

Francamente, Ira está magoado. Foi chamado por sua adorada filha/enteada de velho tarado. Isso é uma injustiça.

Velho tarado, dissera ela, rindo.

Mas talvez Boneca tenha razão. As tais lembranças que ela deu a Ira, frutos de sua malvadeza nos motéis baratos, não foram descartadas apressadamente por ele, como seria de esperar. Por algum motivo, Ira não consegue fazer isso. Esses bombons, como diz Boneca, são sinais. Símbolos. É difícil dizer o que significam. Mas significam alguma coisa.

Está vendo, Pa-pai? O que você me levou a fazer.

Antes eles do que eu, menina.

Um velho bundão mais nervoso se livraria desses indícios, temendo uma intervenção policial. Mas Ira Early tem uma personalidade única. Mais única, pode-se dizer, do que a da lendária Boneca.

As crônicas da criminalidade no Meio-Oeste jamais revelarão a face oculta de Ira Early. Mesmo aqueles que conheceram Ira e sua filha/enteada Boneca não saberiam descrever a dupla.

Ele guarda as tais lembranças em formol dentro de jarros. Tem cinco, seis... sete? Mantém os jarros em armários de aluguel espalhados entre Mille Lacs, Minnesota, ao norte, e Greenville, Mississippi, ao sul. Cada armário está sob um nome diferente. Mas nenhum dos nomes é o dele próprio. Aquilo é uma espécie de registro sentimental, que ele talvez volte a examinar um dia, quando Boneca finalmente amadurecer demais para continuar sendo Boneca. Mas enquanto isso, Ira Early vai ficando sentimental.

O senhor quer outra dose? – indaga o garçom de rabo-de-cavalo.

Ira Early abana a cabeça de Papai Noel, indicando que não, é melhor não. Mas ouve sua voz dizer: Está bem, já que você insiste.

Deitada provocantemente sobre a cama, Boneca não tira as sensuais botas brancas que vão até os joelhos, mas deixa a minissaia de cetim preto subir, mostrando suas lindas coxas. A blusinha de alças finas é de veludo dourado, com uma sedutora sugestão de seios infantis, ou algo acolchoado na altura do peito. As tranças arrepiadas se projetam de sua cabeça, parecendo prontas para dar choques em quem tocar nelas. (É a realização do sonho mais perverso de Sr. Rabanete.

Talvez ele deva estuprar e assassinar, ou assassinar e estuprar, essa criança exótica, acabar com tudo num arroubo passional, e depois se matar. Mas em termos práticos, de que maneira um homem como o Sr. Rabanete pode se matar? Ele não é dado a heroísmos.)

Boneca está assistindo a um programa de competição, aparentemente *Milionário*. Gritinhos, aplausos e aquele apresentador canastrão que na realidade parece Ira Early. Entediada, ela passa para outro canal. Todos esses meses e anos de viagens com seu pai/padrasto deixaram Boneca muito agitada. Ela não consegue ver qualquer programa de tevê por mais de três ou quatro minutos. Prefere ficar trocando de canal. Vai do um ao 99, e depois volta, como num carrossel. Quando está presente, Ira sempre arranca o controle remoto da mão de Boneca, por mais que ela proteste. Ele acredita que a tevê faz mal ao cérebro. Mas Ira não está presente ali. Quem está é Sr. Rabanete, que parece adorar Boneca. Ele não encostará nela, e fica só olhando enquanto Boneca aponta o controle remoto para a tevê como uma vara de condão.

Boneca odeia comerciais, mas fica vendo um sobre a TPM. Quer dizer, para evitar a TPM. "Tensão Pré-Menstrual." Ela sussurra essas palavras misteriosas em voz alta. Seu papai garantiu que isso jamais acontecerá com ela. Ele lhe dá pílulas diariamente, e há outras maneiras de manter Boneca longe daquele fenômeno feio chamado *puberdade*.

Ela troca para *Os mais engraçados vídeos de animais*. Aparecem um *bassê* de cara triste e um bebê de cabeça pontuda. Os dois estão dividindo um picolé de laranja, observados pelos membros da família, que choram de tanto rir. Boneca também ri, mas de nojo. Eca! Todo mundo sabe que as bocas dos cachorros são infestadas de germes.

Sr. Rabanete abriu a camisa, revelando um peito com tufos de pêlos ruivos e espinhas que Boneca não tem vontade de ver. Ele continua falando em tom excitado. Talvez esteja bêbado, ou dopado com analgésicos. Boneca lembra-se vagamente de Ira ter mencionado que o Sr. X de hoje era uma espécie de professor do segundo grau, um educador, e um idealista.

Engolindo com força, ele diz: Bo-Boneca, você está escutando? Eu tenho muita vergonha de fazer isso. Você é uma criança linda. Eu sei que você tem uma al-alma linda. O que seu padrasto fez com você foi uma merda. Você merece muito mais do que... isso.

Boneca dá de ombros. Hum, hum?

Com a expressão impassível, Boneca ignora essa babaquice. Fica com o olhar fixo na tela da tevê, trocando de canal rapidamente feito um lagarto escalando um muro. Seus olhos de Cleópatra têm aquele ar vidrado e faminto de uma criança que passa depressa pelos canais, certa de que algo especial está esperando. Com uma frieza furiosa, ela está pensando em arrancar um dos olhos de Sr. Rabanete, além de estourar a carótida dele. Quando ela surpreendera Ira com um pedaço de carne do tamanho de uma moeda, contendo o umbigo de um caminhoneiro, o velho ficara boquiaberto. Boneca, isso vai além do meu DNA, eu juro.

Como eu queria, diz o Sr. Rabanete, ah, Deus, como eu queria poder salvar você. Uma menininha linda como você.

Obrigada, moço, mas eu estou *salva*.

(Boneca verifica a hora. Ah, Deus, nem onze e meia ainda.)

Eu podia o-orar por nós. O poder da oração é espantoso.

Obrigada, moço, mas está tudo bem.

Um homem como esse seu padrasto, diz ofegante o Sr. Rabanete, deveria ser lançado no fogo do inferno por toda a eternidade. Ou pelo menos ser entregue à polícia.

Boneca finge não ter ouvido isso. Mas ouviu.

Bem, o Sr. Rabanete pode dizer o que quiser. Isso está incluído no preço. E ele pode fazer o que quiser a si mesmo, exclusivamente. Boneca sequer olha para ele. Se o tarado sufocar no próprio cuspe, se ficar com o rosto da cor de uma bolha, ela não vai olhar.

Mas ela pode dizer, se tiver vontade: – Ah, moço, já está na hora do banho de Boneca?

Ou então, sorrindo feito uma menininha perversa e fazendo os cílios tremerem feito asas de borboleta, pode dizer: Boneca quer tomar banho. Está na hora!

No bar, Ira Early fica horrorizado ao perceber subitamente que já são 23h46. Ele ficou ali muito mais tempo do que planejara e bebeu bem mais do que planejara. Que vergonha! E se lá no motel sua menininha estivesse aos prantos, precisando dele?

Nunca aconteceu algo assim, exatamente. Pelo menos desde uma noite infeliz em El Dorado, Arkansas, quando Ira Early e sua filha/enteada Boneca ainda começavam ingenuamente a se aventurar.

Cê tá nu, moço? Não espie.

Dentro do banheiro cheio de vapor, Sr. Rabanete grunhe: – *Sim.*

Boneca, também nua, mordendo o lábio inferior para não rir, abre a porta. Ao que parece, Sr. Rabanete fez o que ela exigiu.

Os últimos vinte minutos de Sr. Rabanete vão ser um jogo.

Disseram ao Sr. Rabanete que aquilo era um Banho. Mas Boneca tem outro jogo em mente.

(Pelo visto, naquela manhã eu fizera a maldade. Preparara uma navalha nova numa caneta esferográfica de um dos motéis, presa com aquela Cola Maluca que nunca desgruda. Papai já proibira que eu fizesse isso, depois de St. Louis. Ah, essa lâmina é *afiada*.)

Boneca é esguia e tem uma ossatura pequena, como eram as bonecas verdadeiras antigamente. Ela tem seios diminutos, com mamilos castanhos que parecem botões de flor. Entre suas pernas, a penugem é tão delicada quanto em sua nuca. Ela tem pernas compridas, dando a impressão de que pode entrar em ação e escapar de nosso alcance se fizermos um movimento errado. No ar úmido do banheiro, a cremosa pele aveludada de Boneca fica levemente avermelhada. Os olhos grandes brilham de expectativa. As tranças arrepiadas estão cuidadosamente presas em torno da cabeça e cobertas por uma touca plástica barata fornecida pelo motel. Ira Early diria que ela só pode estar pensando em maldade, mas na realidade Boneca dá uma risada.

Como uma autêntica menina de 11 anos exclamaria, ofegante:
– A água desse banho está quente e gostosa?
Está quente, Boneca. Está... quente.

Obedecendo às regras do Jogo que proíbem espiadelas, o Sr. Rabanete agita a água com as mãos em concha. Boneca vê um pedaço de peito enjoativamente pálido e um tufo de cabelo ruivo desbotado.

Não está quente demais, moço?

Não! Está no ponto certo.

Eu não quero me queimar, entende? Mas gosto de um banho quente.

Bo-Boneca, está no ponto certo. Você pode enfiar um de-dedo do pé dentro...

Tem algum sabonete bom, moço? Quero uma montanha de espuma.

Tem um sabonete ótimo aqui. Do tamanho da palma da minha mão, está vendo?

Não espie! Eu já vi.

O cheiro também é muito bom. Marfim.

Em tom de repreensão, como se Sr. Rabanete estivesse espiando maliciosamente por cima do ombro dela, Boneca diz: Moço! Vire a cabeça e feche os olhos.

– Pronto, Boneca. Pronto.

O coitado do Sr. Rabanete fica tremendo na água daquela banheira suja, até a cortina plástica rasgada ser aberta feito a cortina de um palco. Então ele é revelado aos olhos debochados de Boneca, que surge tomada de fúria. Ela está segurando a caneta com a navalha logo atrás da nádega direita, ao longo da curva lisa da carne quente. Ao ver aqueles peludos joelhos desnudos contraídos junto a um peito encovado, ela se lembra de Ira Early. Lembra-se do aspecto de um homem que parece sólido quando vestido, mas é flácido e banhudo quando sem roupa. Você só tem vontade de retalhar-retalhar-retalhar aquilo.

Os olhos vidrados de Boneca parecem dois cintilantes refletores esverdeados.

Moço? Promete? Só vai olhar depois que eu estiver na banheira?

Lá no quarto a tevê está ligada, com o volume alto, mas não alto demais. O motel de hoje pertence ao gênero dos motéis confiáveis. Ali, cada pessoa cuida da própria vida. Com muita perspicácia, Boneca notou que são 23h48. É uma hora bastante prática. Se seu papai pulsilânime saiu pela rua atrás de um trago ou dois, a essa altura já voltou. Sr. Rabanete solta um grunhido como resposta final, sim, ele pro-promete que não vai o-olhar. Boneca se esgueira até a banheira, onde o homem nu aguarda, tremendo de expectativa, e dá golpes sem errar com a navalha... um! dois! três!... usando a técnica de serrar que aperfeiçoou... e quatro! cinco!... só para garantir, com uma força tão mortífera que a cabeça da vítima quase é arrancada do corpo (coisa que mais tarde provocará o espanto admirado dos detetives da divisão municipal de homicídios).

Boneca murmura suavemente: Está vendo?

Ah, Deus... já passa de meia-noite. Ira Early chega ao estacionamento, ofegante e arrependido. Onde está Boneca? Ela ainda não saiu do quarto do motel? Ira tivera o pressentimento de que algo ruim poderia acontecer. Jamais se perdoaria se algo ruim acontecesse à sua própria filha.

A lua já deslizou por metade do céu atrás do motel barato. Quando Ira ergue o olhar, vê fiapos de nuvens se arrastando sobre a superfície, feito teias de aranhas rompidas.

Pa-pai, não estou com raiva de *você*.

Os dois saem da cidade rumo ao sul, 36 horas antes do planejado. Ira está emudecido de indignação e preocupação. Boneca simplesmente ri, jogando um pequeno maço de cédulas no colo dele ao entrar no carro. Nenhum cartão de crédito. Ira Early nunca rouba cartões de crédito. Quem faz isso acaba apanhado. Boneca cantarola sozinha, soltando as tranças. Ah, seu couro cabeludo dói. As raízes dos cabelos doem. Os cabelos também. E ela está faminta.

Cruzando a divisa do estado de Missouri, eles param num restaurante que funciona dia e noite. Sentam numa mesa com divisórias no canto para não serem notados. Ira está usando um boné de carvoeiro para esconder seu cabelo, mas pouco pode fazer acerca dos bigodes de Papai Noel. Ele pede só uma cerveja, pois está com uma sede infernal, mas perturbado demais para comer. Desavergonhadamente, Boneca devora um sundae com cobertura de caramelo, sabendo que Ira está louco para ouvir algo. Por fim, limpa a boca miúda afetadamente, e diz: Pa-pai, pode ser que eu tenha uma coisa para você.

Ah, Boneca. Não.

Um bom-bom. Para Pa-pai.

Dando uma risadinha, ela tira da jaqueta de couro roxo uma coisa embrulhada em papel-alumínio, que passa para ele por baixo da mesa. Ira Early empurraria o embrulho de volta para os joelhos dela, enojado, mas em vez disso seus dedos agarram e apalpam o troço. Ele fica imaginando o que aquilo pode ser... algo macio e carnudo, ainda quente dentro do invólucro. Boneca dá outra risadinha e diz: Seu velho tarado. É todo seu.

É com nossa reputação que eu estou preocupado, Boneca. Nosso ganha-pão.

Ora, que diabo. Nada pode se opor a *nós*.

Talvez isso seja verdade. Ira Early gostaria que fosse.

Antes de sair do restaurante, Ira abre um mapa rodoviário, todo amarrotado de tanto viajar, em cima da mesa. É costume dele deixar que Boneca escolha, quase sempre. Mas às vezes ele intervém, em nome de interesses empresariais pragmáticos. A unha vermelha e pontuda de Boneca paira sobre o mapa. Qual é a próxima parada?

Fantoches na avenida

Diziam que ela era fútil e superficial. Diziam que ela não tinha charme algum, embora exalasse o mais sedutor dos perfumes, L'Heure bleue. Diziam que ela era só a mulher de um ricaço. E depois que ela passava, com sussurros e risadas cruéis diziam que ela não tinha alma. *Mas é a minha alma que eu busco continuamente! Onde posso, e como posso.*

    Ela buscava sua alma na avenida Madison. Fugidia e provocante feito uma aparição, a alma se escondia dela. Na Prada, na Gucci, na Nautica, na Armani. Na Baccarat, na Yves Saint Laurent. Com os olhos ansiosos ocultos atrás de imensas lentes escuras. A boca tensa, disfarçada por batom cor de ameixa, brilhante feito plástico. Procurando entre os reflexos das vitrines – Dior, Ralph Lauren, Calvin Klein, Rikki – num ensolarado sábado de outubro, lá vinha a Sra. G, vestida de seda bege-ostra, com as pernas esguias cobertas por sedosas meias claras, os pés em pálidos escarpins de pele de cabrito com glamourosos saltos altos e uma deslumbrante echarpe de seda alaranjada enrolada frouxamente no pescoço. Nas amplas vitrines da Shanghai Tang, o reflexo dela se movia de forma hesitante. A silhueta parecia infantil, embora a Sra. G não fosse uma criança. Tinha 37 anos. Ou seriam 42, como cochichavam alguns? Ela viu sua imagem refletida na vitrine da Steuben, mas não se reconheceu. Na tarde da véspera, refizera o penteado louro-champanhe no Jubjub, que ficava na esquina da avenida Madison com a rua Setenta e Um. Pedira um corte feito à tesoura, chique, que fazia o cabelo balançar em torno de seu rosto perfeitamente maquiado, emoldurando a cabeça como se fosse uma mão em concha. *Essa mulher sou eu? Eu conheço essa mulher?*

Era injusto, uma injustiça. Ninguém tinha piedade dela.

Ela sabia que todas riam por trás das mãos. Gastava milhares de dólares anualmente nos mais elegantes trajes, sapatos, acessórios e cosméticos. Mas diziam que ela não tinha *bom gosto*. Os digníssimos parentes do Sr. G diziam que ela, a segunda ou terceira esposa do ricaço, não tinha *queda para a vida familiar*. Na casa em que ela morava com o Sr. G, as mulheres de pele morena que limpavam e cozinhavam lhe lançavam olhares de adoração, falando Sra. G como se aquilo fosse um título da realeza. Por trás, porém, soltavam gargalhadas, afirmando que a piranha era sovina para diabo, cruel e maluca. Que um dia ela adorava você, mas no dia seguinte ficava enojada e furiosa. Que ela berrava, cuspia, chorava, pedia desculpas e berrava novamente. Que ela se desequilibrava em cima dos saltos altos, e você precisava agarrar os sovacos dela. Que os sovacos estavam sempre fedendo, por mais perfume que ela borrifasse no corpo. Que ela tombava sobre a mesa da cozinha, ofegando feito um cachorro e esfregando os olhos com as palmas das mãos, como que na esperança de apagar qualquer visão que tivesse tido. *Onde está aquilo? Foi perdido? Como pode ter se perdido? Devolva já!*

Dá até vontade de consolar a Sra. G, mas... não! Ela é a dona da casa. A Sra. G é a ditadora que contrata e demite. Preenche cheques com a mão trêmula, errando seu nome, caceta, ou colocando a data errada, o mês errado, o ano errado. Rasga os cheques, jogando os pedaços no piso da cozinha, feito de ladrilhos astecas. *Ninguém me manipula! Nunca!*

Se a piranha rica perder aquele relógio de ouro, aquele anel de brilhantes, aquele brinco de pérolas e platina que foi presente do Sr. G, cuidado! Se durante o jantar uma convidada bêbada gritar, dizendo que sua bolsa foi vasculhada e o dinheiro roubado, cuidado! Foi você. Você pegou o dinheiro. Você é uma ladra. Você, ou a outra Maria que lava a roupa. Ou então seu namorado negro, que a Sra. G jura que viu entrando (mesmo que você não tenha namorado, nem homem algum com coragem para lhe visitar no apartamento desse ricaço, vigiado feito uma fortaleza por porteiros e seguranças). A Sra. G acusa você de ter deixado o sujeito entrar pela porta de serviço. E aos berros pergunta o que o impediria de voltar uma noite qualquer para degolar todo mundo.

Esses brancos filhos-da-puta merecem ser degolados.

A Sra. G ouve isso, pois lê mentes. Aqueles olhos de porco brilham horrorizados. Os lábios, que sem batom pareceriam finos feito duas minhocas, tremem.

Eu perdi uma coisa. O que foi? Onde? Você pegou, Maria?

Às vezes, Maria precisa carregar a Sra. G, quase desmaiada, até a suíte principal para tirar a soneca vespertina.

Dezenas de vezes por dia, ofegante, a Sra. G liga para o Sr. G. Ela liga do telefone na cobertura, ou de seu elegante celular num provador na Armani, no Café do Plaza, de uma escada rolante no Museu de Arte Moderna, ou do sacolejante banco traseiro de um táxi amarelo entre um endereço crucial e outro. *Alô, alô? Querido, alô? Resolvi pular a matinê. Estou tendo tamanha... uma espécie de frustração...* Mas o Sr. G, um homem rico, um homem ocupado, um homem de mistério, nunca parece estar no escritório para atender à chamada de sua esposa. É claro que a Sra. G pode deixar recado com um dos assessores dele, se quiser, mas ela desliga o telefone com uma careta e um palavrão. *Vá para o diabo, eu odeio você. Acha que eu não sei o que anda acontecendo? Você ainda vai se arrepender desse dia, eu juro.*

Mesmo ainda jovens, as mulheres da idade da Sra. G já estão morrendo. Esposas de ricaços que poderiam pagar os melhores tratamentos médicos não estão imunes ao câncer de mama, câncer do útero... ou leucemia, que quase parecera estar na moda no verão anterior, com os casos da Sra. K em East Hampton e da Sra. C em Martha's Vineyard. Além da Sra. D, a glamourosa ex-modelo, que no obituário do *Times* constava como tendo 36 anos, praticamente a idade oficial da Sra. G. Não é que ela tenha uma mentalidade mórbida, ou neurótica. Ela até se matriculou numa academia de ginástica em Midtown. Só não tem tempo de ir. Ela pertence à Primeira Igreja Unitária de Manhattan. Só não tem tempo de ir. No inverno anterior ela teve uma professora de ginástica particular que passou três semanas indo à cobertura. Houve uma melhoria quase imperceptível no flácido tônus muscular da G, e ela chegou a ponto de quase gostar da aeróbica e das flexões de perna. As outras, de braço, ela simplesmente não conseguia fazer, caceta. Não tinha força na parte superior do corpo. Arquejava, ofegava e finalmente tombava de volta no colchonete, com as lágrimas borrando o rímel. A musculosa professora de ginástica, com 11 pequenas argolas de ouro brilhando na orelha, fazia um barulho que parecia um espirro, para evitar rir abertamente daquela piranha rica que era sua cliente.

A Sra. G eliminou a professora de ginástica. Ligou e deixou um recado seco no correio de voz da mulher.

Por favor não volte aqui. Nunca mais quero ver você. Envie-me a conta. NÃO TELEFONE.

Fazer compras de manhã pode ser exaustivo. Da avenida Madison para a Quinta Avenida, das butiques sofisticadas para a Bergdorf Goodman, a Saks, a Trump Tower. A Sra. G segue com ímpeto feroz, procurando um cinto que combine perfeitamente com suas calças Garibaldi, um vestido perfeito para usar no casamento da sobrinha mais nova do Sr. G em Rye, Connecticut, os sapatos perfeitos para usar com seu novo modelo Amalfi de seda preta no baile beneficente da Biblioteca Pública de Nova York. Ela sempre troca impressões com as amigas que vai encontrando durante o *brunch*, o almoço, o chá e o coquetel. Fazer compras de manhã aguça o apetite, de modo que ela freqüentemente encontra mulheres muito parecidas com ela própria. Tão parecidas que você pensaria que eram irmãs se elas fossem refletidas num dos espelhos generosos daqueles aposentos. Cabelos em tom champanhe cuidadosamente tesourados, anéis cintilantes feito sóis diminutos, brilhantes lábios sorridentes e súbitas risadas agudas. Embora não sejam exatamente amigas, você poderia dizer que essas mulheres pertencem a um círculo amistoso. São as esposas dos amigos ou colegas do Sr. G. Ou então são mulheres que ela conheceu em associações beneficentes, como a dos Amigos da Biblioteca Pública de Nova York, Amigos do Museu de Arte Moderna, Amigos da Alfabetização. São mulheres como a Sra. G, esposas de homens ricos. Com monstruosas enteadas adolescentes. Implantes nos seios. Rixas sombrias com parentes dos maridos. Colágeno injetado na pele. Máscaras de cosméticos. Sedutores perfumes franceses. Receitas médicas de Xanax, Prozac e Serentil. Histórias sobre as empregadas traiçoeiras, as intercambiáveis Marias. Corpos esguios, tensos feito arcos. E sorrisos de caveira, subitamente refletidos por espelhos com molduras de zinco em restaurantes chiques como Le Bernadin, Chanterelle, Le Cirque, Jean-Georges. Ambientes opulentos, silenciosos e cerimoniosos feito capelas. A Sra. G luta para controlar o peso. Só usa tamanhos pequenos e tem pavor de engordar. Ela vive numa penitência cruel, atendo-se a legumes grelhados. Ou saladas verdes, discretamente salpicadas com suco de limão. E a *soup du jour*, caso seja vegetariana, e não à base de creme. Todas as suas companheiras, tão parecidas com ela, têm pálpebras trêmulas, mãos nervosas e olhares inquietos em busca... *de quê? De qual figura ou objeto invisível?* A Sra. G só bebe água gasosa, ou talvez um copo pequeno de suco de tomate. Às vezes ela toma, junto com as outras, uma única taça de vinho branco bem seco. Elas dão risadinhas e juram: "Só uma!" As refeições são parcas, porém duram mais do que noventa minutos. São cerimônias que não podem ser apressadas. Envolvem excursões ao banheiro. Gorjetas que variam de moderadas a generosas são deixadas para os serviçais. A Sra. G é adorada. Vê-se pelos sorrisos de boas-vindas dos maîtres, garçons e ajudantes. Todos estão de olho na tensa e reluzente máscara facial da Sra. G. Na bolsa Gucci dela. No relógio Cartier. No conjunto de seda crua da Shanghai Tang. No La Grille, Louis quase se curva diante dela, e às vezes até chega a fazer isso. Olá, Sra. G! Olá, minhas senhoras! Um belo dia para belas damas, não? Com olhos cobiçosos, lábios tensos e dentes cerrados. Inveja, rancor e desprezo. A Sra. G sente vontade de tapar os olhos com as mãos para não ver. Sente vontade de tapar os ouvidos com as mãos para não escutar. Mas segue adiante corajosamente. Como pode recuar? Para onde? Ela sabe de algo que parece um pesadelo horrendo, porém. Lá no Nikki's, em Gramercy Park, havia um ajudante de cozinha que estava infectado com o vírus da Aids. Deliberadamente, ele furava a própria pele com uma faca a fim de pingar sangue na sopa de lentilha e berinjela que era a *soup du jour* devorada com tanto ardor pela Sra. G e suas companheiras. Ela sabe disso! E sabe também que no salão principal do Pierre, o maître debocha dela às escondidas. Sabe que no Lutèce os jovens garçons que rondam sua mesa com atenção felina piscam uns para os outros ironicamente. Sabe que no Traub, no Kutina, no Regency e no Four Seasons os garçons sempre cospem na sua comida ou enfiam os polegares no seu vinho branco, na esperança de que ela também seja infectada pelas bactérias *E. coli* que povoam os intestinos deles.

Fungando atrás dela como se a Sra. G fosse uma cadela no cio, sentindo o aroma de L'Heure bleue no ar, os grosseiros latinos sorriem com deboche uns para os outros, articulando silenciosamente as palavras *puta branca*. Mesmo assim a Sra. G deixa gorjetas que vão de moderadas a generosas, tal como suas companheiras. Qual é a alternativa?

Ela não consegue ficar em casa. Nos isolados salões da cobertura mal se ouvem o zumbido do trânsito na ruas, o trovejar errático das britadeiras, ou os helicópteros e aviões no céu... ah, ela sabe que enlouqueceria. *Onde está aquilo, o que eu perdi, quem tirou isso de mim?* Era um engano achar que ela era uma predadora. Ela era uma presa. Era um engano achar que ela era a egoísta esposa de um ricaço. Antes de pensar em si mesma, ela pensava em todo mundo... em qualquer um! Exemplo disso era Meredith, sua filha de 14 anos. Enteada, na realidade. Que mora com a ex-Sra. G ao sul do Central Park, e quando vê a atual Sra. G finge sentir náuseas, lançando olhares de desprezo para ela com seus belos olhos azuis. A crueldade dos adolescentes! Era engano achar que ela era audaciosa, grosseira, rude, mandona, encrenqueira e reclamona, quando na verdade ela era tímida... sim, *ela era tímida!* Ela era tímida e simplesmente precisava aprender a se afirmar. Tinha medo das lojas sofisticadas e caras da avenida Madison. Dos restaurantes e hotéis com quatro estrelas. Tinha pavor dos museus, onde nas alas maiores uma moléstia aparentemente vinda das tumbas aguardava as narinas sensíveis dela. Já nas exposições menores, como as de fotografia do Guggenheim e do Moma, por exemplo, ela se sentia claustrofóbica. *Detesto isso, não quero ficar aqui... Por que estou aqui? O que estou buscando?* Ela nunca conseguia usar um banheiro público, ou qualquer banheiro numa casa que não fosse a sua, sem forrar a tampa da privada com chumaços de papel higiênico. Depois usava uma montanha de sabão, antes de secar completamente as mãos. *Mesmo assim, estou segura? Como posso me proteger?* Ela nunca conseguia relaxar como passageira de um veículo dirigido por um estranho, fosse um taxista ou um chofer uniformizado. Mas dependia desse tipo de transporte todos os dias de sua vida. Às vezes suas aventuras eram tão exaustivas que ela voltava cambaleando para a cobertura. Então tomava um longo banho de banheira antes de tirar uma soneca delirante, com as persianas hermeticamente fechadas e um pano úmido resfriando seus olhos doloridos. Outras vezes ela mal tinha forças para tirar os sapatos e tombar sobre a cama. Imediatamente caía naquela soneca delirante feito um cadáver, sofisticadamente vestida, afundando de forma sonhadora até o fundo do oceano.

Numa tarde de sábado em meados de outubro, o sol arde como se no céu houvesse um imenso olho de fogo se abrindo cada vez mais. *Aquilo que venho buscando, hoje vou encontrar. Eu sei!* A Sra. G é uma das muitas pessoas que foram fazer compras na avenida Madison hoje. A maioria é composta por mulheres, mulheres de todas as idades, embora predominantemente da idade da Sra. G. Aqui e ali vêem-se garotas bem jovens, da idade de Meredith, todas caminhando com ar decidido e o rosto brilhando de esperança. Dior, Ralph Lauren, Calvin Klein, Rikki, Shanghai Tang, Krill. Vitrines cintilantes, com interiores na penumbra. Manequins em pose de contemplação, feito ícones estatuescos, observados pelas clientes. A Sra. G pára e fica olhando. Prada, Kizia e Frou Frou. Às vezes ela não sabe ao certo se está vendo o próprio reflexo ou uma verdadeira manequim, uma desconhecida. Continua procurando o vestido perfeito para o casamento da sobrinha mais nova do Sr. G. Ou será o conjunto de seda preta perfeito para o enterro do irmão mais velho dele? E ela também está procurando, com uma expectativa juvenil, o presente perfeito para Meredith, sua enteada que fará 15 anos em 8 de novembro. Onde a linda Meredith e suas amigas fazem compras? Não é na avenida Madison, como suas mães, mas a quilômetros de distância cidade abaixo, na sujeira do SoHo, em lojas com paredes pretas e tetos com telhas metálicas. Lá dentro o som é rock pauleira, e as vendedoras falam um dialeto estranho que a Sra. G não reconheceria. O Sr. G foi passar o fim de semana resolvendo negócios na Austrália, ou na Arábia Saudita, ou então em Formosa. Os 12 aposentos da cobertura estão desertos. Só as Marias continuam tagarelando naquela fala de passarinho que a Sra. G não consegue entender. Ela não pode confiar naquilo. *Estão falando de mim, rindo de mim. Eu sei!* Na avenida Madison, que é um território familiar, a Sra. G consegue respirar. Ela acende um cigarro com dedos trêmulos... fumar na rua não é proibido, é? Pelo menos ainda não! E volta a se sentir uma mulher feliz, uma mulher disposta, uma mulher-com-uma-missão. O cabelo tesourado lhe dá certa confiança, assim como o belo conjunto de seda crua e as novas sandálias de couro bege, com saltos de oito centímetros. *Por que eles dizem que eu não entendo de moda, esses escrotos?* Descendo a rua Oitenta e Seis feito uma peregrina, embora não esteja de joelhos, a Sra. G subitamente pensa que não ligará para o Sr. G nesse fim de semana. Ele que ligue para *ela*.

Ela olhando para uma aparição vestida de bege-ostra na vitrine escurecida da Prada. É uma figura parecida com a Sra. G, ou na realidade é o reflexo fantasmagórico dela própria? Parada com a cabeça inclinada de lado, o braço erguido hesitantemente e os olhos enevoados como que fora de foco. No meio de uma fileira de manequins elegantemente trajadas. Com rostos redondos e vazios. Olhos prateados e cegos. Lábios entreabertos. Estranhamente, elas não têm cabelo. Quando a Sra. G se mexe, a aparição também se mexe. Então ela percebe que é ela mesma, e ri.

Ainda sou uma mulher viva.

Entrando no interior elegantemente despojado da Prada, onde vendedoras esguias feito peixes predadores aguardam suas clientes ricas, avançando silenciosamente, a Sra. G, que já passou tantas horas transfixada naquela loja, explica com um tom de urgência na voz o que está procurando. Um cinto. Um cinto perfeito para uma garota linda que vai completar 15 anos. Ou talvez outro acessório, alguma peça de roupa especial, mas precisa ser muito especial, só que... qual é o problema? O cigarro da Sra. G está poluindo o ar, é proibido fumar ali, madame, *perdão*. A Sra. G ri, constrangida e irritada, esquecendo que acendera um cigarro. Pensa até que alguém na Prada enfiou o cigarro entre os dedos dela por brincadeira. *De onde saiu essa porcaria?* Ela dá uma piscadela para a vendedora, uma daquelas mulheres magras feito rapazolas, mas a piada não faz efeito. De qualquer forma, o cigarro é tirado da mão dela e descartado. A questão crucial é o cinto, um cinto perfeito, para uma cintura diminuta, ainda menor do que a cintura da Sra. G (motivo de orgulho, medindo apenas 68 centímetros quando ela encolhe a barriga). Vários cintos caros lhe são mostrados na Prada. Mas nenhum deles parece perfeito. Ela leva muito tempo contemplando os cintos, enquanto a vendedora aguarda com ar paciente, mas subitamente abana a cabeça, magoada e decepcionada. *Nada aqui serve para mim. Adeus!* E sai da Prada como se houvesse sido pessoalmente insultada, deixando a vendedora e a gerente da loja olhando para o espaço. Seguindo um impulso, ela atravessa a avenida e entra na Brass, uma butique para clientes jovens. Na opinião dela, Meredith gostaria daquele lugar. Uma música suave, que une Bach ao rock, toca sedutoramente nos provadores. As vendedoras são magérrimas, de aspecto andrógino, com cabelos muito curtos. Outra vez, porém, a Sra. G se decepciona ao examinar cintos, bolsas, jaquetas, calças, camisetas e suéteres. Todas as peças têm tons escuros e mortiços, como cinza-pólvora, preto-machucado, ou verde-lama. *Eca! Detesto essas coisas horrorosas.* Como num sonho, a Sra. G externa seus pensamentos mais íntimos impunemente e ri. Diante do olhar silencioso e chocado das vendedoras, ela sai da Brass, jurando nunca mais voltar.

Próxima parada, Pal Zileri.

Depois, Rikki.

Depois, Shanhai Tang.

Depois, Zallerne. Ali, entre samambaias gigantescas, reluzentes assoalhos de madeira e móveis de vidro cromado, a Sra. G tem um acesso desesperado de esperança. Ali ela é conhecida e respeitada pelas vendedoras. Já gastou milhares de dólares na Zallerne. Sorridente, a gerente até se lembra do nome dela: Seja bem-vinda, Sra. G! Neste lin-do dia de outubro! Mas o alívio da Sra. G dura pouco tempo. Logo ela examina toda a coleção de outono, recentemente chegada de Milão, e nada encontra de seu agrado. Entre cintos, calças e jaquetas, nada serve para uma enteada adolescente difícil de impressionar. *Ah, vocês só têm isso? Só... isso?* A Sra. G faz uma expressão de mágoa, perplexidade, desapontamento e repugnância. Suas esperanças foram traídas não só na Zallerne, mas em todas as lojas anteriores. Essa decepção é sentida como um insulto pessoal. As injeções de colágeno deixaram pequenas minhocas, duras e careteiras, cercando sua boca sob a pele. Nos cantos dos olhos vêem-se leves linhas vermelhas, feito vasos capilares estourados. O rosto da Sra. G está virando uma espécie de couro curtido quimicamente, no esforço para não apodrecer. *Vocês acham que eu sou idiota? Feito suas outras clientes bobas?* No espelho surge um rosto magro, pálido e desafiador, com o cabelo louro-champanhe todo despenteado. Aquele vulto esguio envolto em seda cara é a Sra. G? Mas então... o que aconteceu com sua bela echarpe? A echarpe de chamejante seda alaranjada de Yves Saint Laurent, que na primavera anterior custara 648 dólares? Mas não, Madame... nada sabemos sobre isso, Madame... A Sra. G fica olhando para os olhos e lábios mentirosos das vendedoras. Mas ninguém na Zallerne admite ter visto, que dirá tomado, a echarpe dela. Na realidade, a gerente sugere que a Sra. G não estava usando a echarpe quando entrou na loja. Pois certamente alguém teria notado uma echarpe de Yves Saint Laurent. Então a Sra. G diz: *Mas que audácia! Isso é um insulto.* Depois dá meia-volta e sai da loja, jurando *nunca, nunca* mais voltar.

E vai percorrendo as lojas da avenida Madison, uma a uma, como se fossem as capelas laterais de uma catedral magnífica à qual ela jura *nunca* mais voltar!

Na esquina com a rua Setenta e Sete há a Roma, uma butique maravilhosa especializada em sofisticados artigos de couro. Certa vez a Sra. G comprou ali uma maleta de mil dólares para o Sr. G. Ele perdeu (ou alegou ter perdido) a maleta numa viagem. No interior perfumado, ela pede ao vendedor para ver cintos adequados a uma bela menina de 15 anos, sua filha. O vendedor é um daqueles rapazolas de tipo italiano, magro e sensual, capazes de sorrir sonhadoramente enquanto debocham de você, ou de inalar seu perfume enquanto sentem náuseas com seu cheiro. A Sra. G fala da filha para ele, enquanto examina diversos cintos, mas fica imediatamente decepcionada com o estoque da Roma. Franze a testa e abana a cabeça. *Não, não, não, não. Nada aqui serve para mim.*

Ela desce rapidamente a avenida. O sol já se deslocou no céu. Pesada e sufocante, a tarde vai chegando ao fim. Começa a anoitecer, e a Sra. G ainda não achou o que busca. Ela está ferida, raivosa, quase desesperada. Acha que é destratada na Nicole Farhi, na Rafaella e na I. Nostrom. Parece que as lojas da avenida Madison já esperam sua chegada, determinadas a fazer com que ela se decepcione. Artigos vagabundos, com preços exagerados! Umas coisas horrorosas! Na Casa Noir, na Mandrake, na Elizabeth Arden, onde a Sra. G faz tratamentos faciais, comprando cosméticos e remédios para embelezamento bastante caros, ela vê seu vulto esguio refletido nas superfícies polidas, deslizando feito uma figura heráldica numa muralha ou urna antiga. Uma deusa egípcia. Uma virgem grega ou asteca sacrificada. Na Mirabel ela é impedida de entrar, e fica chocada. A gerente diz que está na hora de fechar, e fecha a porta para clientes novas. Mas a Sra. G vê que há clientes preferenciais ainda lá dentro, sendo atendidas por vendedoras que mais parecem aias. Na Klaus, na Perdito, na Sabine da rua Setenta e Seis, a Sra. G bate nervosamente nas portas de vidro trancadas, exclamando: *Por favor me deixem entrar! Vocês me conhecem.* A gerente da Sabine, uma mulher chamada Tikki com cerca de trinta anos, vem relutantemente destrancar a porta. Ela tem a magreza de uma adaga e unhas feito garras. Os lábios e as pálpebras parecem de gelo. Inicialmente Tikki finge que não reconhece a Sra. G, que é esposa de um ricaço e cliente fiel da Sabine, mas acaba permitindo que ela entre, e tranca a porta novamente. Dentro da loja, o silêncio só é quebrado por uma música abafada, que parece um trovão distante e contínuo. A Sra. G explica sua missão para Tikki. Surgem várias vendedoras magras, parecendo aves de rapina de penugem negra por causa dos uniformes da Sabine... túnicas e calças muito justas. A Sra. G diz impetuosamente: *Ah, eu sei que vocês têm mais coisas para vender do que estão me mostrando. Acham que eu não posso pagar?* Por um instante, faz-se um silêncio constrangido. Entre as vendedoras da Sabine há uma troca de olhares... disfarçados ou culpados... que a Sra. G não consegue decifrar. Com seus elegantes trajes pretos, Tikki pede que ela volte outro dia, Madame, hoje a loja já fechou. Mas a Sra. G responde secamente: *Não tentem me tapear, eu sei que não.* Depois de mostrar relutância, Tikki conduz a cliente a uma alcova em que algumas roupas estão expostas individualmente, feito obras de arte. São as novas peças importadas, confessa ela. Há casacos de seda e brocado, em tons ricamente coloridos... carmim, abricó, lima, roxo... com ombros levemente acolchoados e botões de pérola. A Sra. G arregala os olhos. Seus lábios formam a palavra *Lindos!* Ela agarra um dos quimonos rubros para experimentar, mas é conduzida discretamente por Tikki para um dos provadores espelhados lá no fundo. Madame terá mais privacidade aqui, e pode levar o tempo que quiser. A Sra. G já experimentou roupas nos provadores da Sabine inúmeras vezes. Os provadores são confortavelmente amplos, e não apertados como em outras lojas. Ela se sente em casa ali. Tira a roupa com dedos impacientes e veste o casaco rubro. Quando gira para se olhar no espelho, porém, vê decepcionada que o rico tom de carmim desbotou e azedou feito um pomar apodrecido. Seu rosto esperançoso parece repuxado e caído feito o de uma bruxa velha. *Como é possível isso?* A Sra. G é uma mulher muito atraente. Seu rosto é uma impecável máscara de cosméticos. *Será a iluminação desse provador? Será que o casaco está com defeito ou coisa assim?* Tikki já bateu levemente na porta para saber o que a Sra. G achou do casaco. Ela pode entrar? Quando entreabre a porta, vê a Sra. G tirar o casaco num arroubo infantil e jogar o traje no chão. Um dos botões de pérola rola diante de seus pés. *É feio.*

Detestei. Tem alguma coisa errada nisso. Lágrimas de fúria ardem nos olhos dela. *Por que vocês me enganam? Eu sou a cliente mais fiel daqui.* Tikki já apanhou o casaco e pergunta se ela gostaria de ver outro de cor mais discreta. Durante seu acesso de frustração, porém, a Sra. G bateu com os punhos no espelho. Estranhamente, o espelho se abre como se fosse uma porta...

Madame, Tikki diz rapidamente, em tom baixo e nervoso, por favor não entre aí!

Isso é uma porta? Mas leva para onde? A Sra. G até esquece que está apenas parcialmente vestida, com sutiã, anágua, calcinha e meias de renda em tom marfim. Em cima dos saltos de oito centímetros de seus sapatos, ela se sente audaciosa, até destemida, ao abrir a porta espelhada e passar para uma espécie de depósito. O lugar é bastante grande, mas mal iluminado, e exala o cheiro de algo escuro, espesso e lamacento, como pudim de sangue. Tikki sibila: Por favor, volte, Madame! – Mas a Sra. G não é uma mulher que se deixe deter. Ela não perseguira o Sr. G com a mesma determinação? Não é esse o jeito da fêmea predadora? *O que é isso?*, exclama ela. *O que vocês estão escondendo das clientes? Eu exijo saber.* Ela afasta as garras gélidas de Tikki do seu pulso. Avança, piscando e olhando. O depósito abriga principalmente manequins. São manequins nuas, com silhuetas femininas. Algumas não passam de troncos sem cabeça, e outras têm cabeças sem cabelos. Mas não mostram uma calvície lisa. Parecem... ensanguentadas? Como se os cabelos houvessem sido arrancados... aos tufos? A Sra. G olha em torno, paralisada de espanto e horror crescente. Aquelas manequins são semelhantes às manequins altamente estilizadas sempre exibidas nas vitrines da Sabine. Mas parecem curiosamente torcidas e desfiguradas. Ostentam poses de agonia, com os corpos pálidos cobertos por arranhões vermelhos e manchas sangrentas. Algumas manequins estão caídas em pilhas desarrumadas, com os membros desnudos estendidos para fora. Outras, de forma estranha, foram penduradas de cabeça para baixo em... será possível que sejam ganchos de açougue? Aquilo tudo lembra a visão pavorosa de Titian, *A punição de Mársia*, um quadro que já fez a Sra. G tapar os olhos sensíveis e recuar enojada, diante do espetáculo de uma figura humanóide nua pendurada de ponta-cabeça numa árvore enquanto era esfolada viva. *Ah! Ah! Ah.* Quando ela desvia o olhar das manequins penduradas, vê encostada numa parede uma manequim suja e machucada, com os seios mutilados e os olhos arrancados... a Sra. D? Será a Sra. D, que já foi tão glamourosa, a mais invejada das esposas dos ricaços? E ali perto, deitada de costas, com as pernas esparramadas grosseiramente e uma imensa ferida aberta entre as coxas mostrando gotas de sangue incrustadas feito jóias diminutas, está a mulher... de cabelos louros em tom champanhe como ela mesma, porém uma década mais velha, com olhos amargurados e lábios caídos... que antecedera a Sra. G como esposa do Sr. G.

A Sra. G respira fundo para berrar, mas sua garganta se contrai num paroxismo de horror, sem emitir som algum.

– Madame, saiba que estamos aqui para lhe servir.

Trajando alvos aventais de açougueiro, recentemente lavados e bastante elegantes, as vendedoras da Sabine, lideradas pela agora enérgica Tikki, rodeiam e imobilizam a Sra. G. As poucas roupas que restam à trêmula mulher são retalhadas com lâminas de facas tão diminutas que deixam sua carne toda filigranada com pequenas feridas sangrentas. Os sapatos caros são arrancados dos pés dela e as meias, retiradas. A Sra. G fica tão vulnerável subitamente! Nua e exposta, ela recua diante das fortes luzes do teto. Sorrindo cruelmente, as torturadoras beliscam, puxam, arranham e esfaqueiam a carne dela. Um corpo feminino que já não é jovem, tornado esquálido pelos regimes constantes, com exceção da pequena barriga que parece inchada. Ela tem seios flácidos embora murchos. As coxas e nádegas pálidas estão estriadas por uma miríade de rugas, invisíveis numa luz favorável, mas ali grosseiramente reveladas e até ampliadas. O tufo castanho-claro de pêlos pubianos não combina com o cabelo na cabeça da Sra. G. Ela tem pernas esguias e tornozelos finos. Mas os pés são brancos, estreitos e muito compridos, parecendo até deformados.

– Tenha certeza, Madame, tal como as outras... sua busca é pelo serviço que lhe prestamos.

Trajadas de branco ofuscante, as vendedoras da Sabine prendem a Sra. G com rapidez e segurança. Ela é derrubada no chão lamacento e manchado. Seus pulsos são amarrados atrás das costas. Ela começa a berrar, ofegando sem fôlego, e então acontece o que alguém poderia descrever como a parte mais cruel da cerimônia. As palavras da Sra. G lhe são arrancadas. Tikki abre as mandíbulas dela, agarra a língua e corta tudo pela raiz, jogando longe o sangrento pedaço de carne. Juntamente com isso vão a linguagem da Sra. G, e até seu nome, ou aquilo que a memória distante conseguir reter desse nome.

– *Voilà*, Madame! Está feito.

O salto de oito centímetros do sofisticado sapato de pele de cabrito é cravado repetidamente na vagina da mulher, que geme. Aos tufos, o cabelo louro-champanhe é arrancado da cabeça e espalhado no ar. Uma a uma, as unhas tratadas e polidas na Elizabeth Arden ainda na véspera são arrancadas dos dedos. Os seios são navalhados e os mamilos são removidos com uma precisão cirúrgica que nada tem de sentimental. Sangrando pela boca, pelas incontáveis feridas e lacerações no corpo, a mulher que já foi a Sra. G baixa os olhos ensandecidos de dor e pavor para si mesma. Ela é içada por mãos ásperas e habilidosas até um gancho de açougueiro, e pendurada ali pelos tornozelos amarrados. Então sua garganta ainda lisa, ou quase lisa, é cortada com uma lâmina semelhante a uma cimitarra. Dentro de poucos minutos a cerimônia se completa. A vida da mulher se esvai sangrando numa canaleta, enquanto as vendedoras da Sabine assistem com um olhar excitado, ainda que respeitoso.

É claro que ela não servirá para a vitrine amplamente admirada da Sabine. Essa manequim está ensanguentada e machucada. Acima de tudo, trata-se de uma mulher-que-já-não-é-menina.

Contemplando o corpo com um olhar experiente, mas ainda assim solidário, Tikki diz:

– Viu como agora encontrou a paz, Madame? Na nossa coleção particular.

A assombração

Não há coisa alguma! Você não ouve coisa alguma! É o vento. É seu sonho. Você sabe como sonha. Volte a dormir. Eu quero amar você, pare de chorar, não me agarre, deixe que eu durma pelo amor de Cristo eu também sou alguém não apenas sua mamãe não me faça odiar você.

A Mamãe nos trouxe para um lugar novo. Onde ninguém vai nos conhecer, diz ela.

Nesse lugar novo, de noite, os gritos dos coelhos nos acordam. De noite minha cama fica encostada na parede, e através da parede eu ouço os coelhos gritando no porão dentro das gaiolas implorando para serem soltos. De noite há o vento. Esse lugar novo fica na margem de um rio. A Mamãe diz que é um nome índio... *Cuy-a-hoga*. De noite ouvimos a voz da Mamãe abafando as risadas. Pela voz da Mamãe, parece que ela está falando ao telefone. Pela voz, parece que ela está falando e rindo sozinha. Ou cantando.

Calvin diz que pode não ser a voz da Mamãe. É a voz de um fantasma na casa para onde a Mamãe nos trouxe, agora que ela ficou viúva.

Eu pergunto a Calvin se é Papai. É Papai querendo voltar?

Calvin olha para mim como se quisesse me bater. Por ter dito alguma besteira como eu vivo fazendo. Depois ri.

– Papai num vai voltar, sua idiota. Papai está morto.

Papai está morto. Papai morto. Papai-morto.
Papaimortomorto. Papaaaaaimorto.

Se você repete as palavras cada vez mais depressa, começa a rir. Calvin me ensina a fazer isso.

Nós viemos para esse lugar novo, a mais de mil quilômetros do lugar antigo, diz a Mamãe, para *recomeçar*. A Mamãe já arranjou um emprego, como vendedora, diz ela. Não é muito, só uma coisa temporária. Às vezes ela precisa trabalhar à noite, e Calvin toma conta de mim. Ele já fez dez anos e tem idade suficiente para cuidar da irmã caçula, diz a Mamãe. Agora que o Papai foi embora.

Agora que o Papai foi embora nós nunca falamos dele. Calvin e eu, nunca quando a Mamãe possa ouvir.

No começo eu me preocupava. Como o Papai saberia onde nós estávamos, se quisesse voltar para nós?

Calvin ficava girando os punhos feito um moinho, como se quisesse me bater.

– Já falei, falei e falei para você... Papai está M-O-R-T-O.

A Mamãe disse:

– Randy Malvern escolheu o seu rumo. E foi viver com sua parentela cruel.

Eu perguntei onde era isso e a Mamãe respondeu com desdém:

– Ele foi se juntar à sua parentela cruel lá no inferno.

Com exceção dos coelhos no porão, aqui ninguém me conhece.

Nas suas gaiolas velhas, feias e enferrujadas no porão onde a Mamãe diz que nós não podemos entrar. Ela diz que lá não há coisa alguma. Fiquem longe daquele lugar imundo. Mas na noite pela parede eu ouço os gritos dos coelhos. Eles começam com gemidos, que parecem os arrulhos e movimentos dos pombos. Depois o barulho aumenta. Eu continuo ouvindo, mesmo quando ponho o travesseiro em cima da cabeça. Sou obrigada a ouvir. Meu coração bate tão forte que dói. Nas gaiolas os coelhos ficam pedindo: *Ajude aqui! Venha nos soltar! Nós não queremos morrer.*

De manhã antes da escola a Mamãe escova meu cabelo, ri e beija a ponta do meu nariz. De manhã existe uma Mamãe que me ama novamente. Mas quando eu pergunto a ela sobre os coelhos no porão, o rosto da Mamãe muda.

A Mamãe diz que já falou comigo! O porão está vazio. Não há coelhos no porão. Ela já me mostrou, não mostrou?

Eu tento dizer para a Mamãe que os coelhos são de verdade. Ouço os gritos deles pela parede de noite, mas ela fica exasperada escovando meu cabelo. Sempre há mechas emaranhadas no meu cabelo encaracolado, principalmente na nuca. A Mamãe é obrigada a usar o pente de aço que me faz gemer de dor, enquanto diz:

– Não, isso é só um sonho bobo, Marybeth. E estou avisando vocês dois... chega de sonhos.

Agora que o Papai foi embora nós estamos aprendendo a tomar cuidado com a Mamãe.

Antes nós sempre precisávamos tomar cuidado com o Papai. O Papai chegava em casa, e o barulho do motor da picape parava. A porta batia. O Papai podia ser rude quando nos levantava até o teto nos braços fortes, mas tudo bem. Porque ele ria e nos fazia cócegas com o bigode. Comprava presentes para nós. Fazia passeios velozes e cheios de curvas conosco na picape. Punha seus CDs para tocar num volume tão alto que a música vibrava e trovejava no nosso corpo, como se nós fôssemos bonecos de pano. Mas às vezes o Papai sumia durante dias. Quando voltava, a Mamãe tentava impedir que ele chegasse perto de nós. Então ele agarrava o cabelo dela e dizia: *O que foi? Que porra de olhar é esse? Essas porrras dessas crianças são minhas*. Se ele tropeçasse numa cadeira, xingava e chutava a cadeira para longe. Quando a Mamãe ia arrumar a cadeira, o Papai dava um empurrão nela. Se o telefone começasse a tocar, ele arrancava o aparelho da parede. Os olhos do Papai ficavam vidrados, com teias de aranha vermelhas. Ele vivia fechando os dedos e formando punhos. Os punhos viviam dando socos, como se ele não conseguisse parar. Principalmente no Calvin. Coitado do Calvin, se fosse visto pelo Papai se afastando ou se escondendo. Seu merdinha! Papai gritava. Que porra você acha que está fazendo, tentando tapear a porra do seu Pa-*pai*? – Então a Mamãe corria para nos proteger e nos escondia.

Mas agora que o Papai foi embora, são os olhos da Mamãe que parecem os de um gato pronto para pular em cima de nós. São os dedos da Mamãe que tremem como se quisessem formar punhos.

Claro que eu quero amar você, meu bem. Você e seu irmão. Mas vocês estão criando tantas dificuldades...

Nossa casa faz parte de uma "fila de casas", diz a Mamãe. No fim de um quarteirão de casas enfileiradas. Parecem casas de tijolos, mas de perto você vê que aquilo é só pintado como se fosse tijolo. Num tom avermelhado e mortiço feito tijolo, com riscos correndo de cima para baixo feito lágrimas.

Agora nós moramos nessa cidade. A Mamãe diz que é uma cidade grande, muito longe de onde nós morávamos antes. Ninguém vai nos seguir até aqui, e ninguém aqui nos conhece.

É o que a Mamãe diz.

Não conversem com os vizinhos. Nunca.

Não conversem com pessoa alguma na escola. Só falem o que precisarem falar.

A Mamãe diz isso sorrindo com força para nós.

Os olhos da Mamãe brilham de tanta felicidade.

Nada chegou a ser provado contra a Mamãe.

Ela diz: Sabem por quê? Porque nada havia a ser provado.

Quando o Papai saiu com a picape pela última vez, nós estávamos na janela da frente espiando. Vimos as lanternas traseiras desaparecendo na noite. Devíamos estar dormindo, mas não chegamos a adormecer. Ficamos acordados por causa das vozes que atravessavam as tábuas do assoalho.

Mais tarde a Mamãe saiu, e foi correndo até o lugar onde um carro aguardava. Nós não sabíamos quem era o homem que estava no carro esperando por ela. Nem saberíamos. O sujeito partiu com a Mamãe, e mais tarde eu cheguei a pensar que tinha sonhado aquilo, porque ela disse que não saíra de casa nem por cinco minutos.

Jurou *que não saíra*. Quando eles me perguntaram, eu abanei a cabeça e fechei os olhos sem saber. Calvin disse a eles que a Mamãe passou a noite toda conosco. Que ela dormiu conosco, abraçada a nós. Eu só tinha 5 anos nessa época. Chorava muito. Agora já tenho seis e estou na primeira série. Calvin está na quarta. Precisou repetir um ano por causa de uma *incapacidade de aprendizado*. A Mamãe diz que isso é uma piada. Que Calvin é o mais inteligente de todos nós e só está fingindo. Ela ri e faz cócegas nele. Calvin é o predileto dela. Ele diz que é bom repetir de ano. Nessa escola nova, ele agora é um dos grandalhões... é melhor ninguém se meter com ele.

Às vezes alguém vinha nos interrogar, como a assistente social, que trazia biscoitos de aveia que ela mesma fazia. Ou então aparecia um sujeito da delegacia que nos chamava de Calvin ou Marybeth, usando um truque para que nós pensássemos que ele nos conhecia. Mas Calvin sempre dizia a mesma coisa. Que a Mamãe passara aquela noite inteira abraçada a nós.

O porão. Calvin e eu fomos proibidos de entrar lá.
A Mamãe diz que não há coisa alguma ali embaixo. Que não há coelhos! Pelo amor de Cristo, vocês dois precisam parar com isso. *Não há coelhos no porão.*

Mas as gaiolas continuam no porão. Há algumas gaiolas no quintal, quase escondidas pelo mato, porém há mais dentro do porão. Calvin diz que são gaiolas de coelhos. A Mamãe anda dando telefonemas sobre as gaiolas no porão. Sobre o cheiro do porão. Sobre a lama oleosa que vaza das paredes do porão quando chove. Sobre o telhado que está podre e cheio de goteiras. Ela começa a chorar ao telefone, mas o homem ainda não veio endireitar as coisas.

O porão! Eu não queria pensar tanto sobre isso. Quando os coelhos pedem ajuda de noite, é porque eles estão presos na gaiolas e parecem saber que eu ouço os gritos deles. Eu sou a única que consegue ouvir os coelhos. *Ajude aqui! Ajude, nós não queremos morrer!*

Nossa outra casa ficava numa laje de concreto e não tinha porão. Então o Papai se mudou para uma casa móvel, como ele dizia, que era sobre rodas. Aqui o porão parece um quadrado grande escavado no chão. Quando a Mamãe saiu e nós ficamos sozinhos em casa pela primeira vez, entramos no porão rindo assustados. Calvin acendeu a luz... só havia uma lâmpada no teto. Os degraus eram de madeira e balançavam. A fornalha ficava lá embaixo. Havia um cheiro de canos e óleo no ar. As gaiolas de coelho estavam num canto. Gaiolas de arame, enferrujadas, velhas e feias, empilhadas quase até o teto. Contamos oito delas. O porão fedia. As gaiolas, principalmente, fediam. Dava para ver alguns tufos de pêlos cinzentos e macios presos nas grades. O piso de concreto estava cheio de pequenas bolotas pretas. Calvin disse que era titica de coelho. Havia umas manchas oleosas e escuras nos degraus. Calvin ficou me gozando, dizendo que aquelas manchas eram de sangue.

Ali embaixo havia um cheiro de coisas velhas e mofadas. A lama vazava pelas paredes sempre que chovia forte. Calvin disse que a Mamãe nos mataria se soubesse que nós estávamos ali embaixo. Ele me repreendeu quando eu enfiei a mão dentro de uma gaiola com a porta aberta, dizendo:

– Ei! Se você cortar a mão aí, vai pegar tétenu, e a Mamãe vai transformar minha vida num inferno.

Eu perguntei a ele o que era *tétenu*.

Em tom debochado, como se ele fosse inteligente porque estava na quarta série e eu estava só na primeira, Calvin disse:

– Morte.

Fiquei com medo que Calvin visse que eu arranhara o braço na porta da gaiola. Não era um corte profundo. Parecia um arranhão de gato, mas sangrava um pouco. Resolvi contar para a Mamãe que eu arranhara o braço na porta de tela.

Ah! Calvin.

Algo estava se mexendo dentro de uma gaiola. Bem lá no canto. Percebi que era um vulto pequeno e peludo. Vi os olhos brilhantes. Agarrei Calvin, mas ele afastou minha mão.

Depois soltou um muxoxo que aprendera com o Papai. O Papai sempre dizia "Baba-quice", esticando a palavra como se estivesse bocejando.

Eu disse a Calvin que quase dava para ver um coelho ali. Dava para ver outros coelhos dentro das gaiolas. Olhe!

Mas Calvin não queria olhar. Disse que eu era uma garota burra e amalucada, cacete. Depois puxou meu braço para me obrigar a subir novamente.

Calvin me chama de coisas piores muitas vezes agora. Coisas malvadas, rimando com meu nome Marybeth, para me fazer chorar. Eu não sei o que significam essas palavras. Só sei que servem para magoar, como as palavras que o Papai usava para chamar a Mamãe, nos últimos dias que ele passou morando conosco.

Como ele disse agora:

– Se ela descobrir que nós estivemos lá embaixo, eu vou foder com você. Tudo o que ela fizer comigo, eu vou fazer com você, sua puta.

Calvin me faz chorar, mas eu sei que não é por maldade.

Calvin é meu único irmão. Ele me ama. Na escola, onde nós somos desconhecidos e as pessoas nos olham de forma estranha, Calvin fica perto de mim. Mas às vezes as palavras saem voando da sua boca feito marimbondos ferozes. Com o Papai, e os punhos do Papai, também era assim.

Não é para machucar. Mas acontece.

Agora que o Papai foi embora, a Mamãe toca as antigas músicas dele.

A música do Papai que antes ela detestava! Os CDs do Papai. Principalmente rock caipira e metal pesado, diz Calvin. Parecem botas com biqueiras de aço chutando sem parar uma porta que não abre. Um som grave e mau feito um trovão.

Agora que o Papai foi embora, a Mamãe traz para casa garrafas parecidas com que as que ele trazia. O rótulo mostra uma cabeça de javali com ar malvado, dentes compridos e olhos arregalados. Calvin diz que existe um porco de verdade vivendo num brejo a poucos quilômetros daqui, e que o bicho adora devorar menininhas *vivas, ainda espemeando.*

Não é para me assustar. Calvin só está me gozando.

Agora que o Papai foi embora e não vai voltar, a Mamãe vive tocando o violão dele, que nenhum de nós podia pegar. Ela fica dedilhando as cordas, tentando tirar acordes como ele fazia. Só que seus dedos não são fortes como os dele. Mas a Mamãe está feliz. Ela bebe da garrafa do javali. Canta "Nas margens do Rio O-hi-o" e "Lá vem ela, de mala na mão". Diz que essa merda entra no nosso sangue... é legal. Uma das cordas do violão do Papai arrebenta, mas a Mamãe não liga. Calvin e eu adoramos escutar a Mamãe. Ela leva jeito. Parece aquelas vozes no rádio, que você fica escutando sem parar. Como ela diz, a coisa entra no nosso sangue.

Às vezes, a Mamãe fica na cozinha à noite, com o violão no colo, tocando com força e depressa. Ela balança a cabeça, fazendo o cabelo (que agora é cor de beterraba e brilhante) ondular até a cintura. Ah, a Mamãe é linda! Vai cantando as canções sem saber as letras, inventando o que ela não sabe. "Lá vem ela, de três-oitão na mão, ela foi feita para amar, outro homem cornear."

Eu perguntei a Calvin o que era um três-oitão, e ele disse que um três-oitão era para estourar a sua cabeça, *buuuuummmmm!*

Nossa vizinha na fila de casas diz para mim:

— Sua mãe anda com boa aparência agora que o rosto está quase sarado e o cabelo cresceu bonito feito o de uma garota de verdade. Mas não conte a ela que eu falei isso. Ela pode me achar intrometida.

Então eu não contei. Qualquer coisa que possa perturbar a Mamãe, eu não conto.

— Marybeth? Se houver alguma coisa que você queira nos confidenciar...

Na escola meus olhos ficam se fechando. Parece que o facho de uma lanterna entra na minha cabeça, e depois é desligado. Minha cabeça cai para a frente em cima dos braços na carteira. Então aparece uma senhora perguntando se estou com algum problema. É minha professora, inclinada sobre mim.

Eu não lembro o nome da senhora. Ela tem cheiro de pó de quadro-negro. Não parece a Mamãe, que agora tem um cheiro doce e forte sempre que sai.

— Pode me contar, querida. Se você tiver algum problema em casa...

Eu esfrego os olhos fechados. Parece que há fumaça de madeira nos meus olhos, que ardem e coçam. Eu me sinto paralisada feito um coelho assustado.

— Você está com algum problema em casa? Toda manhã de aula, Marybeth...

Quando o Papai foi embora e nos disseram que ele não ia voltar, dava para ver nos olhos das pessoas que elas não sabiam quais palavras usar. Não conseguiam dizer: "O pai de vocês morreu." Não conseguiam dizer como Calvin: "Papai está morto. Papai-morto." Minha professora não consegue dizer: "Toda manhã você parece assombrada", pois isso não é coisa que se diga a uma garotinha cujo pai foi para o inferno viver com sua parentela cruel.

— Você está com olheiras, querida. Não dorme bem à noite?

Eu abano a cabeça como Calvin faz. Lágrimas jorram dos meus olhos. Mas eu não estou chorando.

Naquilo que chamam de ambulatório, a enfermeira tira meus tênis de cadarços puídos e me cobre com um cobertor, para que eu possa dormir. Estou tremendo de frio, com os dentes chacoalhando. Eu luto contra o sono feito uma coelha acuada na gaiola, sabendo que precisa ficar acordada. Mas é como a lâmpada do porão quando é desligada. Tudo fica escuro e vazio, como se ninguém estivesse ali. Depois de algum tempo, outra pessoa entra no ambulatório. Ouço a voz dela e da enfermeira, discutindo em voz baixa do outro lado da cortina de gaze que envolve minha cama. Uma voz diz:

— Isso não é lugar para uma criança dormir. Ela está perdendo o trabalho escolar...

A outra voz pertence à enfermeira. Discretamente, como se houvesse um segredo entre as duas, ela diz:

— É aquela menina da família Malvern. Você sabe...

— Ela! Aquela que...

— Só pode ser. Eu conferi o nome.

— "Malvern." Meu Deus. O menino, Calvin, está na quarta série. Ele parece nervoso e perturbado. Também vive caindo no sono.

— Você acha que eles sabem... como o pai morreu?
— Que Deus nos ajude... espero que não.

Coisas malvadas foram ditas sobre a Mamãe. Que ela fora presa pelos ajudantes do delegado. Isso não era verdade. A Mamãe nunca foi presa. Calvin corria para socar e chutar os garotos que diziam isso, debochando de nós. A Mamãe foi levada para ser interrogada. Mas foi liberada, e nunca foi presa. *Porque não havia um só fiapo de prova contra ela.*

A Mamãe ficou fora de casa um dia, uma noite e parte de outro dia. Nós passamos esse tempo com a Tia Estelle. A irmã, ou meia-irmã, mais velha da Mamãe, que torcia a boca de mágoa sempre que falava dela. Nós faltamos à aula. Proibiram que nós brincássemos com outras crianças. Disseram que não podíamos sair de casa. Ficamos vendo vídeos no televisor. A televisão só foi ligada depois que nós fomos para a cama. Ninguém falou do Papai naquela casa. O nome Malvern não foi pronunciado. Mais tarde nós ficamos sabendo que houvera um enterro. Calvin e eu havíamos sido impedidos de ir. A Tia Estelle ficou fumando cigarros e falando ao telefone. Dizia para nós sua mãe vai voltar logo, vocês vão voltar para casa logo. E foi isso que aconteceu.

Eu dei um abraço forte na Tia Estelle quando nós fomos embora. Mas depois a Mamãe brigou com ela. Nem se despediu dela quando pegou a picape e dirigiu mais de mil quilômetros, rebocando toda a nossa mobília num trailer alugado. Aquela piranha, dizia a Mamãe.

Quando a Mamãe voltou para casa depois de ser *interrogada*, como eles diziam, ainda tinha o rosto todo ralado e inchado. Seus olhos pareciam cansados. Mas nesse lugar novo, a Mamãe ficou jovem outra vez. Isso não aconteceu da noite para o dia, mas aconteceu. Seu cabelo mudou de cor e foi crescendo até brilhar e ondular sobre os ombros. A Mamãe tinha um jeito especial de afastar o cabelo dos olhos. Ela fazia um gesto largo, como se fosse uma nadadora prestes a se afogar que subitamente viesse à tona. *Ah-ah-ah*, a Mamãe enchia os pulmões de ar.

Com um batom vermelho-cereja, a Mamãe desenhava uma boca sensual nos lábios finos e tensos. Depois realçava de negro os olhos, como nós nunca havíamos visto.

A Mamãe dedilhava seu violão. Depois que ela mandara consertar a corda arrebentada, o violão passara a ser seu. Ela dizia:

– Foi uma escolha dele. Quando um parente chega para se juntar a eles lá, o inferno inteiro comemora.

Quando chega o Natal nesse lugar novo a Mamãe já largou o emprego na sapataria barata e arranjou outro numa taverna perto do rio. Na maioria das noites ela trabalha como garçonete, mas às vezes toca o violão e canta. Por causa do rosto maquiado e da cabeleira reluzente, ninguém percebe as rugas na pele dela, que ficam invisíveis na penumbra enfumaçada da taverna. Os dedos da Mamãe já ganharam prática. As unhas estão aparadas e polidas. A voz é grave, rouca e áspera. Faz a gente estremecer. Os fregueses da taverna oferecem dinheiro a ela, que às vezes aceita, dizendo em tom discreto: Obrigada. Vou aceitar isso como um presente pela minha música. Vou aceitar porque meus filhos não têm pai. Eu sou mãe solteira, e tenho duas crianças pequenas para sustentar. Mas não vou aceitar, caso você espere de mim algo além disso... a minha música, e o meu agradecimento.

No River's Edge, a Mamãe se apresenta como Maggie. Com o tempo, ela virá a ser conhecida e admirada como Maggie. A Mamãe parece uma garotinha quando nos fala dos aplausos. Maggie pega o violão, que foi polido e agora brilha feito o interior de uma noz depois que você quebra a casca. Dedilhando acordes e deixando a cabeleira cor de beterraba deslizar pelos ombros, a Mamãe diz que toda a taverna silencia quando ela começa a cantar.

No inverno os gritos dos coelhos ficam mais tristes e penosos. Calvin também ouve os pedidos deles. Mas finge que não ouve. Eu aperto o travesseiro em cima da cabeça para não ouvir. *Nós não queremos morrer. Nós não queremos morrer.* Certa noite, quando a Mamãe está na taverna, eu me esgueiro descalça da cama e desço até o porão. Sinto o fedor da lama que vaza, da podridão e do sofrimento animal. Sob a luz fraca da única lâmpada, lá estão os coelhos.

Há coelhos em cada gaiola! Alguns já cresceram demais para o espaço apertado. Têm as ancas encostadas no arame e as orelhas repuxadas sobre as cabeças. Seus olhos brilham de apreensão e esperança ao me ver. Eu fico enjoada e tonta. Há um coelho preso dentro de cada gaiola. Embora isso seja simplesmente lógico, como eu vou descobrir ao longo da vida: *Em cada gaiola, um prisioneiro*. Os adultos que dominam o mundo só fabricam gaiolas para serem usadas. Eu pergunto aos coelhos: Quem trancou vocês nessas gaiolas? Mas os coelhos só conseguem ficar olhando para mim, piscando e mexendo os focinhos. Um deles tem um pêlo bonito, em tom azul-acinzentado. É um coelho jovem, que não parece tão doente e derrotado quanto os demais. Eu aliso a cabeça dele atrás do arame da gaiola. O coelho treme sob meus dedos. Eu sinto o coração dele pulsando. Quase todos os outros coelhos têm o pêlo sarnento e crespo, em tom cinzento mortiço. Só um tem o pêlo negro. É um coelho pesado e deformado pela gaiola, com olhos aguados. As portas das gaiolas estão trancadas com pequenos cadeados. Tanto as gaiolas quanto os cadeados têm ferrugem. Eu encontro um velho par de tenazes no porão. Segurando as tenazes desajeitadamente com as duas mãos, consigo cortar o arame de todas as gaiolas. Machuco os dedos abrindo buracos para os coelhos saírem saltitando, mas eles hesitam, desconfiados de mim. Até o coelho jovem só enfia a cabeça pela abertura, piscando e farejando o ar nervosamente, mas sem se mexer.

Então eu vejo na parede do porão uma porta que dá para fora. É uma pesada porta de madeira, coberta por teias de aranha e cascas de insetos mortos. Não é aberta há anos. Mas eu vou puxando até conseguir abrir a porta, de início apenas alguns centímetros, mas depois um pouco mais. Do outro lado há degraus que levam à superfície do solo. Uma refrescante aragem fria, com cheiro de neve, bate no meu rosto.

– Vão em frente! Saiam daqui! Vocês estão livres.

Os coelhos não se mexem. Eu vou precisar subir novamente e deixá-los na escuridão, antes que eles fujam de suas gaiolas.

— Marybeth! Acorde.

A Mamãe me sacode em tom de repreensão. Eu estava dormindo tão profundamente.

Já amanheceu. Os gritos dos coelhos cessaram. Perto daqui, bem atrás do nosso quintal, o trem da Cuyahoga & Erie está passando com suas rodas barulhentas. Eu quase já não consigo ouvir o apito. Na minha cama encostada na parede.

Quando desço até o porão para investigar, vejo que as gaiolas sumiram.

As gaiolas dos coelhos sumiram! Mas ainda dá para ver onde estavam... no espaço vazio. Ali o piso de concreto não parece tão sujo quanto nas outras partes do porão.

A porta que dá para fora está fechada. Fechada e coberta por teias de aranha como antes.

No matagal lá fora, as gaiolas também sumiram do lugar onde haviam sido jogadas. Dá para ver as marcas na neve.

Calvin também está olhando. Mas fica calado.

A Mamãe acende um fósforo como o Papai costumava fazer, usando o polegar. Ergue a chama até o cigarro preso na boca, e diz:

— Pelo menos aquelas gaiolas fedorentas foram carregadas daqui. Aquele puto levou cinco meses para mexer o rabo.

"Queimado vivo" foram as palavras usadas pelos desconhecidos, mas que nós fomos impedidos de ouvir. "Queimado vivo na própria cama", foi dito sobre nosso pai na tevê e em outros lugares, mas nós fomos protegidos dessas palavras.

A não ser quando Calvin ouvia. E Calvin contava para mim.

"Queimado vivo, bêbado, na própria cama. Com gasolina borrifada em torno do trailer e acesa por um fósforo." Mas Randy Malvern era um homem que tinha inimigos. Durante seus 32 anos de vida, ele acumulara numerosos inimigos. Mas nenhum deles chegou a ser ligado ao incêndio. Nenhum deles chegou a ser preso pela morte causada por incêndio criminoso. Todos foram interrogados pelo delegado, mas acabaram liberados. Alguns se mudaram e desapareceram.

Agora as gaiolas sumiram. Agora eu ouço os gritos dos coelhos no vento, na chuva torrencial, no apito do trem que desliza pelo meu sono. Ouço os gritos a quilômetros de casa. Passarei a vida ouvindo isso. Gritos de criaturas presas, que sofreram, que morreram e que esperam por nós no inferno. Nossos parentes.

Fome

1.

Aquele momento. Aquela percepção. Ardente como a dor. Quando Kristine pensará: "Cometi o pior erro da minha vida." Quando ela se sentirá feito um besouro de várias pernas que tem o centro nervoso seccionado... a paralisia é multiplicada, com tantas pernas.
 O pior erro. *Ah, que Deus me ajude a endireitar as coisas.*

2.

Ela vê o rapaz pela primeira vez ao longe. Não sabe quem ele é.
 Ainda assim tem a impressão de que o conhece. Protege os olhos com a mão, enquanto a fria água do Atlântico avança borbulhando sobre seus pés descalços. Ele é apenas uma silhueta. Está agachado na areia entre rochedos na beira d'água. Parece lavar as mãos e os antebraços, lançando água no rosto. Depois levanta e se espreguiça. Pega uma mochila que joga sobre o ombro, vira o corpo e parte na direção dela. Kristine acha que ele nem percebeu a presença dela ali. Ele vem caminhando pela areia, feito um jovem animal que estava preso e acabou de ser solto. Caminha por aquela praia particular como se fosse o proprietário. O lugar é uma enseada protegida por rochedos. Sobre a crista de um morro com vista

para o oceano, vários "chalés" foram construídos. A maioria tem cercas de madeira meticulosamente cuidadas delimitando o terreno. A essa hora da manhã a praia fica praticamente deserta. Há apenas Kristine, sua filha de cinco anos chamada Cecci, um senhor de cabelos brancos passeando com o cachorro, e agora esse rapaz. Ele usa uma calça cáqui umedecida pela maresia, com uma camisa branca que esvoaça ao redor do peito nu. Os espessos cabelos escuros, à altura dos ombros, parecem agitados feito labaredas pelo vento. Um desconhecido? Um vizinho? Kristine nota que o rapaz manca, favorecendo levemente a perna esquerda.

Ele é alto e muito magro. Tem o olhar ávido de uma criança. Um olhar faminto. As costelas se projetam sob a pele tensa e pálida do peito, que é estreito e coberto por pêlos finos, escuros e encaracolados. Kristine tem a impressão de ver um rosto jovem e sem rugas. Um rosto de beleza viril com ossatura delicada. Mas ela não quer ficar olhando fixamente para ele. *Eu conheço esse cara. Será que conheço?* O rapaz parece ser estrangeiro. Exótico. Turco, russo, português? Rocky Harbor fica ao sul de Provincetown, Massachusetts, em Cape Cod, onde Kristine e sua filha foram passar duas semanas veraneando. Ali há numerosos trabalhadores estrangeiros. São rapazes e moças que vêm de Boston, Providence e New Bedford para reforçar as equipes de funcionários dos hotéis durante o verão. Kristine calcula que o tal rapaz deve ser um deles. A não ser que seja um artista. Ela evita pensar que ele pode ser um andarilho, e perigoso. Não é provável que o rapaz more ali em Rocky Harbor, onde as propriedades litorâneas se tornaram grotescamente caras. Mas ele pode ser, tal como ela própria, hóspede de alguém.

Kristine pensa: *Ele é um dançarino. Um dançarino lesionado como tantos outros.*

É um daqueles pensamentos rápidos e irrefletidos que às vezes passam voando pela cabeça de Kristine quando ela está de bom humor... sem estar sozinha nem solitária, mas mentalmente a sós. É um desejo infantil, e nesse caso letal, de que outras pessoas, com quem ela sente certa cumplicidade misteriosa, sejam como ela, compartilhando assim um laço secreto.

Um dançarino lesionado, um ex-dançarino como eu.

3.

– Cecci, meu bem! Cuidado.

Mas Cecci, correndo e gritando à beira-mar quase dez metros à frente da mãe, não ouve.

A energia de Cecci! No passado distante, quando ainda era uma menina poucos anos mais velha do que Cecci, Kristine queria ser dançarina. Obcecada por isso, ela era capaz de suportar horas de esforço físico e estresse emocional. Aos 34 anos, ela agora fica sem fôlego tentando acompanhar o ritmo da filha de cinco.

Kristine se sente muito exposta ali. Não são 7h30 ainda. É tão cedo que ela não está usando maquiagem, sequer batom. Seu cabelo foi todo despenteado pelo vento. As alvas calças de navegação e a camisa de manga comprida amarrada na cintura sobre uma camiseta são empurradas pela ventania, realçando-lhe os seios, a barriga e as coxas.

Eu não vou olhar para ele. Não vou conferir os olhos dele. Para saber se ele está olhando para mim, ou não.

O rapaz vem mancando. Kristine não está olhando para ele, mas parece notar que, ao se aproximar dela e de Cecci, ele se esforça para caminhar normalmente. Ela imagina que ele está tentando suportar a dor. Um tendão estirado, um joelho ferido. As contusões que ela própria sofrera dançando eram de pequena monta, mas cumulativas. Kristine sente uma onda de simpatia pelo rapaz. A vaidade masculina! Apesar de mancar, ele tem uma presença tão forte... Cecci sai correndo desabridamente como toda criança nova, até as mais tímidas. Fechando os olhos para se proteger da maresia que arde, ela parece não perceber o rapaz que se aproxima. Embora já tenha sido advertida pela mãe incontáveis vezes, ela não nota onde está pisando. Esquece a dura areia úmida sob seus pés, cheia de hieróglifos serpenteantes formados por algas marinhas, galhos apodrecidos, copos plásticos, conchas de mariscos e estilhaços de vidro. Kristine faz uma careta de pavor quando Cecci tropeça num rochedo, cambaleia e quase cai... Reagindo instantaneamente, porém, o rapaz corre mancando até ela, abaixa o corpo e apanha Cecci nos braços.

É um momento que Kristine verá repetido muitas vezes em suas lembranças, por toda a vida.

O desconhecido de cabelos compridos surge do nada, mancando. Ele surge da maresia ardida. Do flamejante céu matinal, salpicado de nuvens. As pernas surpreendentemente musculosas de um desconhecido, com braços fortes que apanham Cecci antes que ela possa cair. Pendurada naqueles braços por um breve instante, feito uma dançarina infantil, Cecci pisca boquiaberta, surpresa demais para irromper em lágrimas ou até reagir com sua costumeira timidez na presença de desconhecidos.

Kristine, a jovem mãe agradecida, exclama:

– Ah, obrigada! Muito obrigada.

Ela toma Cecci dos braços dele. A transferência do peso da criança de um adulto para o outro parece natural. Dá uma sensação de companheirismo. A própria Kristine se enche de timidez. Ela tem a impressão de ver olhos escuros e profundos, belos olhos injetados. Grossas sobrancelhas escuras quase se unem acima de um nariz aquilino. Os maxilares ostentam uma barba por fazer.

O rapaz diz:

– Ela é uma garotinha linda. Você deve ter muito amor pela sua filha.

A fala dele exibe um leve sotaque. Italiano, francês?

Kristine só consegue pensar numa resposta gaguejante, e diz:

– Ah, sim.

O rapaz segue em frente, fazendo força para não mancar.

Kristine segura a mão de Cecci com firmeza. Repreendendo afetuosamente a filha, ela resolve voltar para a casa de seus tios acima da praia. São 26 degraus até lá. Quando ela chega ao topo, seu coração está batendo dolorosamente. Ela tem... ou imagina que tem... ou imagina que deveria ter... consciência de que o rapaz se vira e olha para ela. Mas é claro que Kristine não olha de volta.

4.

Mas nós teríamos nos conhecido de alguma outra forma. Obviamente.

Cecci e sua mãe estão hospedadas no elegante "chalé" dos tios de Kristine em Cape Cod. É uma construção com vinte aposentos, feita de madeira envelhecida artificialmente e envidraçada do chão ao teto. De lá vêem-se dunas ondulantes, altos juncos, roseiras selvagens, a praia rochosa, as ondas de cristas brancas, a estonteante vastidão do Atlântico e um horizonte que cintila a distância. É a famosa vista para o mar de Rocky Harbor, um luxuoso enclave com cerca de dez casarões projetados sob medida. Kristine já visitou Betsey, a irmã mais velha de sua mãe, e Douglas Robbins, o banqueiro com quem Betsey é casada, várias vezes. Com freqüência vem sem o marido, Parker Culver, que é muito ocupado e envolvido com negócios. Ele é o presidente de uma próspera empresa de programação de computadores sediada em Boston e prometeu pegar a ponte-aérea para passar um fm de semana em Cape Cod, mas ainda não fez isso. Kristine e Cecci telefonam para ele às sete horas, toda noite. Às vezes também ligam no fim da manhã.

— Papai, estou com saudade de você! — diz Cecci. — Nós queremos você aqui, Papai.

Kristine fala com mais calma, sabendo que não é uma boa idéia implorar coisa alguma ao marido, principalmente implorar que ele faça algo para seu próprio bem-estar. Ela e Parker estão casados há quase oito anos. Cecci será a única filha deles.

(Dezesseis anos mais velho do que Kristine, Parker hesitou na hora de ter essa filha. Ele já tem um filho de 13 anos, emocionalmente perturbado, fruto de um casamento anterior, que mora com a mãe em New Hampshire. Para sorte de Kristine e Cecci, ele acabou cedendo e "permitindo" que sua jovem esposa engravidasse.)

Em Rocky Harbor, Kristine notou certo olhar de interrogação por parte de sua tia, como que fazendo uma indagação muda. *Há algum problema entre você e Parker?* Por parte do tio, notou uma solicitude bondosa, mas indesejada. *Kristine, você gostaria de nos contar alguma coisa?* Kristine fica matutando se seu rosto revela algo de que ela não tem consciência. Esses dias ensolarados à beira-mar. Uma onda de vertigem se abate sobre ela, que sente uma solidão imensa. Ela se sente esfaimada. Mas também decidida a esconder isso.

Ela decidiu sugerir aos tios, mantendo um tom de voz vibrante, um sorriso alegre, e um comportamento jovial em público, que tudo vai bem no seu casamento. Além disso, faz questão de que os dois saibam que ela telefona para Parker freqüentemente. Para divertir os que lhe dão ouvidos, fascinados por aquela bela jovem de cabelo louro-cinza, mãe de uma encantadora menina de cinco anos, ela declara:

— Meu marido é completamente viciado em trabalho. *Férias* é uma palavra que ele despreza. Tem um som parecido demais com farra... de farrista.

Depois ela sempre franze a testa com uma expressão solidária, acrescentando:

— E, na verdade, ele é um homem imensamente ocupado.

Além de produtivo e próspero no seu campo, onde há muita competição. Mas será que o estado íntimo do seu casamento interessa a alguém, fora ela e Parker?

Casamento, um mistério. Por que nós amamos? O que fazemos para definir e conter nosso amor? Para proteger esse amor? Como se o amor fosse uma labareda que pode ser apagada...

Mas Parker Culver tem solidez e nada em comum com uma labareda. É um homem bonito, de ombros largos, com uma espessa cabeleira branca e sobrancelhas hirsutas. A certa distância, ele parece um senhor distinto. De perto vê-se que é um homem vigoroso, com apenas cinqüenta anos. Seu aperto de mão parece um alicate, seus abraços são de quebrar costelas, seus beijos são molhados, caninos e possessivos. É um homem de bom coração, que todos adoram. Leva tudo na esportiva, e quase nunca guarda ressentimento. (Afinal, por que Parker Culver guardaria ressentimentos? Foi um vencedor a vida inteira.) Quando ele e Kristine estão juntos, em muitas ocasiões são confundidos com pai e filha. É uma coisa que diverte Parker, mas incomoda Kristine.

— Isso transforma Cecci em quê, sua neta? Fruto de uma união incestuosa? — Ela pergunta.

Mas Parker não se deixa irritar por uma questão tão trivial.

Quando Kristine mostrar a Jean-Claude uma foto do marido, o rapaz ficará olhando para a imagem, profundamente comovido. Depois secará os olhos e sussurrará:

– Esse homem! É tão parecido com meu pai... o pai que eu perdi quando era garoto e que está enterrado em algum lugar na Bretanha, num túmulo que eu nunca vi.

5.

Eu não vou olhar para ele. Não olhei. Os olhos dele...
Ele diz que se chama Jean-Claude.
Jean-Claude Rivere? Ranier? Raneau?

Na residência do casal Pearson em Rocky Harbor, ele é apresentado a um grupo de convidados, entre os quais Kristine Culver, como "Jean-Claude", com um sobrenome murmurado. Um "norte-americano nascido em Paris", ele foi trazido à festa por um amigo de um amigo dos anfitriões. Na residência do casal Feldman em Provincetown, ele é apresentado como "Jean-Claude", com um sobrenome murmurado. É um ator, poeta, ex-dançarino e amigo do companheiro do diretor artístico do Teatro de Provincetown. Na residência do casal Stern em Wellfleet, ele é "Jean-Claude" com um sobrenome murmurado, "ator, coreógrafo, poeta". Na residência do casal Robbins, onde Kristine está hospedada, Jean-Claude é apresentado como um "fascinante conhecido novo" de Betsey, que conheceu o rapaz na semana anterior num jantar na casa de um vizinho e ficou "absolutamente encantada" com ele. Ali Kristine descobre que o Jean-Claude do sobrenome murmurado é não só fotógrafo, ator, ex-dançarino, coreógrafo e poeta, como também um "talentoso tradutor". Orgulhosamente, Tia Betsey mostra a Kristine o exemplar de um romance curto de Marguerite Duras, *O vice-cônsul*, traduzido por "Jean-Claude Ranier". Na dedicatória da página inicial está escrito, numa caligrafia elaborada, *Pour la belle Madame Robbins! Avec admiration, Jean-Claude.* Na quarta capa há uma pequena foto e uma breve biografia da romancista francesa, mas apenas uma breve biografia, sem foto, do tradutor Jean-Claude Ranier. Ali é dito que esse indivíduo nasceu em Brest, na França, em 1965. Que ele estudou literatura francesa e inglesa na Sorbonne. Que já traduziu diversos romances franceses para o inglês. Que divide seu tempo entre Paris, Londres e Nova York.

Será possível? Kristine olha para esse Jean-Claude Ranier do outro lado da sala. Ele está sendo apresentado aos convidados pelo tio dela. Se nasceu em 1965, ele agora tem 36 anos. Mas parece espantosamente jovem para a idade. Kristine calcularia que o rapaz tivesse 26, no máximo.

Ela diz em tom cético:

— Ele parece... muito jovem, pessoalmente.

A Srta. Robbins, uma sessentona dada a entusiasmos comunitários e culturais, responde:

— É exatamente disso que precisamos em Rocky Harbor.

— Mas ele não mora aqui, mora?

— Está passando o verão com... um amigo de... alguém de Provincetown, acho eu. Ou de Wellfleet.

Kristine conta para a tia que já foi apresentada a Jean-Claude. Só não fala que conheceu o rapaz na tal manhã ali perto, na praia particular dos tios.

E quando Jean-Claude e ela se encontram novamente, apertando as mãos e sorrindo, Kristine sente aquela inconfundível atração de cumplicidade entre eles. Aquela comunicação. *Aqui estamos nós! E ali estão os outros.*

Jean-Claude é o homem mais jovem no aposento. É também o mais alto e o de aparência mais marcante. Sua pele parece estranhamente pálida para o fim do verão em Cape Cod. Ele é muito magro. "Uma chama passageira", pensa Kristine. Quando ele sorri, revela dentes pequenos, manchados e levemente tortos. Quando não sorri, parece taciturno, inquieto e nervoso. A cabeleira, pesada e cacheada, está amarrada na nuca com um pedaço de corda. Ele tem um ar simultaneamente infantil e selvagem. Certamente se destaca naquele grupo de homens e mulheres de mais idade. Ele parece um primeiro-bailarino, pensa Kristine com ar divertido. Como aquilo é estranho! "Jean-Claude Ranier." Ela pensa que esse provavelmente não é o nome dele, e acha isso divertido. Ninguém sabe mais sobre ele do que ela. Kristine aprova a roupa que ele está usando. Uma elegante camisa de seda branca, emprestada ou presenteada, e calças de veludo também brancas. Ele fez a barba antes da festa, mas apressadamente, de modo que suas mandíbulas estão avermelhadas e arranhadas. Seu corpo exala um cheiro salgado, misturado com colônia. Kristine reconhece o aroma, que é de uma marca cara. Provavelmente também foi emprestada por um dos amigos dele em Provincetown.

Kristine percebe Jean-Claude se comportar com polidez e discrição naquele grupo. Ele sorri com facilidade, mas continua taciturno. Apesar da cabeleira e da salgada aura sexual, ele se porta como um jovem ideal, sempre obedecendo aos mais velhos. Ela fica comovida ao ver que o rapaz tenta disfarçar, ou atenuar, o fato de mancar. Ele não quer pena ou perguntas desagradáveis. Passa a maior parte do tempo com o peso do corpo apoiado na perna direita. Quando precisa percorrer uma distância curta, endurece a perna esquerda e tenta se movimentar normalmente. Mas é um esforço considerável. Kristine percebe a dor no joelho dele. Jean-Claude firma o queixo e seu olhar fica vidrado. Mas ele não demonstra sentir dor. Isso é segredo. Kristine também já notou que ele vive faminto. Sempre que tem chance, mesmo com as sorridentes mulheres de meia-idade tagarelando avidamente ao seu redor, ele devora os canapés com a maior rapidez e eficiência possíveis.

Uma criatura selvagem, temporariamente domesticada.

Que finge estar domesticada.

Jean-Claude pergunta pela *belle jeune fille*, e Kristine responde que Cecci foi dormir cedo. Ela fica tocada ao ver o rapaz lembrar-se de Cecci e perguntar por ela com uma expressão de ternura.

– O oceano fascina e exaure Cecci. Ela não se cansa de ficar lá. *Ela* me exaure.

Kristine não tinha intenção de dizer essa frase, que é um pouco esnobe. Mas ela fala com um sorriso radiante, e quase sem querer afasta o cintilante cabelo louro-cinza do rosto. É evidente que ela não está exaurida.

Jean-Claude vem observando Kristine com atenção, mas falou muito pouco. Ele parece estranhamente reticente, tímido. Kristine sente vontade de perguntar se ele é verdadeiramente o tradutor de Marguerite Duras... "Jean-Claude Ranier". Ou só tem o mesmo nome. Ou simplesmente se apropriou desse nome. Pelo estilo de movimentação dele, ela tem certeza de que ele já foi dançarino. Mas reluta em perguntar, pois isso sugeriria intimidade. Sugeriria que Kristine notou o problema físico de Jean-Claude, que ele tenta disfarçar com tanta bravura. Falar disso equivaleria a tocar o rapaz intimamente. A enfiar suas mãos dentro da camisa de seda dele, alisando aquele peito magro...

– Jean-Claude, você está com fome? Fome para uma refeição? Vou levar você para jantar – diz Kristine, rindo audaciosamente. – E *eu* vou pagar.

Kristine não acredita que pronunciou essas palavras espantosas. Ela nunca fala tão agressivamente com alguém que acaba de conhecer, seja homem ou mulher. Mesmo antes de casar, jamais falaria desse jeito com um homem que mal conhece.

Se Jean-Claude fica espantado, não mostra sinal algum disso. Ele se aproxima de Kristine, dizendo com um sorriso tímido:

– Eu gostaria muito de jantar com a senhora. Mas desculpe...

Balançando a cabeça feito um garoto adolescente, com uma expressão divertida, resignada e ostensivamente estóica no rosto, ele indica uma mulher de meia-idade elegantemente vestida na outra ponta da sala dos tios dela, e arremata:

– A Sra. Bernhardt já me convidou.

6.

Como explicar aquilo? Um comportamento tão chocante. Kristine reza para que ninguém tenha escutado. É como se outra mulher houvesse tomado o lugar dela. Convocada pelo rapaz cabeludo. Feito uma dançarina, convocada por uma música irresistível.

7.

Kristine fica olhando com nervosismo. Mas também com certo fascínio.

— Gatinho, gatinho, *gatinho*! — arrulham as senhoras num coro estranho, como se estivessem chamando seus amantes.

Kristine e Cecci estão vendo um bando de gatos vadios serem alimentados por uma senhora de oitenta anos "encantadoramente excêntrica", na praia logo abaixo da casa da mulher em Rocky Harbor. Vêem a Tia Betsey ajudar a velha de cabelos emaranhados, agachando-se para encher algumas cubas redondas com latas de ração felina que os gatos devorarão.

Trata-se de um ritual diário. Uma cena e tanto. Gatos esfaimados surgem correndo de todas as direções.

Cecci bate palmas e exclama:

— Mamãe, veja! Veja os gatinhos!

São gatos pretos, marrons, alaranjados, malhados de cinza e branco, acinzentados... tantos! Quase todos estão esquálidos, com orelhas mordidas e desconfiados olhos amarelos que parecem luzes de alerta. Outros têm corpos mais macios, com uma expressão de mágoa atordoada no olhar... obviamente, são animais de estimação abandonados. Kristina se sente na obrigação de ajudar as duas senhoras. Mas não quer que Cecci se aproxime demais dos gatos. Alguns parecem doentes, e outros, perigosos.

É o fim de uma manhã de verão, nublada e sujeita a ventanias. O coquetel foi na véspera. Depois de uma noite maldormida, Kristine acompanhou a tia até a vila. Às vezes Betsey passa lá nesse horário expressamente para ajudar a Sra. Vandeventer a alimentar aquele bando de gatos desabrigados. Viúva de um multimilionário, essa senhora mora sozinha na "mais antiga residência particular" de Cape Cod.

Cecci está ficando empolgada demais. Ela tenta contar os gatos, mas acaba se confundindo, pois os bichos trocam de posição o tempo todo. Parecem umas enguias agressivas. Empurram-se uns aos outros, arreganham os dentes, sibilam, soltam rosnados graves e dão patadas com as garras estendidas. Cecci está acostumada com gatos domésticos, bichos amistosos que se encostam nas pernas das garotinhas, erguendo o olhar na expectativa de afagos e arrulhos. Mas os gatos da praia ignoram seus benfeitores humanos. Recuam e sibilam com os dentes arreganhados, mesmo quando a Sra. Vanderventer, sua amiga especial, chega perto demais. Quase todos são espécimes magricelas, de pêlo curto e ralo. Aparentam ter passado a vida toda ao léu. Apenas um ou dois são gatos de raça... há até um siamês esquálido. "Como as pessoas são cruéis", pensa Kristine, estremecendo.

Fome. Uma coisa tão primitiva. E feia.

Cecci implora:

— Mamãe, posso ajudar a alimentar os gatinhos? *Por favor...*

— Talvez da próxima vez – responde Kristine, irritada com a tia e consigo mesma por terem trazido Cecci para ver um espetáculo tão triste. Aquilo equivale a exibir um vídeo adulto demais para a filha, a conselho de outras mães ou outros pais. Depois de qualquer interlúdio perturbador, a menina fica interrogando a mãe.

Mas também há algo de cômico naquela cena. Duas velhas endinheiradas se agacham na areia, começam a arrulhar e espalham comida para gatos desabrigados que não dão o menor sinal de gratidão. Sequer tomam conhecimento da presença de suas benfeitoras. Animais domesticados ao menos fingem gratidão, por mais hipócritas que possam ser. Mas aqueles gatos parecem ser tão pouco sentimentais quanto tubarões. "Jean-Claude riria daquilo", pensa Kristine. Que mulheres bobas! Assim que os gatos esvaziam uma cuba de ração, buscam outra. Empurram violentamente seus camaradas para o lado, arranhando, rosnando e sibilando.

Quando ficam saciados, simplesmente se viram e partem trotando, sequer olhando para trás.

Cecci quer afagar um dos gatos jovens, que parecem ter o corpo mais macio, e precisa ser retida por Kristine.

— *Não*, meu bem! Não alise aquele gatinho. Aquilo não é um bicho de estimação... é um gato, selvagem.

Cecci fica chocada quando o gato, um belo espécime alaranjado de focinho branco, sibila e tenta cravar as garras nela. Por sorte, Kristine tira a filha do alcance do bicho.

— Mamãe, por que o gatinho não gosta de mim? — pergunta Cecci em tom magoado.

— Já falei para você, meu bem. Aquilo não é um bicho de estimação... é um gato selvagem.

— Um gato selvagem? — diz Cecci, que está na idade de se fascinar por distinções de nomenclatura e precisão de termos. — Por que os gatos são selvagens, Mamãe?

— Porque...

Kristine pára e pensa. Ela não quer contar à filha que os animais de estimação às vezes são abandonados por seus donos. Isso perturbará Cecci. Nos livros, os personagens favoritos da menina são gatos com nomes e atributos humanos. Então ela diz:

— Eles já são selvagens desde o começo. Pelo menos alguns. Então têm filhotes, e os filhotes também ficam selvagens.

— Mas por quê, Mamãe? — pergunta Cecci, parecendo intrigada.

Kristine sabe que não respondeu à pergunta original da filha. Mas não tem idéia de como fazer isso, e diz:

— Os gatinhos começaram como animais selvagens, Cecci. Há cem milhões de anos. Ao longo do tempo, foram sendo domesticados. Pelo menos alguns deles. Mas outros nunca foram. Esses se chamam "selvagens". São ferozes.

— "Fe-ro-zes". "Sel-va-gens" — diz Cecci, pronunciando as palavras cuidadosamente. Ela parece satisfeita. A lição foi suficiente para ela, ao menos por hoje.

Kristine fica aliviada ao ver os últimos gatos terminarem de comer e partirem trotando com indiferença, enquanto as duas senhoras arrulham:

— Gatinho, gatinho! Até logo.

A Sra. Vandeventer e a Tia Betsey estão coradas feito duas meninas. Parecem cheias de prazer, felizes com a própria generosidade. Na manhã seguinte os gatos voltarão, com pontualidade e indiferença, para participar de outro frenesi alimentar. Mas um ser selvagem vive faminto. Para ele, talvez nada importe mais do que saciar sua fome.

— Vocês são tão boas e generosas — diz Kristine, sorrindo para as duas senhoras, embora sinta uma onda de piedade e repugnância.

Eu nunca farei isso. Juro. Eu, não!

8

Notícias alarmantes em Cape Cod.

Kristine não conhece a vítima assassinada. Acha que sequer ouviu aquele nome antes. Austin DiParma. Sessenta e um anos de idade. Negociante de arte em Boston e antigo veranista de Rocky Harbor. Parcialmente decomposto, o corpo da vítima foi encontrado em sua casa litorânea um quilômetro ao norte dali. DiParma foi descrito pelos vizinhos como "cada vez mais excêntrico"... "difícil"... "autodestrutivo". Desde o rompimento com um parceiro mais jovem, ele virara quase um ermitão, vivendo sozinho e recusando a visita de amigos ou vizinhos. Segundo o médico-legista municipal, DiParma morreu depois de ser severamente surrado e estrangulado, durante as primeiras horas do dia 11 de agosto. Mas o corpo só foi achado na tarde do dia 14. Além disso, a vítima tivera dinheiro, cartões de crédito, um relógio de pulso e outros pertences pessoais roubados. Para retardar a decomposição, o ar refrigerado no quarto de DiParma fora ligado pelo assassino, ou pelos assassinos...

— Que coisa pavorosa! — diz Betsey Robbins, estremecendo ao falar pelo telefone com uma vizinha de Rocky Harbor. — Mas também... que Deus me perdoe... não é lá uma grande surpresa. Coitado daquele homem!

O telefone toca continuamente na residência do casal Robbins. Amigos e vizinhos aparecem de surpresa. Betsey e Douglas recebem, além de dar, notícias escandalosas. A contragosto, Kristine vai descobrindo que DiParma era um "coitado marcado pela tragédia"; um alcóolatra; um amante de iguarias e vinhos; um paciente com "depressão crônica"; um ex-fanático por torneios de bridge; um ex-historiador de arte com reputação internacional; um multimilionário; um quase-falido; um "incentivador" de artistas jovens, principalmente rapazes; um "explorador" de artistas jovens, principalmente rapazes. Era um homem com "muitos amigos, amigos demais"; um homem "já sem amigos"; um homem com "diversos inimigos secretos". Seu ex-companheiro, um escultor mais jovem, com cerca de quarenta anos, é relembrado como "estranho"... "infantilizado"... "capaz de passar uma noite inteira sentado em silêncio"... "doce"... "hostil"... "suscetível a radicais mudanças de humor". A suposição geral em Rocky Harbor parece ser que o tal ex-companheiro é responsável pela morte de DiParma, e o roubo, uma motivação secundária no assassinato. Não havia indícios de arrombamento na casa da vítima. Quem matara DiParma tinha uma aversão particular e passional por *ele*.

— Eu não ficarei surpreso se descobrirem que Austin foi morto por alguém que ele conheceu na rua e levou para casa — diz em voz baixa Douglas, o tio de Kristine.

— *Não*, Douglas. Na realidade, Austin já nem saía mais de casa. A irmã dele foi até lá, mas só conseguiu falar com ele através da porta de tela. Austin não deixou a coitada *entrar*. Isso foi poucos dias antes da morte dele — responde Betsey.

— Ele não estava freqüentando os círculos que nós conhecemos. Mas existem outros.

A polícia está à procura do tal ex-companheiro. Kristine descobre que ele se chama Trim. Ou será Trimmer? O sujeito não é visto em Rocky Harbor há meses. Os policiais também andam vasculhando a parte norte de Cape Cod, reunindo informações sobre a vida particular de DiParma. Perguntam se "algum desconhecido suspeito" foi avistado na área, principalmente na manhã de 11 de agosto.

Kristine tenta calcular quando viu Jean-Claude pela primeira vez. Foi há quantos dias? Se hoje é 15 de agosto, e o coquetel foi no dia 13... será que foi no dia 12? Tal como Cecci ao contar o bando de gatos inquietos, Kristine parece incapaz de se concentrar. Ela fecha os olhos. Revê a silhueta do rapaz, mancando ao longo da praia. Ele pára à beira d'água e se agacha. Lava vigorosamente as mãos, os antebraços e o rosto. Depois levanta, vira e segue caminho, vindo na direção dela. Ao ver Kristine e Cecci, ele tenta disfarçar pouco a pouco o fato de mancar. Isso tudo foi na manhã do dia 11 de agosto? Por volta de 7h30? Kristine não tem certeza. Mas acha que não. Foi na manhã anterior... Ela não pode envolver Jean-Claude na investigação de um assassinato, assim como não pode envolver os outros que viu na praia naquela manhã: um senhor de cabelos brancos passeando com o cachorro, um casal de meia-idade com chapéus de palha e binóculos... Ela sente um arrepio de excitação.

Ele é capaz disso. Você sabe.
Não, eu não sei. É ridículo pensar uma coisa dessas.

Um detetive de Rocky Harbor visita Betsey e Douglas Robbins, entrevistando o casal rapidamente. Depois ele fala com Kristine, e durante essa conversa Betsey leva Cecci até a praia.

– Não quero minha filhota perturbada – explica a jovem mãe ao detetive, assumindo um tom severo e exibindo um jeito tenso. – Estou tentando impedir que ela descubra qualquer coisa sobre esse... incidente horrível.

Kristine diz ao detetive que lamenta causar uma decepção a ele, mas nada tem a relatar. Ela não conhecia o Sr. DiParma. Está apenas fazendo uma visita de duas semanas a seus tios. Não viu pessoa alguma "fora do comum". Sim, ela e Cecci costumam caminhar ao longo da praia bem cedo. Mas ela não lembra de algo especial na manhã de 11 de agosto. Tampouco lembra-se de ter visto qualquer desconhecido suspeito.

– Nem desconhecido, nem conhecido.

O detetive age com brevidade profissional. Fica satisfeito com as respostas de Kristine e levanta para ir embora, acompanhado por ela. O luxuoso interior da residência do casal Robbins, a amplidão de céu, mar e claridade... Kristine aguarda que o detetive faça um comentário sobre a vista, algo polido, previsível e banal, mas o sujeito fica calado. As casas dos privilegiados da região são familiares a ele. Sobra pouco romantismo na vida dos ricos depois que se descobrem alguns segredos "trágicos" deles. Kristine repete que está apenas hospedada ali em Cape Cod, como se isso pudesse levar o detetive a confiar mais nela.

Parece natural perguntar, como Kristine faz, se a polícia já tem algum suspeito. O detetive responde que eles só sabem o que foi veiculado na mídia. Até agora. Kristine pergunta se há... impressões digitais. Na cena do crime. O detetive sorri para ela com ar divertido. Kristine é uma mulher jovem e atraente. Tem um jeito faceiro e preocupado ao mesmo tempo. De bermuda e camiseta folgadas, ela aparenta bem menos idade do que tem.

– Claro, minha senhora. Sempre há.

Kristine não se dá por vencida e sai de casa atrás do sujeito. Impulsivamente, ela pergunta:

– Pegadas, também? Deveria haver muitas na areia da praia. Saindo da casa. E dias se passaram até alguém notar...

O detetive não responde, pois Kristine não fez exatamente uma pergunta. Mas ele pára e espera. Kristine afasta o cabelo do rosto e ouve sua própria voz dizer:

– Se uma dessas pegadas tivesse algo incomum, acho que vocês notariam.

O detetive dá um sorriso enigmático para Kristine. Ele é um homem de estatura média, com cabelos prematuramente embranquecidos feito o marido dela, e tem mais ou menos a mesma idade que ele. Só parece não ter a mesma energia que Parker, mas isso pode ser uma impressão enganosa. Ele baixa o olhar para as sandálias nos pés de Kristine. Depois ergue lentamente o rosto para ela e diz:

– Por que a senhora está fazendo essa pergunta?

– Só estava curiosa. Nenhuma razão especial.

Kristine vê o detetive se afastar num carro comum. Está nervosa, excitada. Fica pensando se sua voz tremeu, se o detetive notou.

Pelo tom do sujeito, porém, ela presume que a polícia nada encontrou de notável na cena do crime. Pelo menos, nenhuma pegada incomum na praia. Nenhum sinal de alguém mancando. Pois isso ficaria patente na areia, não? Mesmo que o indivíduo tentasse disfarçar, tamanha irregularidade nas pegadas poderia ser percebida. Um perito criminal de olhar atento descobriria aquilo no meio de dezenas de outros rastros...

Ela, portanto, agira acertadamente ao deixar de mencionar Jean-Claude para o detetive. Kristine sabe que, na verdade, ele é incapaz de um ato tão brutal. Para que envolver o rapaz?

Ela acha que Jean-Claude será interrogado pela polícia de qualquer maneira. Ou até já foi. Assim como eles estão interrogando todo mundo na área.

A menos que ele tenha partido. Se for culpado, já terá partido.
Se ele tiver partido, nós jamais nos veremos novamente.

Quando Kristine se junta a Cecci na praia, a menina abraça os joelhos e ergue o olhar, dizendo:

— Mamãe, por que você está tão feliz?

Kristine ri e beija a filha. Sentindo o coração inundado de amor, ternura e felicidade simplesmente por estar viva, ela responde:

— Com você, Mamãe está sempre feliz, meu bem. Você não notou?

9.

Se ele tiver partido. Se, partido.
Nunca mais nos veremos...

Estacionando o carro no porto de Provincetown mais tarde, Kristine fica chocada diante do que vê numa viela próxima. Um rapaz de peito desnudo, muito magro e pálido, está vasculhando uma lata de lixo atrás de um restaurante de frutos do mar. O rapaz tem cabelos ruivos em tom mortiço, emaranhados até a altura dos ombros. E não passa de um garoto. Mesmo assim, Kristine sente uma pontada de choque antes de perceber: *Não é ele.*

10.

— Este caviar está divino!

A mulher chega a estalar os engordurados lábios carnudos. Em sua boca brilha um batom juvenil que realça negativamente o enrugado rosto flácido. Um anel de brilhantes e uma esmeralda quadrada reluzem na mão cheia de manchas. Kristine não consegue calcular a idade dela. Só sabe que ela não é jovem. É possível que tenha a idade da Tia Betsey. E também é possível ver que ela foi uma beldade outrora. Os cabelos louros já estão ralos, mas foram elaboradamente penteados acima das sobrancelhas arqueadas com a ajuda de um lápis... Ela é uma das dezenas de convidadas na casa de uns conhecidos dos tios de Kristine em South Wellfleet. Trata-se de mais um coquetel num deque de madeira acima da praia, com nuvens marmóreas lentamente escurecendo o céu crepuscular.

Aquela marca de caviar russo anda custando os olhos da cara. Aparentemente Kristine sabe disso, embora nem goste muito de caviar.

Com entusiasmo lascivo, a mulher diz:

– As porções desse tipo de caviar geralmente são *parcimoniosas*. É claro! Mas veja. Aqui são *generosas*. A gente nunca consegue caviar suficiente. Sempre fica com água na boca... menos *hoje*. Ah, meu Deus.

Kristine está parada feito uma boba, segurando um canapé de caviar num guardanapo. Ela se vira e vê Jean-Claude. Aqueles olhos estreitos e famintos. A tensão na mandíbula.

Ele também tem aversão a essa gente.

Mas não a mim! A mim, não.

Os olhares dos dois se cruzam. Sorrisos sutis e secretos. Ninguém que estivesse olhando notaria. Eles não se vêem há vários dias, mas parece que acabaram de se separar. A intimidade flui entre os dois.

A mulher que está elogiando o caviar devora um dos canapés e limpa a boca borrada com um guardanapo. Ao ver Jean-Claude, seus olhos se erguem. A boca manchada de batom sorri. Ela leva a travessa de prata com canapés para ele. De antemão, Kristine vê que, embora esfaimado, ele declinará perversamente.

– Não, obrigado, minha senhora.

– Senhora! Eu lá sou sua mãe, querido?

Jean-Claude responde calmamente:

– Não, senhora. A senhora não é minha mãe.

Ele é tão bonito. Uma chama passageira. Não significará coisa alguma além disso.

Numa alcova perto da sala de estar, depois de um corredor escuro nos fundos da casa ampla, ela avança hesitantemente até a penumbra, onde é esperada pelas mãos dele.

A curta distância, no deque de madeira lá fora, os demais conversam. Riem. Zurram.

Ele está beijando Kristine. São beijos rápidos e leves como mariposas esvoaçantes. E vai fazendo perguntas a ela. "Sim? Que tal? Você quer isso?"

Os braços de Kristine estão em torno do pescoço dele. Indefesos. Incapazes de resistir. Ela diz a si mesma que aquilo não significará coisa alguma para o rapaz nômade. É só um impulso momentâneo. Ele sequer se lembrará do nome dela. Uma daquelas mulheres privilegiadas. Uma das mulheres mais jovens. A mãe da garotinha.

Kristine morde o lábio para não chorar.

– Ah. Meu Deus.

Inflamando rapidamente, feito uma labareda. E depois apagando.

11.

A segunda vez é premeditada.

Fazendo amor com Jean-Claude, dividindo um baseado com Jean-Claude... fumando maconha pela primeira vez em... será que já se passaram nove anos? Agarrando a cabeleira de um homem com força, adorando sentir aqueles cabelos levemente emaranhados e oleosos. Sentindo os músculos tensos dos braços e dos ombros daquele homem. As costas esguias. A magreza do peito dele, a sensação do esqueleto sob a pele. O rápido e certeiro amor dele, que subitamente fica terno. Mas logo endurece, voltando a ser rápido e certeiro. E novamente fica terno. Até que ela se agarra a ele, com as mãos, os braços, os joelhos e as coxas. Até que ela sente sua máscara facial contorcida, esticada a ponto de se romper.

Onde Jean-Claude vai passar a noite? Em algum lugar junto à praia... com amigos de uns amigos. Amizades travadas recentemente, mas muito generosas. Sim, ele é um nômade. Um homem sem lar, que não deseja um lar. Vem viajando há meses, anos. Pai e mãe?

Não tem. Família? Ele ri, exibindo os dentes de criança. Qual é o nome verdadeiro dele? Jean-Claude? Ranier? "Sim", diz ele rindo. Todo mundo precisa ter um nome, não? Mas qualquer nome serve. Todos os nomes servem. "O sotaque dele parece menos acentuado hoje", pensa Kristine. Menos musical. Possivelmente é do Meio-Oeste. Ou sulista. Ele diz a Kristine que fica inquieto quando permanece muito tempo no mesmo lugar. Quando alguém tenta fazer com que ele fique. Não consegue respirar, ou dormir. É por isso que vive ouvindo o chamado do grande oceano, que é imprevisível e está sempre mudando. Lindo, mas ainda assim capaz de tamanha destruição.

Ele admite para Kristine que já foi dançarino. Quando garoto. Os mais velhos diziam que ele era um garoto lindo. Mas isso foi há muito tempo.

Kristine tem vontade de dizer: "Você ainda é lindo. Deve saber disso."

Ele se machucou aos 16 anos. O tendão de Aquiles na perna esquerda. Foi um acidente feio que mudou sua vida... e ele jamais se recuperou.

– Agora eu manco. Você já notou. Vou mancar para sempre. Serve como lembrete da minha mortalidade.

Kristine sente vontade de protestar e dizer que não notou. Mas é claro que notou. Ele sabe disso.

Kristine faz uma revelação ao amante. Ela também se machucou quando era dançarina. Uma menina de 13 anos. Foram várias contusões pequenas, mas o efeito cumulativo impediu que ela seguisse carreira. Assim, sua vida também foi alterada. Ela sentiu vontade de morrer...

Kristine diz a Jean-Claude que não era muito talentosa. Não tinha talento de verdade. Ao contrário do caso dele, supõe ela.

Jean-Claude dá de ombros. Talvez.

Ele começa a fazer amor com ela outra vez. No céu, fiapos de nuvens passam por cima da lua em quarto crescente, parecendo teias de aranha iluminadas. O barulho do oceano abrandou. A maré está baixa. As ondas pulsam sem quebrar. Ele suga os seios de Kristine, que para ela parecem sensíveis e cheios de leite. Está fazendo amor com ela, já sem consciência do nome ou do rosto dela. E Kristine pára de pensar em Jean-Claude. O "tradutor". O rapaz que manca. E que tem vergonha de seu defeito.

Kristine solta um grito, com os dedos agarrados ao cabelo dele. *Isso. Assim... Eu te amo.*

Não. Kristine é uma mulher realista. Mãe e esposa. Ela jura não se deixar iludir. Não vai se apaixonar por esse rapaz lindo. Depois de casar, ela jamais teve um amante. Jamais quis um amante. Jamais se sentiu tentada a ser infiel... seja lá o que, precisamente, essa palavra signifique. Se ela não ama Jean-Claude, não pretende se apaixonar por ele, nem planeja rever o rapaz quando partir de Rocky Harbor, como pode estar sendo infiel a seu marido? Não mais do que está sendo infiel a Cecci. O sentimento avassalador que ela nutre por Jean-Claude nada tem a ver com qualquer pessoa além de Jean-Claude e ela própria.

Kristine agarra o cabelo de Jean-Claude. Delirando, ela fecha os punhos em torno das mechas fortes e macias.

Ela não sente isso há muito tempo. Essa vibração flamejante feito uma labareda. Só que mais forte. Mais forte.

– Ah. Meu Deus!

É um prazer que dá uma sensação de energia, mas também de luto.

Kristine passa a noite inteira assim. Fica acordada e inquieta... *ele é jovem demais para mim, claro...* depois de voltar silenciosamente para seu quarto na enorme casa à beira-mar dos tios. As janelas deixam entrar a fria brisa marinha e o luar que já se despede. *Eu sei, eu entendo. Ele nem vai se lembrar do meu nome.* Depois de sacudir a areia das sandálias, da roupa e do cabelo. Depois de tomar uma ducha, para se livrar do aroma doce e mofado do ato amoroso. Do cheiro de sal e de colônia do seu amante. Ela abre a porta do quarto de Cecci, adjacente ao seu, e escuta a respiração tranqüila da criança. Seu amor por Cecci parece mais intenso depois do ato amoroso com Jean-Claude. *O risco. Não vou aguentar o risco. Se eu perder Cecci...* Parker exigiria a guarda da filha. Moralmente, ele teria o direito de exigir a guarda. Caso Kristine fosse denunciada como uma mãe incapaz, uma *adúltera*.

Kristine fica deitada na cama, de olhos abertos. Por que ela está pensando nessas coisas? Não haverá divórcio algum. Parker jamais saberá. Ninguém jamais saberá. Ela partirá de Rocky Harbor com Cecci em poucos dias e o relacionamento com Jean-Claude terminará. *É Parker que eu amo. Meu marido.* Ela está muito cansada, devaneando. Aquele prazer mortiço e pulsante permanece dentro dela, no fundo do útero. Como se ela estivesse de luto.

12.

– Moira, você já soube? Uma notícia tão boa!

Betsey fala ao telefone com uma voz abafada mas vibrante. Entrando na cozinha em busca de café fresco, Kristine pára a fim de ouvir as boas notícias da tia. Ela raciocina que as boas notícias, diferentemente das más, devem ser compartilhadas.

– Janet Feldman acaba de ligar, dizendo que a polícia prendeu o amante de Austin DiParma na fronteira canadense ontem à noite. Ele estava rumando para Montreal com "amigos". Ainda não sei os detalhes. Talvez eles fossem cúmplices. Para mim não é surpresa. Sempre achei que aquele rapaz seria capaz de... qualquer coisa – diz Betsey, fazendo uma pausa. Depois suspira e acrescenta: – É uma coisa horrorosa, claro, mas para nós também é um alívio saber que o assassino foi preso. Agora todo mundo pode respirar um pouco mais...

Kristine percebe que está tremendo. Mas também está sorrindo.

Eu sabia. É claro, nunca foi o Jean-Claude.

Tia Betsey continua falando ao telefone, enquanto acena para Kristine e mostra o bule de café no fogão. É uma boa notícia, sim! E a manhã também parece boa. O céu está limpo feito vidro polido, com ondas rendilhadas quebrando lentamente na praia, feito música.

Em dois dias Kristine e Cecci estarão em casa com Parker, em Boston. E Kristine também estará em segurança.

13.

A terceira vez. O encontro e o ato amoroso deles.
— Jean-Claude! Você é tão bonito.
— Você é que é bonita, Kristine.
Trata-se de um diálogo brincalhão. Com uma intenção brincalhona. Jean-Claude pronuncia o nome de Kristine como "Krris-*ti-nê*", num tom grave e acariciante, que ecoará na lembrança dela durante horas.

Kristine morde o lábio inferior para não chorar. Ela não quer amar esse homem... Ela não vai amar esse homem, tem certeza disso.

Mas está começando a se assustar, ao menos um pouco, com a intensidade da paixão que sente por ele.

Que absurdo! É só uma sensação física, diz Kristine para si mesma, severamente.

Ela é uma mulher que deu à luz uma criança. *Essa* sensação física, e a subseqüente sensação de amamentar, são as mais memoráveis de sua vida.

Kristine ainda não contou a Jean-Claude que logo partirá com Cecci. Talvez nem venha a contar... Ela tem medo de desabar. De revelar coisas demasiadas. De fazer com que ele fique alarmado e constrangido. Aos 34 anos de idade, seu rosto fica feio quando contorcido pelo choro. *Não posso me arriscar tanto. Nada disso!*

Como são fortes os braços de Jean-Claude. Nas pernas e nas coxas, ele tem músculos compactos e duros. Nas costas a pele é lisa, mas causa espanto a dureza das costelas do esqueleto ali embaixo. Os dois se afastam a fim de olhar um para o outro. Os olhos dele têm cílios longos e um brilho marmóreo.

— *Você* é que é bonita, Kristine.
Ela quase acredita nele.

14.

Não posso. Não posso arriscar a emoção.

O último encontro deles não é um ato amoroso, nem chega a ser íntimo. Obviamente, Jean-Claude não sabe que esse é o último encontro.

Kristine desce da casa dos tios até a praia, onde Jean-Claude está sentado na areia, brincando com Cecci. Ele amarrou num rabo-de-cavalo os longos cabelos macios e tirou a camiseta. A sunga preta e justa que cobre seus quadris estreitos mostra uma protuberância na virilha. Certa inocência juvenil emana de Jean-Claude. Ele consegue fazer sua própria sexualidade parecer acidental, até inconseqüente.

Kristine fica nervosa ao ver a filha junto dele. Nos últimos dias, Cecci foi claramente conquistada por aquele rapaz bonito e simpático que "caminha de lado". (Ela já tem idade suficiente para saber que não deve falar disso na presença de Jean-Claude. É extremamente sensível a defeitos físicos e constrangimentos sociais de qualquer tipo. Kristine não deu um nome específico ao andar do rapaz, que favorece levemente a perna esquerda. Ela não quer usar a palavra "mancar". É um termo grosseiro demais para ser aplicado a um indivíduo sofisticado como Jean-Claude. *E ele ficaria profundamente magoado se soubesse.*)

Cecci guincha de alegria. Ela e Jean-Claude estão construindo um castelo de areia fantástico! Kristine fica impressionada, e até surpresa, com a concentração infantil que Jean-Claude mostra na tarefa. Uma paciência terna e escrupulosa. Ele já se declarou *enchanté* com Cecci. Para Kristine, isso é lisonjeiro e preocupante ao mesmo tempo. Pois Cecci talvez fique perturbada, pelo menos inicialmente, ao deixar Jean-Claude, seu novo amigo...

Ele ergue o olhar diante da aproximação de Kristine, enquanto Cecci escava a areia úmida com uma pá de brinquedo feita de plástico. Ninguém mais se encontra por perto. O casal Robbins está em outro lugar. Jean-Claude lança para Kristine um olhar ousado, íntimo e faminto. Há uma calma nova, uma calma quase proprietária, em sua maneira de agir. Afinal, ele é um dos convidados favoritos de Betsey Robbins e de outros veranistas em Cape Cod. Kristine sabe que todos competem pela presença dele nas festas. Ela tropeça um pouco na areia. Está usando um chapéu de palha sobre os cabelos louros e uma blusa desabotoada por cima do maiô. Kristine se considera uma mulher bonita, embora não possa competir em pé de igualdade com mulheres ou garotas mais jovens, de beleza deslumbrante.

– Olá – diz Jean-Claude suavemente, com sua voz marcante.

O-*lá*.

Kristine nota os tendões musculosos nas pernas estendidas do amante. A estreita parte superior do corpo dele é coberta por grossos pêlos escuros, mais proeminentes no peito, nos antebraços e nas pernas. Ela sente uma ânsia ou uma pontada de desejo sexual. Sabe que cometeu um erro, mas não voltaria atrás. Agora, não. Ainda não.

Ela e Cecci partirão no dia seguinte.

Jean-Claude sorri sugestivamente para Kristine, enquanto ela continua descendo a encosta da praia, aproximando-se do amante e da filha. O sorriso revela a lembrança do ato amoroso deles na noite da véspera. A lembrança do anseio sexual de Kristine, seus gritos, lágrimas e desespero está contida naquele sorriso. Jean-Claude ri.

– Kris-tine, *chérie*! Que tal se juntar a nós?

Chérie.

Kristine sente o rosto corar. Certamente Cecci não sabe o que *chérie* significa, mas ouviu a palavra. Qualquer menina esperta de cinco anos, fascinada por um novo conhecido, ouve cada sílaba que passa pelos lábios dele.

Com um sorriso matreiro, Jean-Claude alisa a areia quente entre as pernas abertas, bem perto da virilha. Ao lado de Cecci.

15.

Ele tem outras amantes. Eu nada significo para ele.

Kristine resolve deixar Rocky Harbor sem se despedir de Jean-Claude. Sem dar seu endereço ou telefone para ele.

Assim ela não precisará saber. Se ele gostaria de encontrar com ela outra vez... ou o que ele sente por ela.

Kristine está bastante abalada com sua conduta. Nunca pensou que um dia passaria por isso. Parada no deque de madeira com vista para o oceano, ela olha para o ponto distante em que viu Jean-Claude surgir mancando da névoa pela primeira vez. Algo se mexe a seus pés. Ela solta um grito curto e se afasta. Um siri? Um besouro grande e cascudo? Cecci vem correndo investigar e diz:

– Ah, Mamãe. Ele está *machucado*.

Kristine vê que se trata de besouro semelhante a uma barata, com pernas numerosas. Mas algo aconteceu com o bicho. Seu centro nervoso foi cortado, e as pernas se agitam freneticamente.

Enojada, Kristine chuta o inseto pela borda do deque até a areia, três metros abaixo. Cecci repete:

– Ah, Mamãe. Ele estava *machucado*!

Um erro. Mas agora acabou.

E assim, aliviada, Kristine volta com Cecci para sua casa em Boston, depois de passar 15 dias em Cape Cod. Foram só 15. Mas parecem muito mais.

O casarão de tijolos brancos em estilo colonial fica na avenida Washburn. O marido de Kristine, Parker Culver, colocou rosas vermelhas de caule comprido em quase todos os aposentos para comemorar o retorno "das minhas meninas". Ela fica tão comovida que abraça Parker e começa a chorar.

– Ah, querido. Nós estávamos com saudade de *você*.

Na manhã seguinte, Kristine fica passeando pelos cômodos da casa, de cima a baixo. Sente-se gratificada pela beleza da mobília. Pelo conforto, pelo bom gosto e pela segurança da sua vida.

Então é isso? O resto da minha vida vai ser assim?

Ela vê um inseto grande, uma aranha ou um besouro, num dos cantos do teto alto. Fica chocada e enojada. Depois chega mais perto e percebe que é apenas o fio de uma teia que a faxineira não viu.

Durante os primeiros dias Cecci parece nervosa e inquieta. Sente falta do oceano, da praia, de uma piscina rasa na aldeia onde ela brincava com outras crianças. Parker coloca a filha no colo, beijando as faces quentes e coradas dela. Pergunta novamente se ela sentiu saudade dele.

— Ah, tive, sim, Papai — diz Cecci, já se contorcendo e rindo até escorregar dos braços dele. Ao escapar, ela exclama: — Também tenho saudade do lugar onde a gente estava, Papai! Tenho saudade do Jean-Claude.

Cecci pronuncia o nome "Jinclô".

Parker indaga quem é esse "Jinclô". Kristine franze a testa, como que fazendo força para lembrar. Fica tentada a dizer que se tratava de uma criança da vizinhança, ou até um cachorro. Mas eles vão encontrar Tia Betsey e Tio Douglas no outono. Ela pode ser apanhada na mentira.

Então diz:

— Jean-Claude. Um francês qualquer. Amigo da minha tia. Ela tem *tantos*.

16.

Kristine telefona para sua tia em Rocky Harbor. Quer agradecer outra vez a Betsey pela hospitalidade.

Sempre vivaz e articulada, que é como a tia se lembra dela, Kristine indaga acerca de várias pessoas que conheceu em Cape Cod. Displicentemente, pergunta por Jean-Claude... "aquele seu amigo tradutor".

Betsey diz que tem visto Jean-Claude pouco ultimamente. Ele estava hospedado com um amigo em Rocky Harbor, mas agora está com outro amigo em Provincetown. E diz:

— Você sabe como são... os homens assim.

— Homens assim... como? — pergunta Kristine.

— Gays.

Mas Jean-Claude não é gay.

Sem querer, Kristine pergunta inocentemente:

– O Jean-Claude é *gay*? Eu não sabia...

Rindo, Betsey responde:

– Querida, claro que o Jean-Claude é gay. Mas talvez seja bissexual também. É essa a palavra... "bissexual"? Para pessoas como Douglas e eu tudo isso parece muito esotérico, mas acho que para eles é um estilo de vida.

Kristine gostaria de interromper a conversa, mas não pode fazer isso de forma tão abrupta.

Baixando a voz, Betsey continua:

– O coitado do Austin DiParma certamente era *gay*. Dizem que o antigo amante dele, o nojento do Trim, é *bissexual*. Que morte horrorosa... por estrangulamento! Ser estrangulado por alguém que você amou.

Ela faz uma pausa, suspira e prossegue:

– O tal Trim está na cadeia, graças a Deus. Ele nega tudo, é claro. Os amigos insistem em que estavam com ele na hora do assassinato. Ele tem um álibi. Mas já foi apanhado pelo detector de mentiras. É viciado em heroína, pelo que eu ouvi dizer. A possibilidade de que ele fuja é alta. A fiança foi fixada em quinhentos mil dólares, e ninguém quer pagar. Mas a polícia ainda não conseguiu provar a ligação dele com o assassinato. Nós estamos achando que deveriam designar detetives mais experientes. Temos medo de que ele seja libertado, como tantos outros assassinos. Então nenhum de nós estará a salvo.

Kristine consegue dizer:

– Mas um homem assim jamais machucaria você, Tia Betsey. Ele não ama *você*.

Quando desliga, Kristine se sente vazia e deprimida.

Apenas uma semana antes, ela estava se sentindo uma mulher tão linda...

17.

Kristine diz a si mesma: *Eu o amo.*

O homem com quem ela casou, pai de sua filha, que ela adora. Ele é um homem bom e generoso... Como sempre, parece estar ganhando muito dinheiro para si e para outros. (Quando Cecci nasceu, Parker fez um seguro de vida de dois milhões de dólares. Foi um gesto extravagante. E ele *a* ama.)

Com freqüência, Kristine conversa com Parker sobre as duas semanas que passou em Cape Cod. Não quer provocar a desconfiança dele, mas não consegue resistir às lembranças. Diz que ela e Cecci sentiram saudades dele. Que não é bom para ele trabalhar tão obsessivamente. Embora seja setembro, talvez ele possa tirar alguns dias de folga. Quem sabe os três poderiam voltar a Rocky Harbor juntos?

Para acalmar a esposa, Parker diz:

– Talvez. Se isso é tão importante para você...

– Talvez o quê? – diz Kristine.

– Talvez eu possa tirar uma folga. Daqui a algumas semanas, quando o ritmo do trabalho amainar – responde Parker.

Você me deixou ir sozinha. A culpa é sua. Foi você que causou isso.

Kristine tenta sentir desejo por Parker. Desejo sexual. Depois de voltar ao casarão de tijolos brancos em estilo colonial na avenida Washburn, ela tem a impressão de que jamais saiu de lá. Como se seu corpo, sepultado ali, jamais houvesse saído.

Pensando nos gatos esfaimados. Correndo para as cubas de ração, empurrando-se mutuamente por causa da fome, do apetite. Comendo depressa, avidamente, sem prazer. Mas comendo.

Na verdade, Parker Culver também tem seus mistérios. Ele nunca quis contar a Kristine detalhes sobre seu desastroso casamento anterior. Jamais falou muito da tristeza que lhe causa o filho emocionalmente instável, embora Kristine saiba que ele conversa com o menino, ou os médicos do menino, freqüentemente. (Parker, porém, nunca visita o filho internado. O menino não gosta de ver o pai, pois sempre fica emocionado e violento.) A ex-esposa é outro mistério.

– Aquilo não passou de um engano, Kristine. Nós dois éramos jovens demais quando casamos. Eu ainda não tinha conhecido *você*.

Kristine não gosta de pensar que Parker está sendo indulgente com ela, como muitas vezes acontece com Cecci.

Ele quer me proteger. Eu deveria deixar por isso mesmo.

Mas Parker tem um lado duro, inesperadamente obstinado. Ele é cortês e elegante socialmente, em especial na companhia de mulheres. Mas Kristine sabe que seu marido é muito diferente como empresário. Logo depois de se apaixonarem, os dois foram morar juntos na rua Beacon. Certa noite Parker foi assaltado na estação ferroviária de Boston. Voltando de uma viagem a Washington, ele se negou a entregar sua maleta, que Kristine lhe dera de presente. Foi golpeado na cabeça pelos dois rapazes, caindo e sangrando na calçada coberta de neve. Mas continuou segurando a maleta com as duas mãos, sendo arrastado vários metros até os assaltantes desistirem e fugirem.

Kristine reagiu com incredulidade ao saber do ocorrido:

— Parker, por que você fez isso? Arriscar sua vida por uma *maleta*!

Com a cabeça enfaixada, Parker protestou:

— Querida, era uma questão de princípios, e não de uma maleta.

Kristine falou que compraria todas as maletas de que ele precisasse, e arrematou:

— Por favor, nunca mais aja de forma tão descuidada.

Parker prometeu a Kristine que sim. Bem, talvez.

Depois do assalto, porém, Parker adquiriu uma arma registrada, para "proteção doméstica". Kristine tinha medo daquilo. Era uma pistola pequena de calibre 22, com cabo de madeira polida. Ela sequer tocava, que dirá segurar, a arma. Em tom de repreensão, Parker dizia:

— Se um dia alguém arrombar a porta ou tentar entrar à força, e você estiver sozinha em casa, meu bem, vai agradecer pra cacete por ter uma arma. E eu também vou agradecer por isso.

Ele mantinha a pistola carregada. Mostrou a ela como travar e destravar a arma. A pistola ficava guardada numa gaveta da mesa-de-cabeceira, mas raramente era motivo de conversa entre os dois. De vez em quando, com uma espécie de fascínio infantil, Kristine abria a gaveta para ver se a arma continuava lá, mas nunca pegava a pistola.

Embora acreditasse que conseguiria atirar com aquilo, se fosse preciso. Caso a vida de Parker, ou a dela mesma, estivesse em jogo.

Depois do nascimento de Cecci eles se mudaram para um bairro residencial, onde há muito menos arrombamentos e furtos. Assaltos, estupros e assassinatos são praticamente desconhecidos ali. Todos os casarões são protegidos por vigilância eletrônica e guardas particulares. Na nova moradia, a pistola de calibre 22 passou a ser guardada em uma cômoda que fica trancada na suíte principal, impedindo que seja achada por Cecci. A essa altura o assalto em Boston já foi esquecido.

Na realidade, Kristine não vê a arma há anos. Ela espera que Parker tenha se livrado discretamente daquilo, mas não planeja abrir a cômoda para descobrir.

Por que Kristine tem tanto medo da pistola? Ela não faz idéia.

Se um dia a arma for usada. É preciso que haja uma vítima. É preciso que alguém puxe o gatilho. Quem?

Evitando pensar em Jean-Claude.

Dias tão longos. Finalmente uma semana. Ela e Cecci voltaram de Rocky Harbor há dez dias. Logo Cecci retomará as aulas da primeira série. *Isso* preocupará Kristine.

Às vezes ela vê Parker olhando para ela com uma expressão intrigada. Ele pode ter feito uma pergunta que ela não escutou. Ou ela pode ter dito algo que ele não ouviu direito.

Parker envelheceu nitidamente durante o verão. Parece até que a traição de Kristine lhe sugou a energia. Mesmo sem saber, ele parece arrasado. A cabeleira branca está menos espessa e saudável do que há poucos meses. O rosto avermelhado apresenta rugas mais fundas, parecendo flácido em torno dos olhos e das mandíbulas. Olhando para o marido, Kristine sente uma pontada de horror, subitamente visualizando o belo rosto jovem de Jean-Claude. Aquela pele firme, e os olhos profundos fixados com uma expressão matreira sobre ela.

Chérie! Que tal se juntar a nós?

18.

No começo de setembro, 12 dias depois que Kristine volta para casa, acontece aquilo que ela não esperava.
    A campainha toca. *É ele.*
    Ela está sozinha em casa. Sem escolha, é obrigada a abrir a porta. Atordoada, fica olhando por um longo tempo para Jean-Claude, que ostenta um sorriso tenso. Estende cegamente a mão na direção dele, como que para fazer o rapaz entrar antes que alguém veja os dois ali. No mesmo instante, ele avança depressa, fecha a porta e agarra os ombros dela com tanta força que provoca uma careta de dor. Então ele começa a beijar Kristine.
    Não é um beijo amistoso... é um beijo que dói.
    Um beijo que, sob uma miríade de variações, continuará horas a fio.

— Você não se despediu, Kristine. Achou que podia simplesmente se afastar? De *mim*?
    Kristine se desculpa, gaguejando. Suas palavras são inexpressivas, fracas, nada convincentes. Em pé, Jean-Claude se espreguiça e ri dela. Estende sensualmente o musculoso corpo nu e depois sai examinando o quarto. Kristine jaz exausta sobre os lençóis de linho em tom lavanda da cama úmida e amarrotada, olhando para ele. Seu amante. *Eu tenho um amante. Será possível?* Kristine não imaginava que conseguiria reagir sexualmente a Jean-Claude naquelas circunstâncias, mas é claro que reagiu. *Isso não pode ser possível.* Um lado de sua cabeça está pensando é claro, sabia que ele viria, vinha chamando por ele, não conseguia mais viver sem ele. O outro lado da cabeça está preocupado com a chegada de Cecci da escola dali a quarenta minutos.
    Jean-Claude já disse que gostaria de rever Cecci, mas Kristine não acha isso uma boa idéia.
    — Vocês não sentiram saudade de mim? Você e a pequerrucha?
    — Claro que sim, Jean-Claude. Cecci fala de você o tempo todo. Mas...
    — *Ele* não precisaria saber.

Jean-Claude se movimenta pelo quarto feito um dançarino inquieto. Demonstra admiração pela mobília, revelando curiosidade acerca do que há nesse armário (de Kristine) e do que há naquele armário (de Parker). Escolhe uma das gravatas de Parker e examina sua imagem de corpo inteiro no espelho. Pavoneando-se com a gravata pendurada em torno do pescoço, diz:
— Fico grato por isso, *chérie*.
Imaginando que ele deve estar de brincadeira, Kristine diz:
— Não acho isso uma boa idéia. Parker vai...
— *Não* vai. Parker já tem gravatas demais.
Jean-Claude joga a gravata de seda com listas azuis na direção de suas roupas espalhadas.
Embora sinta vontade de protestar, Kristine ri.
É verdade. Parker jamais sentirá falta daquela gravata, que foi mais um presente de Kristine, entre tantos outros.
Depois Jean-Claude tenta abrir a cômoda trancada. Kristine diz a ele que aquilo é uma antigüidade chinesa pertencente à família de Parker, permanentemente trancada porque a chave se perdeu. Ele pergunta sobre o tapete. Sim, é outra antigüidade chinesa. Jean-Claude crava os dedos dos pés no tapete, como se fosse um grande gato flexionando agilmente as garras, e diz:
— Esta casa. Esta vida. Você não ia me convidar, Kristine?
Mas ele não está irritado, sequer ressentido. Parece imensamente satisfeito. Seu rosto jovem e anguloso fulgura. A cabeleira está solta sobre os ombros, loucamente ondulante, cintilando na luz do sol que penetra pelas persianas. Os pêlos no corpo magro brilham. O pênis brilha. Na pele rosada, o sangue pulsa. Ele fica andando pelo quarto, observado por Kristine. Ela demora a perceber que ele não está favorecendo a perna esquerda.
Ingenuamente, Kristine gagueja:
— A sua perna... sarou, Jean-Claude? E aquela contusão... da dança?
— *Chérie*, essas coisas vêm e vão. Você não achou que Jean-Claude ia ficar aleijado a vida inteira, achou? – diz Jean-Claude, rindo e dando uma piscadela para ela.

Ele falou em tom debochado, imitando o sotaque seco e duro de Boston. Com um andar arrogante, entra no banheiro de Parker. Sequer se dá o trabalho de fechar a porta, enquanto urina ruidosamente no vaso.

É então que Kristine pensa: *Cometi o pior erro da minha vida.* Feito um besouro de várias pernas que tem o centro nervoso seccionado... a paralisia é multiplicada, com tantas pernas.

Mais tarde, depois da partida de Jean-Claude e da volta de Cecci, Kristine tenta se concentrar no relato vibrante que a filha faz do dia escolar. Enquanto isso, pensa com uma sensação doentia: *Que Deus me ajude a endireitar as coisas.*

19.

Ela não quer. Não pode. Não vai rever Jean-Claude.
Dizendo com voz fraquejante:
— É claro, Jean-Claude. Eu também quero rever você. Mas...
— E Cecci. Quero ver Cecci também.

Ao telefone ele é teimosamente infantil. Diz a ela que sabe onde fica a escola de Cecci. Ficou vigiando dentro do carro junto ao meio-fio.

Kristine engole em seco, dizendo a si mesma que não se trata de uma ameaça. Aquilo é só um comentário, uma afirmação. Talvez nem seja verdade. Jean-Claude parece nervoso, menos seguro de si.

Em outro aposento, Cecci conversa com o pai, que acaba de chegar em casa. Em voz baixa, Kristine diz:
— Não posso combinar isso, Jean-Claude. Como vou... minha vida...
— E *minha* vida, Kristine? Eu não aceito ser excluído.

Jean-Claude diz que vai passar setembro inteiro hospedado em Cape Cod. Está morando numa casa em Provincetown. O dono, ou a dona, viajou para a Itália, deixando o carro, um Jaguar, à disposição dele. Mas Jean-Claude dá tais informações incomuns a Kristine com displicência, como se isso nada valesse. E não indica se conta com um benfeitor ou uma benfeitora, um amigo ou uma amiga.

Um *amante* ou uma amante, pensa Kristine. Ou *amantes*.
Ela fica em dúvida, mas não quer perguntar se Jean-Claude era amante do homem assassinado.
Em tom impaciente, ele diz:
— Nós precisamos ficar juntos, *chérie*. Você também quer isso.
Kristine protesta:
— Mas eu não posso ir até Cape Cod. São horas de viagem. Agora que Cecci retomou as aulas, minha vida...
— Faça com que ela falte um dia de aula. Eu posso visitar vocês aí.
— Aqui, não. Não pode ser nesta casa.
Há uma pausa. Jean-Claude fica em silêncio.
É claro que pode ser nessa casa. Se ele quiser.
Mas depois Jean-Claude diz:
— Onde, então?
Kristine gagueja o nome de um luxuoso hotel de Boston.

Eu não vou. Ele precisa ser forçado a compreender.
Minha vida já não é só minha. Nem para ser jogada fora.

Mas lá está Kristine de óculos escuros, com um lenço disfarçando o cabelo, entrando no saguão do Four Seasons. Ela faz o registro na recepção, mas não tem coragem de pagar pelo quarto com seu cartão Visa. Envergonhada, é obrigada a pagar em dinheiro vivo.
A natureza de um caso amoroso se define com crueza, quando você percebe que quem paga é você.
Mas o esquema vai funcionar. É prático, pragmático. Os amantes sempre se encontram em hotéis. Hotéis luxuosos. Por causa do luxo, o ato amoroso deles não é sórdido. Travesseiros suntuosos, colchas de cetim e alvos banheiros cintilantes iluminados feito árvores natalinas.
Kristine chega primeiro, e Jean-Claude, uma hora depois. Ela já estava achando que temia e desprezava o amante, mas os dois se agarram esfaimadamente. Kristine pensa nos gatos ferozes correndo para a comida. Depois pára de pensar.
Eu estou realmente apaixonada por ele. Não tem jeito.

Depois da primeira sessão amorosa, Jean-Claude vai ao banheiro. Só então, tardiamente, Kristine tranca e aferrolha a porta, posicionando a corrente de segurança.

Jean-Claude caminha outra vez sem dar o menor sinal de mancar. Sua nudez é franca e inocente feito a de uma criança.

Kristine conclui que está sendo ridícula. *Ele não pode ser um assassino, um estrangulador. Jean-Claude, não.*

Ele passa os dedos pela garganta dela, seguindo a artéria azulada sob o queixo. Os dois fumaram juntos um baseado que Jean-Claude trouxe de Provincetown e estão numa espécie de transe dourado, eufóricos feito adolescentes matando aula. Kristine estremece de prazer quando Jean-Claude lança o corpo rudemente sobre ela. Os dois se encaixam um no outro. Ela sente seu corpo se abrir para ele, e ri, embora esteja assustada. Apesar de aterrorizada, suas mãos agarram e acariciam as costas magras daquele homem. Os flancos dele. As nádegas que se contraem lentamente. Ela enrosca as pernas em volta dele e aperta as coxas, erguendo a boca para ser beijada. Seu rosto está tenso, contorcido, enfeado pelo desejo. A boca encosta avidamente na dele e suas línguas se misturam. A princípio delicadamente, Jean-Claude fecha os dedos ao redor da garganta de Kristine. Ele aumenta a força, mas relaxa quando ela começa a sufocar e lutar. *Você sabe o que eu posso fazer. Se quiser. E não pode me impedir de fazer isso.* Kristine começa a arquear o dorso feito um arco. Ela está sentindo pavor e êxtase. Quer que aquilo nunca pare. Se não tivesse compromisso com outra pessoa em sua vida, pensa ela, outro homem... se seu marido desaparecesse, ela poderia ter isso sempre... poderia amar Jean-Claude sempre, toda noite assim.

À beira do delírio, Kristine sente lágrimas ardentes brotarem feito ácido.

Não foi naquela tarde no Four Seasons. Nem na próxima vez, no Marriott. Mas na semana seguinte, no Swissôtel Boston. Depois de fazer amor e quase acabar com a garrafa de champanhe no frigobar, Jean-Claude se apóia sobre um dos cotovelos. Erguendo o corpo

acima de Kristine, ele coloca uma das palmas sobre a garganta dela, como quem acalma um animal demasiadamente excitado, e diz:
— Quanto ele vale, *chérie*? O seu "Parker".

20.

Kristine passa setembro inteiro sem conseguir tirar Jean-Claude da cabeça.

O tempo em Boston está quente e úmido, quase embriagante. Mesmo quando está conversando com outras pessoas, é com Jean-Claude que Kristine fala. Mesmo quando dá a impressão de estar "normal", de ser "ela mesma"... sorrindo, falando, escutando, refletindo... é com Jean-Claude que ela está preocupada. Feito uma mulher com uma gravidez secreta.

Quanto vale o homem... com os bens e o seguro de vida?
Jean-Claude, eu não sei.
Então adivinhe, chérie!

Ao levar Cecci de carro para a escola pela manhã, ela se distrai pensando em Jean-Claude. Naquela conversa. Naquilo que ele está pedindo, exigindo. A coisa se desenrola feito um sonho, mas Kristine não é a sonhadora. Ela está dentro do sonho, impotente. Sua garganta é acariciada lentamente pelas mãos de um homem. Ela estremece em conseqüência do profundo prazer provocado pelos atos amorosos dele.

— Sim, meu bem. Não. Eu não sei — responde ela a Cecci, de forma vaga e mecânica. Acaba de ver, ou pensa que viu, pelo retrovisor o elegante Jaguar verde-garrafa dele, seguindo meio quarteirão atrás.

Kristine já viu esse carro mais de uma vez. Ou imagina que viu.

Mas não se trata de uma ameaça. Ela não pensa assim. Jean-Claude jamais desejaria que ela e Cecci se ferissem.

Kristine não contou a Jean-Claude que Parker fez um seguro de vida no valor de dois milhões de dólares. Só disse que nada sabe sobre essas coisas. Ela não é do tipo que sabe essas coisas. Nem gosta de saber dessas coisas.

Então descubra, Kristine. Nós precisamos saber.
É verdade. Se algo acontecesse a Parker... se Kristine fosse livre, uma jovem viúva...
Cecci adora Jean-Claude, e ainda pergunta por ele. *Jinclô.* Ela também adora o pai, mas as crianças se adaptam, como lembrou Jean-Claude. Assimilam as mudanças com mais facilidade do que os adultos. Quando seu pai desapareceu, depois de algum tempo Jean-Claude simplesmente parou de sentir falta dele.
Mas o que poderia acontecer a Parker Culver? Kristine ama o marido e se recusa a imaginar Parker machucado... ferido... morto.
Mesmo que fosse para agradar seu amante voraz. *Mesmo que fosse para agradar a si mesma.*
Um assalto, talvez. Um assalto que desse errado. Com o assaltante atirando na vítima e fugindo.
Outra possibilidade. Kristine e Parker estão sozinhos na praia em Rocky Harbor, ou em qualquer área isolada. São abordados por um desconhecido e sofrem algum tipo de ataque. Parker é agredido e mortalmente ferido. Aterrorizada, Kristine testemunha tudo e sobrevive. A arma pode ser uma faca ou uma pedra pesada. Mãos (com luvas).
Kristine não consegue absorver o que acaba de ouvir.
Mãos? Você quer dizer... as suas mãos, Jean-Claude?
Você não adora minhas mãos, chérie? Acho que sim.
Feito um garoto travesso, Jean-Claude ergueu as mãos para serem examinadas e admiradas. Esticando os dedos compridos. Pela primeira vez, Kristine viu como os dedos dele eram exageradamente grandes. Assim como os pés, as mãos dele eram grandes, quase desproporcionais, feias.
– Não. Isso é impossível. *Não.*
Kristine acaba de falar em voz alta. Esqueceu onde está, e quem está sentada bem ao seu lado no carro.
Com voz assustada, Cecci diz:
– O que foi, Mamãe? Mamãe, o que *foi?*

21.

Vai, sim. Você vai me ver novamente, Kristine. Muitas vezes.
Eu sou uma mulher casada, uma mãe. Amo minha família...
Você ama Jean-Claude. Eu e Cecci seremos sua família.
Kristine descobriu dentro de si mesma que sim, ela adora segredos. Adora o risco e o perigo. Esse é seu destino especial.
O dançarino viril se aproxima dela, com a graça masculina temperada por força e urgência. Urgência sexual. *Vai, sim. Você vai me ver novamente, muitas vezes.*
Entre as outras mães jovens... e não tão jovens assim... na escola de Cecci, Kristine Culver se sente especial. Algumas mulheres ali parecem muito jovens e bonitas. Obviamente, são casadas com homens muito bem-sucedidos. Mas Kristine é a mulher com o amante secreto. A única mulher, naquele grupo de vozes felizes e vibrantes, que não faz idéia do que acontecerá a ela, e por causa dela, no futuro próximo.

– Mamãe! Você está triste? Por que você está triste?
– Eu não estou triste, Cecci. Por que você está dizendo isso?
– Você parece triste, Mamãe – diz Cecci, ajoelhando-se ao lado da mãe e fingindo apagar com os dedos as rugas de preocupação na testa de Kristine. São rugas que Kristine nem sabia que existiam.

22.

Kristine tem um sono sobressaltado. Acorda antes do alvorecer, ao lado do marido adormecido. Sabe que Parker é o homem em quem confia... e não o outro. E Parker confia nela. Kristine acredita que o marido confiaria a própria vida a ela. Ela escuta a respiração dele. Às vezes o som é áspero e forçado, como se Parker tivesse algo molhado chacoalhando na garganta. Utilizando uma estratégia conjugal, ela cutuca o marido, para que ele fique de lado, e não de costas. Pelo canto do olho, pois ela se recusa a olhar, vê um vulto nas sombras do outro lado do aposento, esperando.

Não há possibilidade de divórcio. Ela ama Parker Culver... por que se divorciaria dele?

Divórcio é algo fora de cogitação. Kristine sabe que perderia seu amante, impaciente com um processo assim. E não haveria seguro de vida a receber. Nem a herança enorme.

Impossível! Nada disso acontecerá.

Coisas assim não acontecem a casais felizes como o Senhor e a Senhora Parker Culver, que moram no número 288 da avenida Washburn, em Boston.

Parker desperta, como que acordado pelos pensamentos nervosos de Kristine. Culpada, ela dá um beijo nele. As pálpebras de Parker tremem. Embora sonolento, ele se sente lisonjeado. Talvez interpretando equivocadamente o interesse dela, beija a mulher também. Kristine torce para que ele não queira fazer amor... "Como é desajeitado o ato amoroso de pessoas casadas há muito tempo comparado ao de amantes recentes", pensa ela. Não há urgência, senso de dramaticidade, ou perigo. Nada está em risco. Nada será surpresa. Amantes casados como Kristine e Parker já viraram amigos, diferentemente de Kristine e Jean-Claude, que mal se conhecem, a não ser como amantes.

Parker acaricia Kristine afetuosamente, com ar sonolento. Como ela é bonita, murmura ele. São palavras familiares e reconfortantes. Uma espécie de litania em que Kristine quer acreditar. Ela tenta reagir com naturalidade, normalmente, às carícias dele. Embora não saiba o que fazer, não deixará que o homem perceba isso. Ela já disse a Jean-Claude: "Posso não estar apaixonada por ele, mas sinto amor por ele."

No meio do inesperado ato amoroso matinal dos dois, porém, Kristine começa a devanear. Nos braços desse marido bom, decente e entediante, ela tenta... por Deus, como ela tenta... demonstrar ao menos um simulacro de paixão.

— Você está perturbada com alguma coisa, Kristine? — pergunta Parker, mais ferido do que irritado. Kristine murmura que não, não! Parker está sem fôlego, muito acalorado. Kristine se contorce desconfortavelmente sob o peso daquele corpo. Ele é muito mais pesado do que Jean-Claude. E mais desajeitado. Kristine coloca uma das mãos sobre o peito carnudo dele, sentindo as batidas aceleradas do coração.

Ele é velho. Um homem velho. Meu amante é jovem.

Kristine começa a chorar subitamente.

– Kristine, o que há? Conte para mim.

E assim, nos braços de Parker, Kristine conta.

Ela ouve o som de sua voz, dizendo que sente falta do oceano... que sente falta da beleza selvagem de Cape Cod... que sente que perdeu o que poderia ter sido um período idílico com Parker no mês anterior, porque ele se mantivera distante em Boston, obcecado pelo trabalho, há meses sem intervalos. E diz:

– Como se nós já não fôssemos multimilionários!

Parker acaricia os ombros e o cabelo dela. Está surpreso com a emoção da mulher. Kristine nunca falou com ele desse jeito. Ela diz que Cecci também sente falta dele. A menina raramente vê o pai. Para ela, o período passado com a mãe em Rocky Harbor foi prejudicado porque Parker não estava lá. Quanto mais fala, mais Kristine se convence da veracidade de suas palavras. Na realidade, ela está com raiva de Parker. Furiosa com Parker. *Se você estivesse conosco... se estivesse cuidando da sua família... nada disso teria acontecido. Eu não teria me apaixonado por um homem perigoso.* Mas Kristine mantém um entusiasmo que parece juvenil, e é com grande inocência que diz:

– De manhã cedo, Cecci e eu caminhávamos ao longo da praia. Eu mal conseguia tomar conta dela! Você sabe como ela é. Mas às vezes eu caminhava quilômetros sozinha, rumo norte ao longo da praia ou pelo interior entre as dunas. Então eu me pegava pensando em você, querido. No nosso casamento. No amor que tenho por você. Em tudo o que eu devo a você. Às vezes eu fico preocupada. Com a sua saúde. Com o seu excesso de trabalho. Eu queria que você estivesse em Rocky Harbor comigo. Eu estava tão sozinha...

Parker fica profundamente comovido. Abraça a mulher com força, e murmura:

– Kristine, querida... eu não fazia idéia.

Kristine fecha os olhos. Os braços reconfortantes desse homem! Ela será protegida por ele, salva por ele.

Então se vê caminhando pela beira d'água. Seus pés afundam sensualmente na areia úmida. O vento agita seus cabelos. Ela está ofegante, excitada e apreensiva. A curta distância, parcialmente obscurecido pela névoa e a maresia, aparece um vulto. É uma silhueta masculina. Um rapaz que manca levemente. De cabelos compridos. Um desconhecido. Ou pelo menos não é alguém que já tenha sido apresentado a Kristine. Ele está carregando algo sobre o ombro. Uma mochila? Pela primeira vez, Kristine fica intrigada acerca do conteúdo da mochila.

Agora o rapaz se agacha à beira da água ondulante. Lava as mãos, os antebraços e o rosto. Kristine gostaria de saber o que ele está lavando.

Em tom animado, Parker diz:

– Por que não voltamos a Cape Cod para passar um fim de semana, querida? Eu estou me sentindo culpado para diabo, além de idiota, depois de ouvir o que você me contou agora. Vou tirar a próxima sexta-feira de folga. Teremos três dias. Só nós três. Já passou o Dia do Trabalho, portanto estamos na baixa temporada. Prefiro não ficar com seus parentes dessa vez... por que não vamos para uma pousada? Vou fazer reservas para nós numa pousada à beira-mar em Provincetown. Que tal, querida... parece romântico?

Os lábios de Kristine se movimentam, parecendo dormentes.

– Ah, Parker... claro, não consigo imaginar algo mais romântico.

23.

Que Deus me ajude a endireitar as coisas.

Assim, Kristine, Cecci e Parker chegam a Cape Cod na última semana de setembro. E então, no segundo dia que eles passam lá, Kristine convence Parker a dar uma caminhada pela praia à hora do crepúsculo, antes do jantar. Eles almoçaram tarde em Provincetown, onde estão hospedados numa pequena pousada à beira do Atlântico.

Os dois declinaram a hospitalidade dos tios de Kristine, mas mandaram Cecci dormir com o casal idoso para poderem ter uma noite romântica.

Enfrentando o vento úmido, Parker e Kristine saem caminhando de mãos dadas feito jovens amantes.

Quem visse os dois poderia pensar: um senhor vigoroso e elegante com sua filha?

Kristine caminha depressa, sorrindo. Mas está agindo feito uma sonâmbula. Viu no relógio a que horas eles saíram da pousada. Não vai olhar outra vez para o relógio.

Acaba de chover. O ar está frio, mas parece maravilhosamente fresco. É uma paisagem selvagem e bela, com ondas salpicadas de branco. De calça cáqui, jaqueta de brim e boné, Parker olha admirado para a vista de Cape Cod, sentindo como é bom estar vivo. Ele está feliz por ter feito essa viagem, afinal. E sente-se grato a Kristine pela sugestão.

Eu vou cuidar de tudo, chérie.

Você sabe que também quer isso.

Kristine escondeu a pistola de calibre 22 no bolso da jaqueta. A arma parece pequena, compacta e pesada. Ela achou a chave, destrancou a cômoda chinesa, e lá estava a pistola.

Um dia você vai agradecer pra cacete por ter uma arma. E eu também vou agradecer por isso.

Kristine examinou a pistola, virando a arma nos dedos trêmulos. Estava carregada? Dispararia? Pelo que ela sabia, a pistola não era disparada havia anos.

É um risco que Kristine precisará correr. Pois ela não tem escolha.

Mais tarde, ela explicará, gaguejando, que temia ser assaltada naquela viagem a Cape Cod, um lugar muito isolado na baixa temporada. Dirá que vinha pensando no assassinato misterioso daquele morador de Rocky Harbor. Dirá que Parker comprou a pistola quando foi atacado em Boston, nove anos antes, e que ela jamais esqueceu o choque causado por aquele incidente. Dirá que seu marido não sabia que ela trouxera a arma. Caso soubesse, ele teria feito objeção. Acharia que a ansiedade dela não tinha razão de ser.

À tarde eles haviam almoçado num restaurante de frutos do mar num atracadouro em Provincetown. Os três membros da família Culver.

Cheio de sentimentalismo, Parker bebera vinho para comemorar a ocasião e dissera:

— Kristine e Cecci. Minhas garotas lindas. Sabem... vocês me fazem tão feliz.

Kristine riu, corando. Envergonhada, Cecci tapou o rosto e ficou espiando o pai por entre os dedos.

Agora Cecci está sendo mimada por sua tia-avó Betsey e seu tio-avô Douglas. A essa hora, provavelmente está vendo um vídeo infantil com um deles, ou os dois. Ou está lendo em voz alta um de seus livros com gatos-falantes. Ou então os três estão fazendo uma ceia leve na sala de jantar que dá para a praia. Quando Kristine contou a Jean-Claude que mandaria Cecci dormir na casa dos tios na noite crucial, ele dissera que tivera exatamente a mesma idéia acerca do que fazer com Cecci naquela noite. "Está vendo, nós pensamos da mesma forma, *chérie*, não é?" Jean-Claude falou isso com aquele tom seco, debochando do sotaque da Nova Inglaterra.

Kristine não precisou insistir para que Parker viesse dar a caminhada. Ele parece estar adorando o ar frio e refrescante. Aperta a mão dela com força. "Eu vou estar esperando. Venha com ele. Depois se afaste. Fique calada. Quando tudo acabar, você saberá."

Algumas criaturas peludas rastejam nas sombras das dunas. Parker acha que podem ser ratazanas, mas Kristine diz:

— Não. São gatos ferozes. Há uma colônia deles, que moram pelas redondezas. Alguns são muito bonitos.

Adiante fica o que parece ser uma praia deserta. Areia úmida e dura. Água espumante. O céu está manchado por nuvens de chuva que parecem machucadas. Grandes ondas quebram na praia, espirrando água sobre os rochedos feito explosões. Lágrimas correm pelas faces de Kristine.

Parker diz:

— Você está com frio, querida. É melhor voltarmos.

— Não — diz Kristine. — Não podemos voltar.

Diga que me perdoa?

1. Clínica Geriátrica Elms, em Yewville, NY, outubro de 2000

16 de outubro de 2000
Para minha querida filha Mary Lynda, na esperança de que ela me perdoe,
Estou escrevendo isso porque hoje faz quarenta anos, vi pelo calendário, que eu mandei você para aquele lugar de horror & feiúra. Eu num tinha intenção de magoar você, Querida. Num podia prever. Na época eu era uma mulher ignorante & cega, uma bêbada. Sei que você se recuperou e está bem há anos, mas escrevo para pedir o seu perdão.
Querida, sei que você está sorrindo e abanando a cabeça, como sempre faz. Quando a sua Mãe se preocupa demais. Sei que você está dizendo que num há o que perdoar, Mãe!
Talvez num seja bem assim, Querida.
Embora eu tenha medo de explicar & talvez num consiga achar as palavras para explicar, o que era tão claro há quarenta anos & precisava ser feito.
Para mim é estranho levar tanto tempo para escrever isso & saber que quando você ler uma a uma estas palavras eu já terei "partido". Estou pedindo que Billy (a garota jamaicana grandalhona com cabelo trançado) siga meus desejos & guarde essa carta para

você. Acredito que ela faça isso. Billy é uma das poucas que merece confiança aqui.

Mas se você quiser falar comigo depois de ler isso, num vai poder. Isso parece errado.

Acho que você já me perdoou por aquele período horrível, Mary Lynda. Nunca me culpou, como qualquer outra filha poderia fazer.

Ninguém jamais me acusou, acho eu. Pelo menos na minha frente?

A num ser o seu pai, é claro, & toda a família Donaldson. Sinto muito, Mary Lynda. Sei que você carrega esse sobrenome! Mas você é mais parecida com sua Mãe do que com ele. Todo mundo sempre dizia, Mary Lynda é a cara da Elsie. Nossos olhos & nosso cabelo & nosso jeito de falar.

Às vezes eu penso no seu pai. É estranho. Eu também fiz mal ao Dr. Donaldson, mas isso nunca me preocupou. Eu pensava, <u>Ele é homem... pode cuidar de si mesmo</u>. Não me orgulho disso, mas quando eu era jovem, se deixava de amar um homem ou de gostar de uma amiga, parecia que eu esquecia a pessoa da noite para o dia. Não me orgulho disso, Querida, mas sua Mãe é assim.

Entre essa ala da Clínica e o lugar onde eu ficava antes há apenas um gramado. Mas desde que eu fui transferida para cá no ano passado, eu quis pegar na sua mão muitas vezes, Querida, e dizer a verdade que está no meu coração. Não é aquilo que você já perdoou, mas outra coisa. Uma coisa que ninguém adivinhou, durante todos esses anos! Mas eu num fiz isso, pois temia que você num me amasse mais. Era por isso que às vezes eu ficava tão calada, principalmente depois da quimioterapia. Quando eu estava tão enjoada & cansada. Para ser perdoada, porém, eu preciso confessar a você. E por isso estou escrevendo desse jeito. Sei que é um jeito covarde, depois que eu tiver "partido".

Há coisas que a gente num consegue dizer cara a cara, e então diz em silêncio. Eu num vou viver muito tempo mais, de modo que <u>chegou a hora</u>.

Acho que foi em abril do ano passado, quando a Taverna da Águia foi demolida, & você veio me visitar & num estava "normal"... perturbada & chorosa... eu queria contar a você, Querida,

& explicar a história de Hiram Jones. Você se lembra desse nome? Mas vi que era consolo, e não "verdade" que você precisava receber da sua Mãe. Pelo menos naquela hora.

Depois de quarenta anos! Desde que vim para esse lugar, eu num voltei ao centro da cidade para rever a rua principal. Desde a minha cirurgia etc. Eles iam "reformar" aquela parte de Yewville, mas eu ouvi dizer que a verba estadual acabou. Então há terrenos baldios & matagais, cheios de entulho & poeira, entre os prédios. O hotel Lafayette & o fundo Midland & a biblioteca & o correio continuam lá, mas a Taverna da Águia desapareceu, juntamente com o restante daquele quarteirão.

Então eu tento visualizar a imagem na minha cabeça. Daqui até lá são só cinco quilômetros, mas acho que eu nunca vou rever aquele lugar.

Sei que essa é uma maneira infantil de pensar, mas ele está enterrado embaixo do entulho, & os ossos ficaram no meio dos escombros.

Acho que a Clínica é um lugar bom para mim. Sou grata a você, Querida, por me ajudar a viver aqui. Deus sabe onde eu estaria morando se contasse só com o plano de saúde e a previdência social! Eu num reclamo feito as outras "velhas", embora tenha apenas 70 anos, e seja a mais nova nesse chalé aqui. A mais velha é a coitada da Dona N, que você já viu. Cega & desdentada, surda "feito uma porta" etc. Ultimamente nem tenho mais visto a Dona N pegando sol. É uma pena para ela, mas para nós é um alívio. Ela completou 99 anos & todos têm esperança de que chegue aos 100... menos a própria Dona N, que já num sabe quantos anos tem, nem como se chama. Há três ou quatro de nós "progredindo" (como dizem os médicos), mas isso significa a doença, e não nós! E há aquelas que são "simplesmente velhas". Eu me sinto deslocada aqui em termos de idade, porque ainda sou jovem (de cabeça), mas meu corpo se desgastou. Querida, eu sei que é triste para você ver assim sua Mãe, que antes era "linda" & se envaidecia disso.

Agora eu me envaideço de você, Querida. Posso me gabar de ter uma filha médica para todas essas mulheres mais velhas, as que são minhas amigas.

Adoro aquele chapéu de palha bonito que você me deu para cobrir minha cabeça, & o lenço azulado.

Fico pensando... será que os mortos se sentem solitários?

Venho escrevendo essa maldita carta há uma semana & está cada vez mais difícil. É como tentar enxergar na escuridão quando a gente está na luz. O futuro em que eu terei "partido" é estranho para mim, embora eu saiba que está chegando. Alguma outra mulher doente ficará com o meu quarto e a minha cama aqui.

É surpreendente, mas nós num falamos muito de Deus aqui. Era de esperar que falássemos, mas num falamos. Dentro dessas paredes, é difícil acreditar num universo que dure mais do que alguns dias. Alguém poderia perguntar se eu temo que Deus julgue meus pecados. Não, Querida, eu num temo. Você se lembra do seu avô Kenelly? Ele sempre ria quando Deus era mencionado. Papai acreditava que tudo isso era só uma babaquice inventada para manter gente fraca na linha.

É bom Deus acreditar em <u>mim</u>, que diabo. Eu sou um <u>homem</u>, dizia ele.

Com isso Papai queria dizer que o homem é mais importante que Deus, porque foi o homem que inventou Deus, e não o contrário.

Mas eu... eu só queria ter mais coragem.

Papai morreu há muito tempo, mas para mim ele é mais real do que as pessoas nesse lugar. Eu falo com ele & ouço a voz dele na minha cabeça. Desde 1959! Graças a Deus, Papai num viveu para envelhecer aqui na Clínica. Imagine seu vovô com 100 anos de idade, surdo & cego, sem saber como se chama nem em que inferno de lugar está. Quando morreu, ele só tinha 55 anos... era bem <u>jovem</u>. Como o Tempo nos engana. Meu Papai era tão bonito. Sempre foi mais velho que eu, mas agora seria mais jovem. Quando ele morreu, quero dizer. Eu num penso nessas coisas, se puder.

Billy diz que eu num devia partir com segredos no coração. Por isso estou tentando, Querida.

Você se lembra desse nome, Querida... Hiram Jones? Talvez eu já tenha perguntado isso a você.

Não importa como você ouviu dizer que o seu Vovô morreu. É melhor pensar que foi um acidente. Como se fossem dados rolando. Nada mais.

Eu queria poder desfazer a coisa ruim que aconteceu com você, Querida.

Você só tinha 10 dez anos. Não consigo imaginar por que mandei você entrar naquele lugar horrível, como eu fiz, para ver onde aquele homem horrível se enfiara. Nessa época eu andava bebendo & sentindo saudade do meu pai & por causa disso esquecendo minha obrigação como Mãe.

Agora o tempo passou. Você é uma médica como o Dr. Donaldson & então sabe mais sobre o meu caso do que eu mesma. Embora o seu campo num seja a oncologia. Detesto essa palavra, é tão feia! Mas é por isso que eu num tenho medo de morrer. Quando fiz a cirurgia & minha mente apagou, ficou APAGADA. Feito uma lâmpada, DESLIGADA. Quando você nasceu, Querida, eu era muito jovem & ignorante & acreditava que eu era saudável & entrei em trabalho de parto sem saber como seria. Foram 18 horas. Depois eu "esqueci", como eles dizem. Mas ali eu conheci a verdadeira dor & não iria querer reviver aquilo. É diferente quando a gente APAGA. Nas três operações que eu fiz, cada vez era como se Elsie Kenelly deixasse de existir.

Então se você morre e num há dor, você deixa de existir. Se num há dor, num há o que temer.

Querida, acho que eu sou covarde. Tenho medo demais de contar a você o que eu queria, de implorar seu perdão. Sinto muito.

Mas nesse envelope que eu estou deixando há uma surpresa para você. Aqueles dados de marfim, lembra? Eram do seu Vovô, que você num conheceu muito bem. Ele guardava os dados no bolso. Vivia tirando & rolando os dados "para ver o que eles têm a me dizer". Eram os Dados da Boa Sorte do Papai, que ele arrumara em Okinowa... Okinawa? Aquela ilha no Pacífico onde os soldados americanos esperavam antes de serem enviados ao Japão para lutar & muitos deles teriam morrido, dizia Papai, se a bomba atômica não terminasse a guerra. Por isso Papai dizia que, para ele, aqueles eram os Dados da Boa Sorte. Ele seria capaz de jogar fora as medalhas dele, mas não os dados. Na Taverna da Águia, ele rolava os dados apostando bebidas com os amigos. Ganhava sete vezes em cada dez, eu juro. Os outros homens num sabiam como Willie Kenelly fazia aquilo, mas os dados não eram viciados, como você verá. Só que Papai estavala os dedos & às vezes os dados pareciam obedecer a ele, sabe-se lá por quê.

Depois que minha mãe morreu nós passamos alguns anos felizes, Seu Vovô & eu. Talvez Papai tivesse um problema com a bebida, mas a vida não é só isso, pode acreditar em mim.

Até hoje sinto um arrepio na espinha, quando vejo dados de boa qualidade serem lançados. Os dados saem da sua mão & é uma aposta importante & todos estão vendo. Espero que você guarde bem esses dados, Mary Lynda. São de marfim puro, e por isso mudaram de cor. Papai & eu sempre lançávamos esses dados de brincadeira. Até que uma noite ele pôs os dados na minha mão. Foi em junho de 1959, nunca vou esquecer. Eu percebi que aquilo era o sinal de alguma coisa, mas não podia adivinhar que Papai morreria em cinco semanas.

& que Bud Beechum morreria em pouco mais de um ano.

& que Hiram Jones (talvez você não se lembre desse nome) morreria em poucos anos.

Bem! Agora é tarde demais, Querida. Para qualquer um de nós, acho eu. Até para lamentar. Como dizia o seu Vovô, os dados só servem para "serem lançados".

Sua Mãe amorosa,
Elsie Kenelly

2. Yewville, NY, 11 de abril de 1999

Um incêndio. Parecia um incêndio com fumaça, mas sem chamas.

Nuvens de fumaça cor de poeira subiam para o céu em rolos erráticos, como um bafo ofegante. Pareciam vir do centro de Yewville, no outro lado do rio.

Ela estava no carro, indo visitar a mãe na Clínica. Vinha adiando a visita havia semanas. A pobre Elsie fora uma mulher bonita e vaidosa. Tinha um cabelo louro-escuro e ondulado na altura dos ombros. Agora era uma paciente de quimioterapia careca. No seu crânio só brotava uma penugem cinzenta feito mofo, que dava vontade de limpar com um pano úmido.

– Não, Mary Lynda: isso não me incomoda. Tenho sorte de estar viva, sabe?

Mary Lynda, a filha, não tinha tanta certeza assim. Como era médica e sabia o que esperava sua mãe, não tinha tanta certeza.

Ela tirara a carteira de motorista mais de trinta anos antes, mas nunca passara dirigindo pelo centro de Yewville. Não conseguia explicar o motivo, mas procurava evitar a rua principal e todo o bairro histórico na margem oeste do rio Yewville. Aquilo não era fobia, e sim uma escolha consciente. Talvez até fosse uma fobia, mas por vaidade ela dizia para si mesma que era uma escolha consciente.

Havia trajetos alternativos que levavam a outras partes de Yewville e seus subúrbios sem necessidade de passar pelos quarteirões perto do rio. Mas ela ainda guardava vívidas lembranças de infância da aparência da rua principal: o grandioso hotel Lafayette, com sua fachada de arenito e muitas janelas iluminadas; a loja de departamentos Franklin Brothers, que já fora a principal loja da cidade, com seu mastro de bronze e a ondulante bandeira americana; e a antiga prefeitura de pedra, há décadas a filial do centro da Biblioteca Pública de Yewville. A tabacaria Mohawk, o café King's, a loja de roupas femininas Ella's, e o fundo de investimentos Midland. O banco Yewville e sua torre com relógio luminoso. A Taverna da Velha Águia, que por dentro parecia uma caverna de pedra cinzenta. A placa desbotada tinha o formato de uma águia de cabeça branca em pleno vôo, com as asas estendidas e as garras prontas para agarrar a presa...

Ela não via essas coisas havia quarenta anos, mas visualizou a placa nesse momento, com a rapidez de uma dor de cabeça. Até ouviu a placa rangendo ao vento.

TAVERNA DA VELHA ÁGUIA – 1819

Por alguma razão, hoje ela ia passar de carro pelo centro. O bairro histórico. Por que não? Queria saber que fumaça era aquela e queria ver a rua principal depois de tantos anos.

Estivera lá pela última vez em 1960. E já era 1999.

A ponte sobre o rio fora totalmente reformada, claro. Agora havia quatro pistas, razoavelmente modernas. Os pneus do carro produziam um som áspero no asfalto. Mas não parecia haver incêndio algum. Nem carros de bombeiro ou sirenes. O trânsito na rua principal fora desviado para uma única fila lenta, supervisionada por homens corpulentos que gritavam em megafones. OBRAS À FRENTE. AVISO DE DEMOLIÇÃO. Ela sentiu o cheiro de uma poeira arenosa, fazendo seus olhos arderem. *Diabo...* britadeiras. Ela odiava britadeiras. Seu coração acelerou, em pânico diante do barulho forte. O que ela estava tentando provar, ao dirigir até aquele lugar? Ninguém estava ali para testemunhar coisa alguma. Ela jurou que não contaria aquilo para Elsie.

Eu não sou mais aquela menina. Ela era outra pessoa.

A tal menina tinha dez anos, na época em que desceu até o porão da Taverna da Águia. Havia um cheiro de cerveja, mofo e sujeira ali, além do fedor de urina do banheiro dos homens. Ela fora mandada até lá pela Mamãe, para ver onde o proprietário Bud Beechum "se metera".

Agora ela estava com 49 anos. Não morava em Yewville havia décadas. Fora a oradora de sua turma no segundo grau em 1968. Fizera parte da faculdade em Rochester e terminara o curso de medicina em Nova York. Virara a Dra. Donaldson. Tinha uma clínica geral em Montclair, Nova Jersey. Era uma adulta. Parecia ridículo que pudesse ser reduzida a uma criança trêmula em Yewville.

Fora de Yewville, Mary Lynda era um nome que ela raramente escutava. Entre amigos e colegas, ela era simplesmente Mary. Um nome fora de moda, um nome tão clássico que era quase impessoal, como um título. Ela gostava da formalidade que Dra. Donaldson tinha, embora esse fosse também o nome do seu (finado) pai. Quando criança, ela era chamada de Mary Lynda pelos pais. Nunca tivera coragem de dizer que odiava esse nome.

Mary Lynda! Nascida em 1950, como dava para adivinhar pelo nome. Sempre meiga. Usava saias de crinolina, grampos nos cachos e batons estranhamente escuros. Não me magoe, por favor. Simplesmente me ame. Eu sou tão boa.

Mary Donaldson visitava a mãe em Yewville duas ou três vezes por ano. As duas conversavam por telefone com regularidade. Ou com certa regularidade. Até pouco tempo, Elsie morava sozinha. Mas em torno dos 65 anos tivera uma série de azares, com problemas de saúde e problemas financeiros. Então fora persuadida por Mary a se mudar para a Vila de Repouso Elms, um grande condomínio para idosos num subúrbio semi-rural de Yewville. Quando sua saúde começara a piorar, Elsie se mudara para uma clínica geriátrica dentro do próprio complexo.

– A próxima mudança será porta afora, com os pés na frente – gracejara ela para a filha.

Mary estremeceu, fingindo não ter ouvido. Quando Elsie era mais moça e tinha uma saúde melhor, Mary comprava uma ou duas passagens de avião por ano para que a mãe pudesse lhe fazer visitas em Montclair. As duas iam a matinês e museus em Nova York. Os amigos de Mary gostavam de dizer que elas pareciam "mais irmãs do que mãe e filha", como se o comentário lisonjeasse Mary. Mas claro que isso não era verdade. Mary em nada lembrava Elsie, que era uma mulher intensamente feminina, com um corpo cheio, bem torneado e ereto feito uma vela. Ela tinha um cabelo louro-escuro que balançava atraentemente, olhos sedutores e voz sensual.

– Não se enganem com a "personalidade" da minha mãe" – dizia Mary. – Ela é uma dominadora.

Seus amigos riam, nem por um instante acreditando nela. Aos sessenta e tantos anos, Elsie ainda podia passar por uma cinqüentona vigorosa. Embora ela houvesse fumado e bebido muito, sua pele quase não tinha marcas. Elsie tivera apenas dois maridos (sendo o pai de Mary o primeiro), mas numerosos amantes, e dizia que no geral não fora muito maltratada por eles. Passara grande parte da vida adulta bebendo, mas aos trinta e poucos anos se juntara aos Alcoólatras Anônimos. Na mesma época, parara de fumar.

Finalmente, porém, chegara a hora de acertar contas com a vida. Suas amigas de infância já eram avós com cabelos brancos e faces enrugadas. Seus namorados estavam velhos, enfraquecidos ou mortos. Ao chegar perto dos setenta anos, Elsie começara a ter problemas sérios. Ela operara varizes. Extraíra cistos do ovário. Tivera artrite na espinha. Crises de bronquite que o clima úmido e o vento frio ao norte de Nova York prolongavam por semanas.

— Acho que eu pensava que viveria para sempre — dizia Elsie em tom melancólico. — Agora, olhe só!

Na realidade Mary ficava espantada que a mãe, embora descuidasse da saúde e evitasse os médicos havia décadas, tivesse uma saúde tão boa para uma mulher de sua idade e conseguisse ainda manter o alegre temperamento positivo. *Ela não é uma dominadora, é uma sedutora. Seu poder é mais sutil.*

Mary pensava em tudo isso enquanto ia dirigindo com lentidão irritante pela rua principal. E pensava no passado, que jazia feito uma serpente enroscada (esperando por ela? não era provável) atrás das fachadas daqueles prédios velhos e já desgastados. O hotel Lafayette. Uma loja de bugigangas feia, que já fora a elegante Franklin Brothers. A antiga prefeitura, que ao menos por fora não mudara muito. A tabacaria Mohawk, que ainda funcionava, mas com uma placa na vitrine: VÍDEOS PROIBIDOS PARA MENORES DE 18 ANOS. O velho banco Yewville e a torre do relógio que sempre parecera gigantesca, com o brilho do soberbo mostrador podendo ser visto a quilômetros. Na realidade, porém, como Mary percebeu surpresa, a torre de granito chegava apenas ao segundo andar do prédio do banco.

Mas onde estava a Ella's? Onde estava o café King's? E onde estava... a Taverna da Águia?

Mary ficou olhando, confusa. Metade do quarteirão estava sendo demolida. Só restavam os esqueletos de alguns prédios. Pedras e tijolos. Montes de entulho. Aquilo parecia um terremoto. Um bombardeio. Ela estava sentindo o gosto de poeira, e até engolindo poeira. Armou-se de coragem contra aquele barulho das britadeiras, que fazia seu coração disparar como se ela houvesse tomado anfetamina. Uma enorme bola de ferro surgiu balançando no ar feito um pêndulo maluco, e imediatamente uma parede curtida pelo tempo ruiu numa explosão de poeira.

Vá procurar por ele, querida. Eu espero aqui fora.
Por que, Mamãe? Eu não quero ir.
Porque eu estou pedindo, Mary Lynda.
Eu não quero, Mamãe. Eu estou com medo...

Vá logo, eu já disse! Caceta! Veja onde aquele escroto se meteu.
A cara da Mamãe brilhava de raiva, com a boca retorcida daquele jeito que Mary conhecia. A mãe andara bebendo. Dentro dela parecia haver um fogo que podia saltar em cima de você... e queimar.

Mamãe queria saber onde, exatamente, Bud Beechum estava. Pois ele não estava na taverna quando elas entraram. Quando Mamãe empurrou Mary para dentro. Bud Beechum era o dono da Taverna da Águia. Fora amigo do Vovô Kenelly, quando o Vovô ainda vivia, e também era amigo da mãe de Mary Lynda. As duas famílias eram amigas. Os Beechum e os Kenelly. A mulher de Bud Beechum era prima de Elsie. Todos haviam "pirado" juntos no segundo grau. Ao lembrar aqueles tempos, começavam a rir abanando a cabeça. A pequena Mary Lynda ficava tímida perto de Beechum. Ele olhava para as pessoas de modo esquisito, sorrindo e esfregando os dentes com a ponta da língua.

Mary Lynda ficava tímida perto da maioria dos homens adultos, exceto seu pai e os membros da família Donaldson. Eles eram diferentes. Tinham voz suave, "agradável." Quando Elsie se divorciou de Timothy Donaldson, ficou com a guarda de Mary Lynda, de modo que ela só via o pai nos fins de semana.

Bud Beechum morrera quase quarenta anos antes. Ainda assim, dava para imaginar seus ossos, grandes e pesados, no porão daquele prédio velho. O crânio quebrado, grande feito um balde, no meio do entulho e da poeira sufocante.

Mamãe, não. Mamãe, não me obrigue.
Mary Linda, faça o que estou mandando.
A voz da Mamãe também parecia amedrontada. E ela apertava com os dedos os ombros estreitos de Mary Lynda, empurrando a filha para a frente.

Então Mary Lynda fez uma coisa inesperada: logo que conseguiu se livrar do trânsito congestionado na rua principal, virou à esquerda numa rua chamada Post, e rumou de volta para o rio. Com uma sensação aventuresca e destemida, parou no estacionamento quase deserto, coberto de mato, atrás da antiga loja Franklin Brothers.

Dra. Donaldson, por quê? Isso é loucura.

Normalmente, ela não era uma mulher impulsiva. Era uma mulher que controlava suas ações, bem como suas emoções. Mary Donaldson não era do tipo que vive jogando dados, como o charmoso velho bêbado do seu avô Kenelly.

Portanto, era estranho que ela, com seus sapatos italianos, suas calças de linho cinza-escuro da Ann Taylor e seu cabelo elegantemente tesourado, estivesse estacionando no centro de Yewville, indo se juntar apressadamente a um grupo de pessoas para ver a demolição de alguns velhos prédios feios. Ela tossiu por causa da poeira. Talvez houvesse asbestos naquela poeira. Mas se sentia compelida pela curiosidade, como os outros, na maioria homens idosos aposentados. Aqui e ali havia mulheres indo às compras. Além de alguns adolescentes e crianças. (Graças a Deus, nenhum pareceu reconhecer Mary Lynda Donaldson.)

Os ossos dele naquele entulho. Cinzas.

Venenoso se inalado!

Claro que isso era ridículo. Bud Beechum tivera um enterro decente. Quarenta anos antes. E agora a Taverna da Águia estava sendo demolida espetacularmente. A própria terra estremeceu quando a bola de ferro se chocou contra a parede.

— Uau! *Fan-tás-tico* — exclamou em tom de aprovação um adolescente de cabelo ouriçado. A namorada se aconchegou a ele, rebolando a bundinha dura como se a demolição da Taverna da Águia tivesse um secreto significado pornográfico. Mary viu que a garota mal passava dos 14 anos, com o cabelo castanho raiado de marrom e verde, um piercing no nariz e outro na sobrancelha. Ela era pálida, de uma beleza lânguida, embora parecesse uma alfineteira. Muito magra. Um de seus pequenos seios, do tamanho e da cor de uma ostra, ficava praticamente exposto, pois o top pendia frouxamente do dorso magricela. Ela usava uma calça jeans desbotada, e estava descalça naquele lugar cheio de lixo e vidro quebrado.

Naquela tarde, Elsie pegara Mary Lynda na escola. Fora de carro até ali. Estacionara o Chevy amarelo naquele terreno, embora mais perto dos fundos da Taverna da Águia. "Por que estamos aqui,

Mamãe?", perguntara Mary Lynda. "Porque aquele escroto tem uma dívida comigo. Ele devia a seu avô... precisa pagar." Mary Lynda já conhecia aqueles sintomas: a mãe tinha os olhos dilatados e o cabelo grudado no rosto. Sempre que Elsie soltava um soluço, Mary Lynda sentia o bafo azedo e adocicado dela.

– O que está acontecendo aqui? – perguntou Mary, no alegre tom amigável de uma visitante que estivesse vindo do hotel Lafayette.

Com ar de orgulho cívico, o rapaz de cabelo ouriçado respondeu:

– Eles estão derrubando estas pocilgas. Vão construir uma coisa nova.

– Já era tempo, né? – disse a namorada com uma risadinha.

As britadeiras faziam tanto barulho que Mary precisou tapar os ouvidos com os dedos. Ruídos desse tipo entram na alma e podem fazer um mal permanente. Além do lote adjacente, Mary avistou uma viela sem calçamento que levava ao rio. Fora ali que sua mãe estacionara naquele dia. Nos dois lados da viela havia pilhas de entulho, com isopor branco daquele tom brilhante que lembra uma ossada exposta. Mary estava sorrindo, ou tentando sorrir, mas algo parecia errado com sua boca.

– Está tudo bem, dona?

De repente, os adolescentes assumiram um tom atento e responsável. Parecia que eles tinham mães com quem se preocupavam às vezes. Ajudaram Mary a sentar num guarda-rail retorcido, pois subitamente ela sentiu os joelhos fraquejarem e suas forças se esvaírem feito água. A britadeira ensurdecedora fazia seus ossos vibrarem. Aturdida e confusa, ela sentou arquejando, com as pernas deselegantemente abertas. Graças a Deus estava usando calças. Esfregou o nariz com os dedos. Estava chorando?

Em tom grave, Mary disse:

– Há muito tempo, um homem foi encontrado morto naquela casa por uma menininha. Agora posso dizer a ela que o porão sumiu.

3. Rochester, NY, 1968 / Barnegat, NJ, 1974

Ela passou anos vendo corpos de homens dentro das salas que cruzava. O vulto nunca estava caído, mas "descansando". De bruços no chão, por exemplo. Ela via a figura pelo canto embaçado do olho, mas não sentia que a imagem significasse morte. Pois quando olhava bem, não via corpo algum, claro. Certa vez ela ficou estudando até tarde da noite na biblioteca da Universidade em Rochester. Ao cruzar um salão pouco iluminado, pensou que já fazia oito anos desde que vira o corpo de Beechum naquele porão, e que raramente pensara naquilo depois. Mas subitamente estava vendo a cena outra vez, com detalhes aterrorizantes, mais claramente do que vira na época. *Ele está aqui. Como ele veio parar aqui?* Mary era antes de tudo uma jovem lógica. Mesmo em pânico, começou a raciocinar. Talvez o corpo de Bud Beechum estivesse realmente ali, na Biblioteca da Universidade de Rochester. Mas como não havia ligação entre o corpo e Mary Lynda Donaldson, uma simples estudante de medicina, ela não poderia ser acusada de coisa alguma.

Seu instinto foi parar de chofre e ficar olhando para o salão. Mas como ela sabia (e sabia perfeitamente bem) que ninguém jazia no tapete, desviou os olhos e fugiu.

Não. Não olhe. De jeito nenhum!

Ela acreditava que lutar contra a loucura era uma simples questão de disciplina. Quando tornava-se adulta, a pessoa ficava responsável por sua vida e deixava as bobagens de lado. Notas altas na universidade, sempre notas altas. Afinal, ela era uma estudante de medicina. Ignorava os políticos de sua época, os assassinatos, a Guerra do Vietnã e o esforço desesperado de sua geração para "trazer a guerra para casa". Historicamente, sempre houvera guerras, destruição e pessoas morrendo sem propósito. Se não era aqui, seria em outro lugar qualquer, se não fosse em outro lugar, então possivelmente seria aqui. "Dê graças por sua sorte, Mary Lynda", dizia a mãe à guisa de consolo. Talvez aquilo fosse uma simples ordem maternal, mas fazia sentido. (Nessa época, Elsie já se filiara aos Alcoólatras Anônimos. Não tomava uma bebida mais forte do que suco de cidra havia anos. *Você acredita?*, Assim, qualquer loucura particular parecia à Mary Lynda a maior das bobagens. Uma coisa estúpida e autodestrutiva, como derramar ácido. Ou rir feito hiena (como ela odiava as gargalhadas de Bud Beechum) no enterro de alguém. Ou rasgar as roupas e correr pelada na rua, mesmo não tendo boa aparência, com seios pequenos e ancas banhudas. Para Mary Lynda, lutar contra a loucura equivalia a apagar o fogo com um cobertor pesado ou uma lona.

– Algo que qualquer um poderia fazer, se tentasse.

Ela achava que os dois irmãos Kennedy não teriam sido assassinados, caso houvessem agido com mais cautela. Tal como Martin Luther King. Mas guardava essa opinião para si mesma.

Um dos homens que ela amara e com quem viveria intermitentemente por alguns anos, ao se aproximar dos 30, fora avistado por ela tomando sol de bermuda, sem camisa, na vegetação rasteira da praia de Jersey. Ela fazia residência médica no hospital Columbia Presbiterian. Morava longe de Yewville e de sua mãe. Ficou olhando fixamente para o rapaz adormecido ao sol, espichado na areia, como se estivesse enfeitiçada. Depois se aproximou, ajoelhou e acariciou o cabelo dele. O rapaz era de fato bem jovem, da idade dela. Tinha longos cílios pálidos, e uma cabeleira fina. Ao ser tocado por Mary, abriu os olhos sonolentos, mas avivou imediatamente o olhar quando viu quem ela era: a namorada de outro homem. Depois sentiu onde a mão dela fora parar, e percebeu o que ela estava fazendo naquele estado de transe. Então acordou completamente, agarrou a cabeça dela e puxou Mary para cima de si. Seus beijos eram fortes e ávidos. Mary fechou os olhos que ardiam ao sol, pois resolvera descobrir o que aconteceria depois.

4. Yewville, NY, 1960 / 1963

Assustada, Elsie passou anos censurando a filha. *Mary Lynda, fale comigo! O que você está fazendo é só uma espécie de brincadeira, não é?*

No princípio, acreditavam que o mutismo de Mary pudesse estar relacionado à respiração. Ela respirava rapidamente, em geral pela boca, o que precipitava a hiperventilação. (Elsie aprendeu a pronunciar isso cuidadosamente: "hi-per-ven-ti-lação".) Mary ficava tonta e seus olhos faiscavam. Sua garganta se contraía. Quando conseguia falar, as palavras não passavam de sons trêmulos e abafados. Ela parecia estar se afogando.

— Sua filha é surda-muda? — ousou perguntar uma mulher a Elsie na clínica.

Durante aproximadamente dez meses, depois de 16 de outubro de 1960, Mary Lynda permaneceu muda. E ficou muito aliviada ao finalmente perceber que ninguém mais esperava que ela falasse. E quem não fala é deixado em paz, porque todos pensam que você também é surdo. Tirando alguns colegas de escola que implicavam com ela, foi uma época calma. Ela nunca se intimidara com crianças, nem mesmo com os meninos mais velhos que berravam. Só tinha medo dos adultos. Seu tamanho e vozerio repentino. Os mistérios de seus humores e motivos. O aperto de seus dedos no ombro dela, mesmo com amor. *Mary Lynda, eu amo você, querida! Diga alguma coisa. Eu sei que você consegue falar, quando quer.*

Mas aquela foi uma época de paz, na maior parte. Ninguém questionaria as palavras dela, como a polícia questionara, porque ela não tinha palavras. Como parara de falar, estava cercada pelo sossego. Como se vivesse dentro de uma bolha de vidro. E ela carregava a bolha por toda parte, inviolável.

Na escola ela era *Mary Lynda Donaldson*, e ocupava um espaço próprio. A professora Doehler tinha olhos lacrimejantes e tratava Mary Linda muito bem. Na quinta e sexta séries, a carteira dela sempre ficava bem diante da mesa da professora Doehler. Ela era *a menininha que encontrara o homem morto. O homem morto!* O dono da Taverna da Águia, perto do rio. Onde a placa da águia voando rangia ao vento. Quando Bud Beechum foi morto, uma foto sua foi publicada no jornal de Yewville. Primeira vez na vida de Bud, diziam as pessoas. Coitado do escroto, ele teria gostado dessa atenção.

DONO DE TAVERNA, 35 ANOS, MORTO NUM ASSALTO.

O esquisito era que na foto Bud Beechum estava sorridente, com uma aparência jovem, sem bigode. Ele parecia não ter idéia do que lhe aconteceria.

O esquisito era que quando a garganta de Mary Lynda se fechava, como acontecia, ela se sentia segura. Parecia que ela estava sendo abraçada por alguém com tanta força que não conseguia se mexer. Às vezes sua garganta se abria à noite, como gelo se derretendo. Ela começava a gemer e a choramingar feito um bebê durante o sono, chamando:

– Mamãe! Mamãe!

Quando Elsie estava em casa e ouvia, entrava cambaleando no quarto, repreendendo a filha:

– O que é, Mary Lynda? O que foi *agora*?

Quando Elsie não estava em casa ou não acordava, Mary Lynda acordava sozinha e tentava dormir sentada. Geralmente era mais seguro não colocar a cabeça no travesseiro, para não ficar tão desprotegida. Ela olhava fixamente para as paredes do quarto (era um quarto pequeno, pouco maior do que um armário) para não ser cercada por eles.

Sempre havia uma porta numa das paredes. Quando a porta estava fechada, ela se sentia segura. Mas a porta podia se abrir. Podia ser aberta de repente. Podia ser aberta furtivamente. Do outro lado da porta podia haver uma escada íngreme que descesse, e ela era obrigada a se aproximar da escada. Alguma coisa empurrava Mary Lynda para a frente, como uma mão nas costas dela. Era uma mão delicada, mas que podia mostrar firmeza. Uma firme mão adulta nas costas dela. Então ela via sua própria mão acendendo a luz, e subitamente estava olhando para o escuro lá no porão. Esse era seu erro.

5. Yewville, NY, outubro de 1960 / março de 1965

O rapaz era um negro, como os pretos eram então chamados. Seu QI era 84. O promotor argumentou que isso não era uma "debilidade grave". Não se tratava de não "distinguir o certo do errado".

Embora o rapaz tivesse 17 anos, largara a escola na quinta série e não sabia ler, menos ainda escrever. Conseguiu apenas assinar com letra trêmida seu nome numa confissão, posteriormente negada e denunciada pelo defensor público como resultado de "coerção policial extrema". O caso recebeu mais publicidade do que qualquer homicídio ocorrido no município de Eden. Em alguns bairros, acreditava-se que aquilo fora um assassinato com motivação racial: o rapaz, Hiram Jones, assassinara e roubara brutalmente Bud Beechum, porque Beechum era um homem branco. Já em outros bairros, acreditava-se que aquilo era uma polêmica questão racial: Hiram Jones estava sendo acusado porque era negro. Porque seu QI era 84. Porque ele morava numa parte de Yewville conhecida como Cidade Baixa, uma área de barracos de madeira com teto de zinco. O testemunho da família de Hiram, dizendo que ele estivera em casa na hora provável do crime, foi rejeitado como mentiroso. Ao ser preso pela polícia, Hiram estava com a carteira de Bud Beechum, que continha 28 dólares. Estava usando o cinturão favorito de Beechum, com a fivela de prata em forma de medalhão. Os sapatos de Bud estavam escondidos num barraco atrás da casa da família de Hiram. Ele alegou ter encontrado esse itens enquanto pescava na margem do rio, a um quilômetro da Taverna da Águia. Mas quando a polícia recebeu a denúncia de um informante (negro) e foi até a Cidade Baixa para prender Hiram Jones, ele "agiu como culpado", tentando fugir. Ainda piorou as coisas "resistindo à prisão". A polícia precisou dominar Hiram fisicamente, e ele foi ferido. Ao ser hospitalizado, tinha os ossos do nariz e das órbitas dos olhos quebrados. Suas costelas estavam rachadas, e a traquéia fora esmagada pela bota de alguém. Ele passou o resto da vida falando com sussurros ásperos e roucos, feito um jornal agitado pelo vento.

Hiram Jones sempre negou ter matado o homem branco. Ele não se lembrava do nome do homem branco, nem como exatamente fora acusado de ter matado o sujeito, mas negava. Sempre negava ter estado na Taverna da Águia. Os negros de Yewville não freqüentavam a Taverna da Águia. Mas ele foi julgado como adulto e condenado por roubo e assassinato em segundo grau. Permaneceu preso e recorreu à Suprema Corte do estado pedindo que um novo julgamento fosse marcado. Mas antes disso foi diagnosticado como "mentalmente deficiente" e "incapaz de participar de seu próprio julgamento", sendo então transferido para um manicômio judiciário estadual em Port Oriskany. Morreu ali em março de 1965, depois de ser gravemente espancado pelos companheiros de reclusão.

6. Taverna da Águia, Yewville, NY, 16 de outubro de 1960

Ao pé da escada de madeira havia um homem deitado de lado. Era como se ele estivesse flutuando no escuro. Como se estivesse dormindo e flutuando. Com os braços esparramados. Talvez aquilo fosse uma brincadeira, ou um truque? Bud Beechum estava sempre brincando. *Ei, estou brincando, garota.* Ele falava isso em tom de repreensão. *Onde está o seu senso de humor?* Quando percebia que a pessoa estava com medo, Bud chegava mais perto, fedendo a cerveja, fumaça de cigarro e suor... Sua barriga balançava sobre o cinturão afivelado feito uma abóbora. Ele tinha olhos calorosos, úmidos e sorridentes. Ao lado dos olhos, a pele era toda enrugada. Bud Beechum lutara na Guerra da Coréia e gabava-se de algumas coisas que fizera com a baioneta lá. Ele se recusava a servir negros na Taverna da Águia. Dizia que devia isso aos fregueses brancos que não queriam beber em copos em que negros houvessem bebido, ou usar o banheiro que um negro houvesse usado. Era casado com Joanie, uma prima da Mamãe que vivia com cheiro de talco. Certa vez as crianças estavam pulando no feno dentro do velho celeiro dele. Gritavam feito loucas, com os braços e as pernas de fora. Bud riu de Mary Lynda por ser tão envergonhada e medrosa, dizendo:

– Ao contrário da sua mamãe, que é *quente*.

Mary Lynda não queria brincar, correr e pular como os outros dentro do celeiro de feno. Mas Beechum provocou a menina, fingindo enfiar o polegar e o indicador entre as pernas dela: *Hum! Cuidado, o caranguejo vai pegar você!* Mas era só uma brincadeira. A cara de Bud Beechum estava vermelha e parecia feliz. Então talvez agora ele também estivesse brincando, deitado ao pé da escada naquele lugar fedorento. A luz da lâmpada nua feria os olhos dela. A enorme cabeça de Bud Beechum estava torcida de lado, como se ele estivesse tentando olhar por cima do ombro. Havia algo brilhando na cabeça dele... seria sangue? Mary Lynda tinha medo de sangue. Ela começou a respirar de maneira leve, rápida e engraçada, como se o ar não conseguisse sair da boca. Será que Bud Beechum estava respirando? Ou prendendo a respiração? Ele tinha a boca aberta de surpresa, e também havia algo brilhando ali. Mary Linda encolheu as narinas diante do cheiro... parecia que Bud tinha molhado as calças. Um homem adulto! Mary Lynda queria fugir dali, mas não conseguia se mexer. Nem tinha qualquer palavra para dizer. Só falara com aquele amigo da Mamãe envergonhada, em resposta a alguma pergunta implicante. E isso só com o canto da boca, os olhos baixos. Você não podia. Você não fazia. Ela ficou ali paralisada, incapaz de respirar. Não saberia dizer por que estava naquele lugar. Nem onde, exatamente, era aquele lugar. Seria uma masmorra? Como num filme? Uma caverna? Isso fez Mary Lynda pensar em morcegos. Tinha pavor de morcegos. Os morcegos entravam pelos cabelos das meninas. Entre as tavernas de Yewville que Mamãe freqüentava quando estava se sentindo solitária, a preferida era a Taverna da Águia, porque também fora a preferida do Vovô Kenelly. Lá Mary Lynda podia se divertir no toca-discos automático. Moeda após moeda. Às vezes os homens no bar lhe davam moedas. Assim como pagavam bebidas para a Mamãe. Bud Beechum também pagava, dizendo:

— Esse aqui é por conta da casa.

Mary Lynda bebia Coca-Cola açucarada até a barriga inchar, e ela precisar urinar por causa da dor. Quando a Mamãe ficava até tarde, ela dormia num dos bancos de vinil preto. Todos os homens gostavam da Mamãe, dava para ver. A Mamãe era tão bonita, com aquela cabeleira loura ondulada. Tinha mania de dançar sozinha, girando e levantando os braços como uma mulher num sonho.

Mary Lynda entreouvira a briga dos pais. A voz do seu pai, e depois a voz de sua mãe se erguendo num berro: *Porque você é chato pra caralho, por isso.*

Mary Lynda não tinha permissão para escutar palavras desse tipo.

Por que aquela tarde era especial? Mary Lynda não sabia. Ela fora apanhada na escola pela Mamãe, coisa que não era habitual. A Mamãe dissera que ela não precisava pegar a droga do ônibus escolar. Elas tinham vindo e estacionado no lote vizinho. Depois o jornal diria que a porta da frente da Taverna da Águia estava trancada. Só a porta dos fundos estava aberta. Não havia fregueses no bar, porque era cedo, antes de quatro horas. Mamãe falava rapidamente, explicando (para Mary Lynda?) que não queria ver a cara de Bud Beechum.

– Só diga a ele que eu estou esperando aqui fora – repetiu ela várias vezes.

Não ficou claro por que a Mamãe não queria ver a cara de Bud Beechum, mas queria que Mary Lynda entrasse e pedisse que ele saísse, para que ela pudesse falar com ele. A Mamãe não precisaria ver a cara dele então? Mas a Mamãe ficava assim quando bebia. Num minuto ela agarrava a cabeça de Mary Lynda e dava um beijo molhado na boca da menina, dizendo: – Minha filhota linda. No minuto seguinte já estava repreendendo a filha. Apenas alguns fragmentos da tarde de 16 de outubro de 1960 ficariam nítidos na memória de Mary Lynda. Possivelmente grande parte daquilo fora um sonho, ou seria sonhado. A garganta de Mary Linda começou a se contrair tão logo ela entrou no bar à procura de Bud Beechum. Ele ficava sempre atrás do balcão, mas não estava ali. Ela precisaria procurar na cozinha, disse a Mamãe. Mary Lynda queria sair dali, mas a Mamãe disse que não. "Veja onde esse escroto se enfiou. Eu sei que ele está aí, em algum lugar." Mary Lynda viu Bud Beechum, e pensou: *Ele está morto*. Deu um risinho e encostou os nós dos dedos na boca. Na véspera, a Mamãe não deixara que ela fosse à escola por causa de uma "infecção no ouvido", uma "febre". Quando a pessoa tem febre, dissera a Mamãe, pode "delirar". Pode ter pesadelos loucos mesmo quando não está dormindo, e não deve confiar no que viu ou pensa que viu. Então ela ligara para a escola, e dera essa justificativa. Mas na véspera Mary Lynda pensara que ficara presa em casa porque a Mamãe estava nervosa por causa de alguma coisa. Ela parecia irritada e perturbada. Não atendia quando o telefone tocava. E não deixava Mary Lynda atender. Depois de algum tempo, tirara o fone do gancho. Conferira se todas as persianas da casa estavam abaixadas e as luzes apagadas na maioria dos cômodos, menos no andar de cima. Quando Mary Lynda perguntara o que estava havendo, a Mamãe mandara que ela ficasse calada.

A véspera já ficara muito para trás.

Mary Lynda estava agachada no topo da escada, olhando para o lugar onde Bud Beechum jazia. Parecia que ele estava dormindo. *Não... ele está morto.* Mas Bud Beechum era esperto. Podia se levantar a qualquer momento. Talvez fosse uma brincadeira que ele também estivesse fazendo com a Mamãe. Ninguém podia confiar nele. Mary Lynda ficou muito tempo parada ali nos degraus, incapaz de se mexer, incapaz de respirar, até que a Mamãe foi ver onde ela estava.

Ela se aproximou suavemente por trás de Mary Lynda, e sussurrou:

– Querida... há alguma coisa errada?

7. Taverna da Águia, Yewville, NY, 16 de outubro de 1960

Ele mandara que ela fosse à Taverna da Águia ao meio-dia. Queria estar com ela e deixaria a porta dos fundos destrancada. Estava muito puto porque ela não atendera o telefone. Quase fora lá e arrebentara a porta. Ao diabo com a filha dela, ou qualquer outra testemunha. Ela viu que não tinha escolha, e foi. Estacionou o Chevy na rua Front, perto do hotel Lafayette. Era um beco sem saída. Ela não foi vista rumando para a Taverna da Águia pela ruela. Estava usando uma capa de chuva, com uma echarpe amarrada em volta da cabeça. Foi caminhando rapidamente, de modo inusitado para Elsie Kenelly. Entrou pela porta dos fundos. Ninguém ficava por ali àquela hora do dia. O dia estava cortante e nublado feito clara de ovo. Nuvens altas cuspiam uma chuva fria, que mais parecia gelo. As nuvens teriam se dissipado, e trechos de azul brilhante teriam invadido o céu, quando ela saísse. A Taverna da Águia não abria para almoço. Na maioria dos dias, só abria em torno das quatro horas. E fechava às duas da manhã.

– Já era hora, Elsie – disse Bud Beechum, esperando por ela lá dentro. Ele estava raivoso, mas aliviado, porque Elsie viera como ele mandara. A mulher obedecera a ordem, e ele agarrou o corpo dela.

Elsie deu um empurrão nele, com um riso nervoso. Lavara o cabelo e passara um batom carmim, com um perfume que fazia suas narinas se contraírem. Pusera na bolsa um facão do conjunto que sua sogra, Maudie Donaldson, dera a eles de presente, mas sabia que não ousaria usar aquilo. Ela tinha pavor de sangue, pavor de que Bud Beechum lhe arrancasse o facão dos dedos. Ele era forte e bastante ágil para um homem de seu tamanho. Elsie sabia que ele era rápido e esperto. Precisava dizer as coisas certas para acalmar aquele homem. Bud estava puto por causa da noite anterior. Elsie sabia disso, e disse que Mary Lynda ficara doente, com uma infecção no ouvido. Pediu desculpas a ele. Bud apalpou os seios dela. Como sempre, havia algo mau no toque daquele homem. Elsie sentiu maldade até no beijo dele. Aquele hálito de bêbado, aquela língua ridícula deslizando feito uma enguia. Os dentes que precisavam ser escovados. Os bigodes ásperos que ela viera a odiar, embora antigamente (ela só podia estar louca) até achasse que eram sensuais, e que Bud Beechum era "um pouco sensual". Ela sempre tivera curiosidade sobre aquele cara, casado com sua prima Joanie. Na época do segundo grau já diziam que todos os homens da família Beechum eram dotados feito cavalos. Isso era ótimo para quem gostava de cavalos. Bêbada, ela pensara que talvez experimentasse. Mas só um pouco bêbada, e depois completamente sóbria, tivera outros pensamentos.

Mary Lynda estava na escola. Ficaria na escola até 3h15.

– Olhe, eu também tenho filhos. Você acha que eu não tenho filhos?

Agora ele estava pondo a culpa nela por... o quê? Mary Lynda? Que escroto.

Lá estava a porta do porão. Feito um portal mágico. *Passe aqui em busca de aventura! Mas você precisa ser corajosa.* Ela se livrou do beijo dele e riu. Respirava ofegante, como se tivesse corrido. Levantou a cabeleira loura com as duas mãos e deixou os fios caírem entre os dedos, como ele gostava. Viu os olhos dele se dilatarem de desejo. Bud levou Elsie apressadamente para a escada do porão, onde só havia uma lâmpada atarrachada no teto cheio de teias de aranha. O lugar parecia ser ao mesmo tempo claro e escuro demais. Havia um cheiro de urina vindo do banheiro masculino no corredor dos fundos, e de terra úmida. Todos os porões daqueles velhos prédios históricos eram de terra. Naqueles porões as coisas morriam e se decompunham. Bud falava em tom excitado, rindo, com a voz ríspida e nervosa. Sexualmente, estava carregado feito uma bateria. Mas ele não gostava de mulheres manhosas, e queria que ela soubesse disso. Insinuava coisas sobre o velho dela, que Elsie não gostaria de ver divulgadas em Yewville. Ela entendera, certo? Bud foi puxando Elsie escada abaixo, para o mesmo lugar em que eles haviam estado antes... na realidade, já era a terceira vez. Mas ela estava enojada e cheia de vergonha. De repente, empurrou Bud com força. Perdendo o equilíbrio, ele caiu para a frente. Elsie tinha as unhas dos dedos pintadas, mas seus dedos eram incrivelmente fortes. Ela cravou os dedos nas costas gorduchas do homem, e ele caiu.

Caiu violentamente. Rolou pela escada de madeira abaixo, escorregando feito um saco de batatas frouxo e desajeitado. Uma coisa horrível de ver, mas fascinante. Desamparado, o corpo do grandalhão foi batendo nos degraus que balançavam perigosamente sob o peso. Beechum tinha 1,87 metro de altura. Pesava no mínimo 110 quilos. Mas caindo assim, estava indefeso feito um bebê gigante. Ele ficou deitado no chão de terra, atordoado. Um gemido de completo assombro escapou de sua garganta. Se ele não estivesse seriamente ferido e agarrasse Elsie nesse momento, seria a morte dela. Beechum daria socos nela até acabar com Elsie. Ela vira um pedaço de cano no meio de uma pilha de entulho. Beechum estava se contorcendo e gemendo. Talvez o escroto houvesse machucado as costas na queda, talvez houvesse quebrado a coluna ou o pescoço, talvez estivesse morrendo. Mas Elsie não fazia fé de que a coisa pudesse ser tão fácil. Esperava... e até queria... ter um pouco mais de trabalho. Seu pai, Willie Kenelly, matara homens em Okinawa, com bala e baioneta, mas não se gabava disso. Dizia que era um trabalho sujo pra cacete, que era um trabalho duro. Matar era um trabalho duro. Não era motivo de orgulho, mas também não era motivo de vergonha. Ele trabalhava assim, e recebera medalhas por isso, mas achava que só fizera seu trabalho. *Ou você faz a coisa certa, menina, ou não faz coisa alguma. Só não faça cagada.*

Ela sabia. Quando decidira ir de carro até lá, já sabia.

Depois ela embrulhou o cano num jornal. O metal estava ensangüentado e cheio de cabelos. Mas nada respingara nela. De qualquer forma, ela tomaria um banho. Pela segunda vez, naquele dia. Elsie esfregou com força a boca do homem morto, removendo meticulosamente todos os traços do batom carmim. Pegou a carteira dele, cheia de cédulas pequenas. Desafivelou e tirou o cinto. Desamarrou os sapatos. Estava febril, mas calma. Em voz alta, sussurrava:

– Agora. Eu quero isso. Esses. Um, dois. O sapato. Três, quatro. Feche a porta. *Não faça cagada.*

Numa sacola de papel, Elsie levou as coisas de Beechum até o carro estacionado na rua Front, ao lado do hotel Lafayette. Aquele fora um lugar ideal para estacionar: numa rua secundária margeando o rio, um beco sem saída usado principalmente por caminhões de entrega. Ninguém vira ou veria Elsie. Ainda não era uma da tarde. As nuvens estavam se dissipando rapidamente. Quando o inverno se aproximava, toda manhã o céu ficava encoberto feito concreto trincado. Mas geralmente o vento do lago Ontário dissipava as nuvens ao meio-dia. Os trechos de azul brilhante resplandeciam como néon. Elsie rumou para o norte ao longo da rodovia do rio, cantarolando o tema de *Moulin Rouge*. Isso penetrara no cérebro dela. Ao longo de toda a vida, retornaria como lembrança desse dia e dessa hora. Elsie estava surpresa com a própria calma. "Você está indo bem, garota. Essa é a minha garota." Por que agiria tão estranhamente dentro de poucas horas? Por que traria sua filha Mary Lynda à cena do crime? Para se certificar de que o homem estava morto? De que aquilo realmente acontecera? De que ela não poderia ser culpada, já que sua própria filha descobrira o cadáver? Ela não saberia dizer. Não queria pensar sobre isso. *Está certo, garota. Nunca olhe para trás.*

Elsie foi dirigindo o Chevy sacolejante ao longo de uma estrada de areia que levava ao rio. Os pescadores costumavam estacionar ali, mas naquele dia não havia pescadores. Uma vegetação espessa crescia na margem do rio. Ninguém veria Elsie ali. Ela era a esposa de um médico, e não uma mulher de quem se pudesse suspeitar de homicídio. Atirou o cano ensangüentado no rio, a uns seis metros da margem. O cano afundou imediatamente, para nunca mais ser achado. Mas os outros itens de Bud Beechum... a gorda carteira de couro de porco bem gasto, que ela sequer abrira por não querer o dinheiro do canalha, o cinturão de que ele tanto se orgulhava, assim como a fivela de prata exageradamente grande que simbolizava seu caralho, e os fedorentos sapatos tamanho 44 de couro falso... Elsie deixou na margem do rio para algum desconhecido achar.

– Como no Dia das Bruxas – disse ela. – Travessura ou gostosura, ao contrário.

8. Yewville, NY, 1959/1960

Ela se sentia tão sozinha. Arrasada com a falta dele.

Chorava até ficar doente. Emagrecia tanto que suas roupas ficavam frouxas. Até os sutiãs. E seus olhos ardiam, injetados.

No princípio, o marido fora compreensivo. Deitada nos braços dele, ela ficava paralisada pelo terror de uma morte que nunca, de certa forma, acreditara pudesse acontecer. *Não posso acreditar. Não acredito que ele se foi. Quando acordo, é como se isso nunca tivesse acontecido.*

Desorientada, ela começara a passar pela Taverna da Águia, embora soubesse que ele não estava lá. Pois toda vez que empurrava a porta dos fundos, que era a porta por onde ele entrava, pensava: *Talvez ainda não tenha acontecido.* Ela dizia a si própria que ele estava lá, no bar. Esperando.

Os outros homens, amigos dele, estavam lá. A maioria já era mais velha do que William Kenelly ao morrer. Mas eles ainda estavam lá, vivos. Olhando para Elsie quando ela entrava no bar. Era a única mulher ali. E Bud Beechum ficava atrás do bar, olhando para ela. Elsie Kenelly! A filha de Willie Kenelly que casara com o doutor.

Deus, como eles adoravam Willie Kenelly. Ninguém era como ele. Mas Willie partira sem dizer adeus.

Às vezes ele ficava ofegante. Com a mão calejada junto ao peito. Elsie perguntava ao pai o que havia de errado, mas ele não ouvia. Ela perguntava outra vez. Ele desviava o olhar, fechava os olhos azuis esmaecidos, e ria para ela. *O que há de errado com o quê? O mundo? Muita coisa.*

Certa noite, na Taverna da Águia, porém, ele dera a Elsie aqueles dados gastos de marfim que trouxera de Okinawa e gostava de lançar. Batizara aquilo de Dados da Boa Sorte.

– Não perca isso, querida.

Fora um sinal claro, não? Ele estava dizendo adeus. Mas Elsie não entendera.

Ninguém mencionava como Willie Kenelly morrera. Um dos jornais, mas não o de Yewville, publicou que ele escorregara ou caíra da viga de uma ponte que estava sendo reparada rio acima, na cachoeira Tintern. Embora houvesse água em seus pulmões, ele morrera de "parada cardíaca". De qualquer forma, a morte de Willie Kenelly foi declarada "acidental." Mas Elsie sabia a verdade. Seu pai não era homem de fazer coisa alguma por acidente.

Ela passou o verão bebendo na Taverna da Águia. Poucas mulheres iam sozinhas às tavernas de Yewville, muito menos a esposa de um médico que morasse numa casa imponente na rua Church. Antes de virar esposa do Dr. Donaldson, porém, Elsie era filha de Willie Kenelly. Ela freqüentara a Escola Secundária de Yewville e era conhecida por toda a vizinhança. Bud Beechum apoiava a barriga na borda do balcão, enquanto conversava com ela. Ouvindo compreensivamente. Beechum passava brilhatina no cabelo escuro e ralo, como se ainda estivesse no segundo grau. Usava costeletas como as de Elvis Presley e imitava a expressão ressentida dele. Tinha os mesmos olhos encavados, pretos, úmidos e intensos. Elsie sempre achara Bud Beechum um cara atraente, à sua maneira. Pelos padrões de Yewville. Ela se lembrava dele com o uniforme de soldado. Na época ele era magro, com uma boa postura. Tinha uma cara atraente e sensual. Os dois haviam se beijado uma vez. Fora muito tempo antes, no quintal de alguém. Uma festa com cerveja. Um piquenique. Quando?

Bud Beechum gostava do pai dela. Disse que tinha "verdadeira admiração" por Willie Kenelly, e que ele era um cara "totalmente sem babaquice". O pai de Elsie estivera na Segunda Guerra Mundial, e Beechum estivera na Guerra da Coréia. Os dois tinham isso em comum, além de ódio ao exército, aos oficiais, ou a qualquer pessoa que lhes desse ordens. E Willie Kenelly não tivera um filho. Quando Beechum enxugava os olhos com o punho, Elsie sentia uma punhalada no coração.

Era difícil para os homens falar de perda. De dor. Daquilo que causava medo neles. Era melhor nem tentar. A coisa sempre saía de maneira desajeitada, grosseira.

Mas Elsie podia dizer a Beechum e aos amigos do pai que ele fora seu melhor amigo, não somente seu pai. Ele amara a filha sem exigências ou julgamentos. Esse sempre fora o jeito dele. Talvez ela nem houvesse merecido isso, mas era assim. Elsie vira o corpo do pai na funerária, vira o caixão baixar à cova e vira a morte refletida nos olhos dos outros como o sumiço das cores durante um eclipse solar. Mesmo assim, aquilo não lhe parecia real. Então ela se viu perambulando pelos lugares que ele freqüentava, principalmente ao entardecer do outono e do inverno, quando o sol tingia o enevoado céu a oeste de vermelho-ferrugem. A luz se refletia em sombrias ondulações no rio Yewville. Mas ela jamais ia até a cachoeira Tintern. Nunca atravessava aquela ponte. Nunca mais em sua vida faria isso. E o momento mais melancólico era a hora do crepúsculo: Elsie sempre pensava no pai esperando por ela na Taverna da Águia. Ela deveria estar em casa com Mary Lynda, sua filha. Deveria preparar o jantar para o marido. Ela deveria ser uma esposa e uma mãe, não mais uma filha.

Essa era a hora perigosa.

Quando os dois estavam sozinhos, talvez o Dr. Donaldson não fosse tão compreensivo com a dor de sua esposa como as pessoas pensavam. Entre ele e o sogro sempre houvera certa rivalidade, pois

Donaldson desaprovava as práticas comerciais de Kenelly. O pai de Elsie tivera uma madeireira em Yewville, mas não prosperara muito. Vendia fiado aos fregueses, e raramente recebia. O telhado dos galpões vazava, fazendo a madeira empenar e apodrecer. Quando os fregueses vinham comprar apenas uma tábua simples ou um punhado de pregos, ele dizia distraidamente:

— Ora, diabo, pegue aí.

Já Tim Donaldson era um homem muito diferente, e depois da morte de William Kenelly começou a ser odiado por Elsie. Era o marido dela! Mas tinha a escova de dentes, os barulhos no banheiro, os suspiros, a mastigação, a testa franzida e as perguntas a Mary Lynda.

— Você e Mamãe saíram de carro hoje? Foram às compras? Onde?

O Dr. Donaldson nunca falava com maldade. Sempre usava um tom agradável. Como fazia no consultório, com a enfermeira-assistente e as pacientes, a maioria mulheres. Seu cabelo claro era aparado a cada quinzena. Ele era um homem digno e inteligente, mas depois da morte do sogro seu ciúme do velho aumentou. Para piorar, Kenelly deixara alguns milhares de dólares para Elsie e Mary Lynda, sem mencionar o genro no testamento. E ele casara com Elsie, que nem era mais virgem! Que tivera certa reputação em Yewville, quando mais moça. Donaldson achava que o velho poderia lhe agradecer por isso, ao menos.

Certa noite ele encostou em Elsie no quarto. Ela se encolheu sem disfarçar um olhar de aversão, e começou a chorar. Não de tristeza, mas de raiva. *Quer me deixar em paz? Você me dá nojo. Eu não amo você. Só ele que eu amo.*

Era o início do outono, e no crepúsculo do dia seguinte Elsie passou pela Taverna da Águia para tomar um trago só. Pretendia ficar apenas alguns minutos. Mas Bud Beechum estava sozinho ali, esperando. Vendo o rosto dela ao entrar, procurando com os olhos o lugar onde o pai costumava ficar.

— Olá, Elsie! — disse Beechum num tom quase gentil. Ela sentiu os olhos dele sobre seu corpo, e viu como era desejada por ele.

Nessa primeira vez ela se embebedou. Bud Beechum fechou a Taverna da Águia mais cedo, e ficou passando as mãos nela. Sôfrego, excitado e um pouco assustado, murmurava:

— Ah, gatinha, gatinha.

Ele parecia não acreditar na sua boa sorte. Ou então estava com medo de explodir cedo demais. Levou Elsie para o porão lá embaixo. Uma única lâmpada, fixada no teto entre teias de aranha, brilhava nos olhos dela. Havia um cheiro de cerveja choca com fedor de cigarro. Fazia meses que Elsie não se sentia tão excitada sexualmente. Era uma coisa estranha e suja. Que perversidade fazer aquilo, em vez de preparar o jantar para um marido trabalhador e faminto. Para uma filhinha meiga. Elsie e Bud Beechum riam feito crianças, tirando a roupa um do outro. Pareciam dois secundaristas ouvindo música jovem. Como eles sentiam falta daquilo, Deus, havia anos procedendo como adultos. De alguma forma, a maturidade não chegara para eles. Beechum grunhia, deitado sobre Elsie num sofá com molas quebradas que arranhava a pele. Conseguiu penetrar nela, naquela abertura cabeluda e quente entre as coxas roliças dela. É sempre um espanto estar ali dentro da roupa, seja quem for a mulher. Beechum gemeu, estremeceu e ejaculou violentamente, como se houvesse levado um golpe mortal na base da espinha. Enquanto isso, Elsie praguejava e ria, dizendo:

— Caralho. Assim é foda. Seu puto.

Ela puxava os cabelos oleosos dele, mexendo e se retorcendo embaixo do corpanzil emudecido dele. Parecia que ela também já aprendera a fazer sexo sozinha. Não se pode depender do homem. Portanto, aprenda a fazer sozinha o que é preciso. E aproveite.

Mais tarde, ela precisou reconhecer que se sentia bem. Sonolenta e bem. Como não se sentia há muito, muito tempo. Sem querer pensar que agora ela sentiria ternura por Beechum, pois tinha medo dele. E ela nunca mais queria sentir ternura por homem algum em toda a sua vida.

Na tarde seguinte, porém, ela voltou à Taverna da Águia e aos olhos ardentes de Bud Beechum, dizendo a si mesma que era apenas para uma cervejinha, apenas para se sentir menos solitária.

Explicaria a Beechum por que a véspera fora um erro. Ela andara bebendo, sem pensar com clareza, e esperava que ele tivesse respeito... mas tudo acabou se repetindo. Bud Beechum levou Elsie pelos degraus instáveis para o porão, até o sofá nojento que ela reconheceu como um refúgio da sala de sua prima Joanie.
— Bud, não. Eu não posso. Bud, eu...
Elsie ouvia sua voz, racional e alarmada, mas continuava beijando Bud, amassando sua boca contra a dele. Os dois estavam se agarrando feito loucos. *É só porque eu me sinto solitária.*
Acontece que, quando Elsie mudou de idéia e não quis ver Beechum outra vez, ele riu dela e disse:
— Deixe disso, Elsie. Eu estava lá e lembro como foi.
Ele sabia, e ela também sabia. Beechum sentira Elsie se mexendo ali embaixo, com as pernas em volta dele. Vira o rosto contorcido e as lágrimas dela. Elsie era doida por ele! Assim, quando ela parou de ir à Taverna da Águia, ele naturalmente ficou puto. Qualquer homem ficaria puto. Bud começou a telefonar para a casa dela.
— Ora, Elsie, deixe disso. Não faça doce. Sou eu, o Bud. *Eu conheço você.*
Quando ela desligava o telefone, ele passava de carro pela linda casa dela na rua Church. Elsie não deveria ter ficado surpresa, pois sabia quem Beechum era, mas não conseguia acreditar. Não conseguia acreditar que aquilo estava acontecendo, fugindo do seu controle. *Eu cometi um erro, acho. Ah, papai.*
Quando ia à mercearia com Mary Lynda e via o carro de Beechum pelo retrovisor, ela percebia... cometera um erro grave.
Certo fim de tarde, Elsie parou o carro na estação Sunoco. E Beechum parou o dele. Os dois conversaram junto ao meio-fio. Ela falava depressa, afastando dos olhos o cabelo impelido pelo vento. Ele se curvava perto dela, numa jaqueta com zíper e sem chapéu. Elsie aprendera um sorriso que as garotas cultivavam para essas circunstâncias. Era um sorriso desesperado, mas que não chegava a ser suplicante. Ela deu esse sorriso, dizendo para Beechum que mudara de idéia sobre "encontrar com ele". O erro fora dela.
— Entendeu? Eu tinha bebido. Estava bêbada.

Beechum olhava para ela, sem ouvir. Elsie percebeu que ele estava sexualmente excitado naquele momento. Suas palavras roucas nada significavam para ele. Só tinha significado a excitação, concentrada na virilha, mas espalhada pelo corpo tenso e trêmulo. Nos olhos dele, Elsie viu raiva e triunfo. Pela primeira vez percebeu que Bud Beechum, aquele dono de bar que casara com sua prima Joanie, podia ser perigoso. Tal como Willie Kenelly, ele matara homens em combate. Já tivera nas mãos o poder de matar e sentira a doçura desse poder.

Elsie queria acalmar Beechum e abrandar a expressão naquele taciturno rosto vermelho. Quase timidamente, disse:

– Bud, eu sinto que é errado fazer isso com a Joanie. Se...

– Foda-se a Joanie. Isso não tem nada a ver com ela – disse Beechum com selvageria, retorcendo os lábios ao pronunciar o nome da mulher.

Elsie ficou chocada com o ódio na voz dele. Ódio de Joanie? Ela tentou se afastar, mas Beechum agarrou-lhe o braço com dedos poderosos feito ganchos.

– Seu pai me contava umas coisas, meu bem – disse ele em tom sugestivo, soltando um bafo quente que fedia a cerveja.

– Que coisas? – perguntou Elsie, desconfiada.

– Coisas que você não gostaria de ver divulgadas – disse Beechum sorrindo debochadamente, como se Elsie e seu finado pai fossem co-conspiradores envolvidos em algo vergonhoso.

– Sobre... o quê? – perguntou ela.

– Seu velho me contava como se sentia a respeito das... coisas. Porque tinha vontade de se jogar na frente do trem, ou pular da ponte. Uma vez ele me falou que...

Elsie se descontrolou e esbofeteou Beechum. Aquele escroto de cara gorda e presunçosa! Ela estava desnorteada demais para gritar. Quando Beechum tentou pôr as mãos nela, Elsie se livrou dele e correu de volta para o carro. Ao se afastar, tremia de fúria e pânico diante do que estava lhe acontecendo. *Caluniando os mortos! Beechum ia pagar por aquilo.*

9. Yewville, NY, 12 de julho de 1959

O telefonema veio de madrugada, às duas e vinte. Era de esperar que fosse uma das pacientes do Dr. Donaldson.

Meio tonta de sono, com certa irritação, Elsie ouviu a voz calma e condescendente do marido. Obviamente, ele gostava de receber aqueles chamados tarde da noite, ou então deixaria o maldito telefone desligado.

O casal Donaldson dormia na mesma cama, claro. Nessa época, verão de 1959, eles ainda eram tecnicamente marido e mulher, com todas as obrigações e implicações de uma intimidade conjugal.

Mas a voz de Donaldson se aguçou em tom de surpresa ao dizer:
– Quando? Como?

No mesmo instante, Elsie acordou completamente. Era algum assunto pessoal urgente. Mas havia uma animação na voz do marido, um tremor que ela, de certa maneira, sabia que significava triunfo. Donaldson colocou a palma da mão sobre o fone. Como se estivesse falando não com a esposa, mas com uma filha de nove anos, disse em tom gentil:

– Elsie, sinto muito, mas as notícias não são boas. Seu pai... na cachoeira Tintern...

Elsie pulou da cama e recuou desajeitadamente. A camisola de náilon claro, rendada nas alças e no corpete, fazia com que ela parecesse uma vaca amedrontada abanando a cabeça. *Eu já sabia. Nada poderia me magoar, depois daquilo.*

10. Yewville, NY, 29 de março de 1957

Aquela ligação Elsie já estava esperando.
– Querida? Sua mãe...

Houve uma pausa, delicada como os dedos do pai tocando no pulso dela daquele jeito que ele tinha, como para acalmar, prevenir ou simplesmente alertar Elsie de que algo crucial seria comunicado.

– Morreu.

Elsie se surpreendeu começando a chorar. Prorrompeu em lágrimas e soluços de criança.

O pai de Elsie, em princípio, não gostava de ver mulher chorando. Mas ele não interrompeu Elsie. Deixou a filha chorar um pouco. Depois disse que estava no hospital e perguntou se ela queria encontrar com ele.

Elsie entrou em pânico. Não, não! Ela não queria ver a mãe morta, com o corpo desgastado e a pele cor de marfim amarelado. Tanto quanto não quisera ver a mãe ainda viva, mas cheia de reprovação.

– Papai, eu não posso. Simplesmente não posso. Eu vou até sua casa mais tarde.

– Como quiser, Elsie – disse Kenelly, rindo.

Elsie visualizou o pai esfregando o nariz com o indicador direito, com um gesto brusco para cima. Aquilo sempre sinalizava o fim de uma conversa que ele achava que já se prolongara demais.

11. Yewville, NY, 1946/1957

Elsie e a mãe não se davam bem. Às vezes acontecia isso em Yewville, quando uma garota morava perto demais da mãe. Magoadas, as duas acabavam se afastando implacavelmente uma da outra.

A mãe de Elsie não aprovava a filha. Não aprovara sequer o casamento dela com o filho do Dr. Donaldson, Timothy (como Tim era conhecido em Yewville naquela época). Ficara furiosa e desgostosa ao encontrar a filha mais moça, de 17 anos, com o namorado Duane Cadmon. Os dois estavam se agarrando, parcialmente despidos, no quarto de Elsie no sótão. Nos braços um do outro, trocavam beijos de língua sobre a cama amarrotada. Ela jamais perdoaria aquele comportamento. A filha era "fácil", manchara sua reputação e trouxera a "vergonha" ao lar dos Kenelly. Elsie, tinha motivos para crer que sua mãe passaria horas fora de casa. Estava toda esparramada embaixo do corpo de Duane, parecendo afogada num vibrante torpor erótico. Seus olhos se arregalaram de horror ao ver, atrás da cara vermelha de Duane, o rosto magro e macilento da mãe lançando um olhar glacial para ela. Nesse instante, a Sra. Kenelly bateu a porta com força, para fazer Duane recuar. Mais tarde, as duas discutiriam. Mãe e filha. Onde estava Willie Kenelly nessa hora? Em nenhum lugar por perto. Ele nunca se metia naqueles problemas de mulheres. A mãe de Elsie só falava com ela em tom amargo e sarcástico. Ou então se recusava a falar, e até mesmo a olhar para a filha, como se tivesse nojo dela. Elsie andava pela casa taciturna, tremendo de raiva.

– Como as pessoas nascem, mamãe? Pelo amor de Deus – dizia, erguendo a voz perigosamente para que os vizinhos pudessem ouvir. – Você age como se ninguém fizesse as coisas que eu e Duane estávamos fazendo, mamãe. *Caceta*, aqui está uma notícia para você... todo mundo *faz* isso.

Ninguém falava assim com a mãe em Yewville naquela época. Só as vagabundas que moravam nos trailers faziam isso. Mas Elsie Kenelly gritava assim com a mãe. E a Sra. Kenelly gritava de volta, chamando a filha de "vagabunda", "prostituta", dizendo "que nenhum rapaz decente" respeitaria ou casaria com ela.

Elsie ficou remoendo aquilo por semanas. Meses. Anos.

Depois Elsie casou com Tim Donaldson, que cursara a escola de medicina em Albany e era oito anos mais velho que ela. Não casou com um namorado da escola ou um garoto da vizinhança, mas com um "médico de família", que tinha uma boa renda e levou Elsie para morar com ele na rua Church. Mesmo assim, porém, a Sra. Kenelly sempre negou sua aprovação à filha, assim como seu amor. Isso só fez Elsie se afastar, mais ressentida ainda.

Que inferno, mamãe! Eu casei com um homem de classe mais alta do que você. Talvez isso seja inveja. Meu marido é médico, e não dono de um depósito de madeira, sabe?

Ela não amava Timothy Donaldson. Mas tinha orgulho de ser a esposa do Dr. Donaldson.

Depois Mary Lynda nasceu, e a mãe de Elsie ganhou uma linda neta para ver, abraçar e cuidar. Então Elsie percebeu que tinha o poder de excluir a mãe de sua vida o quanto quisesse. (Claro que o pai de Elsie era sempre bem-vindo na casa da rua Church. Era convidado a aparecer depois do trabalho. A qualquer hora!) Em público, quando não podiam evitar, Elsie e a mãe se abraçavam secamente e até conseguiam se beijar no rosto. Quando estava só na presença da mãe, porém, Elsie mais parecia uma doidivanas. Ela bebia demais. *Mamãe, eu odeio você. Por que você não morre, mamãe?*

12. Lago Wolf's Head, NY, verão de 1946

Aqueles fins de tarde no lago. No verão, as famílias de Yewville iam até lá fazer piquenique. Alguns homens pescavam. Mas Willie Kenelly não, porque achava pescar muito chato.

– Quase tão ruim quanto o exército. Quase tão ruim quanto a vida – dizia, dando uma gargalhada profunda que fazia os ouvintes rirem com ele.

Elsie tinha orgulho do pai, que voltara da guerra com queimaduras e medalhas para comprovar sua coragem. Mas ele achava tudo aquilo uma merda, e raramente falava sobre o assunto com alguém que não fosse um veterano. Nessas horas, os homens falavam de um modo que excluía os outros. Eram irreverentes e obscenos. Gritavam e riam. Nas noites de verão, gostavam mais de ficar sentados, bebendo cerveja no deque da Taverna Lakeside. Com freqüência jogavam pôquer ou dados. Às vezes surgiam bebedeiras e algazarras. No verão o sol demorava a se pôr. Perto da hora do crepúsculo, o céu sangrava até anoitecer, todo riscado de vermelho. As nuvens pareciam manchas de sangue, serrilhadas e pontiagudas feito línguas de gato. A superfície do lago ficava calma, exceto por tremores erráticos e o ocasional pulo de um peixe. Os homens passavam horas bebendo, ignorando o chamado de suas mulheres para irem cear.

– Posso, papai?

Elsie Kenelly se aboletava no deque ao lado do pai, pedindo para dar um gole no copo ou uma tragada no cigarro dele. Perguntava se podia jogar uma rodada por ele, só uma vez. Ou se podia lançar os dados na vez dele. Ela usava um novo maiô de duas peças. Prendia o cabelo louro-escuro num rabo-de-cavalo. Suas pernas eram longas e bronzeadas. As unhas pintadas de cor-de-rosa combinavam com o batom. Ela completara 16 anos naquele verão, e era bonita. Reclinava o corpo ousadamente sobre a murada do deque, ao lado da mesa dos homens. Gostava da atenção dada pelo pai e pelos outros homens. Para ela, aquilo significava mais do que a atenção dos garotos de sua idade.

Elsie olhava orgulhosa o pai bonitão, com os musculosos ombros nus e o forte tronco desnudo, coberto de pêlos, tatuagens e cicatrizes misteriosas. Ela seria a garota dele por toda a vida. Corava e gritava rindo, quando era provocada por ele. Mordia os lábios e quase chorava, quando o pai zangava com ela. Era sempre arriscado ficar perto de Willie Kennely. Ninguém sabia quando ele falaria sarcasticamente ou perderia a paciência. O pai de Elsie voltara da guerra com um ar de fúria reprimida, feito um tique permanente em algum lugar do corpo que não se podia detectar, embora se soubesse que estava lá. Você sentia isso se tocasse nele. Mas precisava tocar nele.

– Claro, querida... pode jogar.

Willie Kenelly falava negligentemente, entregando os dados de marfim para a filha, como se o destino dependesse apenas da sorte, e não da habilidade humana. Ela se lembraria sempre daqueles dados de marfim! Atraídos pelo nariz arrebitado e pela queda graciosa do rabo-de-cavalo nas costas, os olhos dos homens passeiam sobre o maiô branco no jovem corpo ávido de Elsie. Enquanto isso, ela ri confiante, com o coração inundado de felicidade. Há aquele momento de excitação, em que os dados saem de sua mão e rolam até parar no canto da mesa pegajosa. Depois vem aquele momento de ansiedade, antes de você ousar ver o que, como seu pai fala, os dados têm a lhe dizer.

Anjo da ira

Ao ver o vulto dela pela primeira vez eu *soube*.

Como ela atravessou o parque empurrando o carrinho do bebê e eu fora chamado para aquele lugar pouco antes que os sinos parassem de tocar sendo raro que qualquer sinal me chamasse agora que eu já sou crescido – *Vá! Vá para onde você é necessário, Gilead.* – e num caminho ensolarado onde os elmos tinham sido podados ela levantou a mão para proteger os olhos e o movimento chamou minha atenção para ela e nossos olhos se encontraram e ela sorriu para mim sabendo que eu não podia ser um desconhecido.

Não fui atrás dela então. Nunca fui atrás dela, mas era arrastado na sua esteira como um pedaço de papel ao vento. Com a cabeça baixa, continuei atravessando o parque modesto que é chamado de Parque Patriot. Tomado por timidez e alegria, baixei o olhar certo de que nos encontraríamos outra vez; sempre nos reconheceríamos.

E vendo o vulto dela no dia seguinte *eu soube*.

Nos desgastados degraus de pedra da biblioteca ela hesitou, tentando levantar a frente do carrinho, enquanto as pessoas passavam sem parecer notar a jovem mãe, e silencioso feito um gato eu me aproximei e ajudei os esguios braços desnudos dela a levantar o carrinho e ela olhou para mim espantada e agradecida.

– Obrigada!

E o bebê no carrinho olhou para mim, os olhos azuis dilatados ao me reconhecer. "Ele sabe. Ele, também." Eu não falei por causa da ferida na minha garganta. Não ousei olhar para ela muito de perto. Nem sorri com a facilidade dos outros, porque não confiava na minha boca, que mexe e remexe feito uma coisa viva. Eu sou tão alto e desajeitado, assomando sobre ela e o bebê, e se eu escorregasse, tropeçasse e machucasse os dois de alguma forma? Feito um cego (sabendo que minha cara era feia, com pústulas e queimaduras), entrei na biblioteca antes dela e me afastei rapidamente, sem olhar para trás. Ofegava feito um cachorro que tivesse acabado de correr. Fiquei olhando para uma estante de audiolivros e livros para jovens adultos e também havia uma estante de livros com reluzentes capas novas e suas palavras zombavam de mim, pois eram palavras que eu não podia falar em voz alta. E eu sentia um zumbido nos meus ouvidos. Pois os bibliotecários dali talvez me conhecessem. Eu não entrava num lugar assim desde o primeiro grau, quando éramos obrigados a ir. Mulheres daquele tipo olhando para mim. Eram minhas professoras, olhando com desagrado. Mesmo antes que tirassem a minha voz, eu já era tímido. Você não está tentando, Gilead. Porque uma vez eu segurei o livro diante do rosto, mas meus olhos estavam fechados com os dentes à mostra e travados.

Se você não tentar como pode ler?
Se você não ler como pode crescer?
Se você não crescer como pode ser?

Três mulheres e três facas. Num sonho eu cheguei perto delas. Os cabos das facas eram entalhados em madeira escura e dura. E dentro da madeira batia um pequeno coração. Esses cabos que quando você fechava os dedos em volta um terrível frêmito de força fluía por seus braços até seu coração.

Gilead eu fui nomeado, em memória de um lugar sagrado.
Gilead eu fui nomeado pela minha mãe cujo rosto ofuscava e cegava feito o sol.

Gilead, você nunca deve contar, minha mãe não precisava me ordenar e então eu não fiz, e não farei.

Na minha cabeça um boné de beisebol cinzento e no boné um distintivo de Happy Face.

É uma cara redonda amarela feito o sol e só dois pontos como olhos, mas com um sorriso grande e largo que também faz você sorrir. A Dra. Cotton me elogia por "otimismo". Mas na segunda vez que vi a mulher no Parque Patriot ela não sorriu para mim como antes, mas se afastou. Empurrando o carrinho do bebê rapidamente. Ninguém diz *eu amo você* para quem se afastou. Ninguém diz *eu vim proteger você*. Nem *eu sou Gilead, que ama você*.

Ao lado da casa de tijolos onde ela morava tinha um cachorro que latia. Um cão de raça grande, que parecia uma mistura de pastor alemão com dobermann. A coleira ficava presa a uma corrente que deslizava ao longo de um varal a fim de que o cachorro pudesse correr de um lado para o outro, furioso para se livrar da corrente e machucar a mãe e seu bebê quando eles passavam na calçada diante da porta. Numa viela do outro lado da rua Seneca eu observava. Sentia a ira me dominando, diante daquela visão. Nessa época eu trabalhava nos Correios (nos fundos, onde fica a entrada dos caminhões) e meu turno terminava às cinco, e durante as horas que passava carregando e descarregando eu pensava nela e no significado do seu gesto, ao levantar a mão para me cumprimentar no parque: ela tinha sorrido para mim daquela primeira vez, alegre por me reconhecer.

Mais tarde ela parecia ter esquecido. Mas eu sabia que não.

À noite ela vinha até a minha cama e se aproximava de mim não em pecado para acariciar o meu corpo como algumas mulheres e garotas já fizeram, mas para velar por mim enquanto eu dormia. Às vezes ela embalava o bebê nos braços e abria a roupa para lhe dar leite, mas eu não conseguia ver; uma cegueira se apossava de mim. Pois era proibido que eu visse. E eu não podia me mover, mas devia ficar paralisado ali. Havia um murmúrio... *Gilead, Gilead...* mas nenhuma palavra era trocada entre nós.

Mas no dia em que me viu ela não sorriu e seus olhos pareciam turvos de medo e aversão. Essas palavras brotaram de seus lábios de maneira tão chocante que eu quase não consegui compreender.

O que você quer comigo?
Você está me seguindo?
Quer me deixar em paz, *por favor.*
Estou lhe pedindo... *para me deixar em paz.*

Eram olhos bonitos, mas circundados por sombras. E a pele do rosto parecia uma fruta estragada. Atravessou a rua e eu fui atrás (a distância, não perto) e ela tropeçou no meio-fio e eu fiquei olhando para que nenhum mal lhe acontecesse, mas não fui atrás dela, porque entendi que não era a hora certa. Ela estava sozinha, sem o bebê. Fiquei excitado porque ela estava sozinha, sabendo que ela era uma mãe que amamentava seu bebê; dentro daquelas roupas havia um corpo de mulher, com lindos seios escondidos do mundo, menos para mim. Eram roupas de homem. Ela usava uma camisa, jeans e uma mochila. Entrou num dos antigos prédios de granito que agora pertence à faculdade comunitária. Usava sandálias que estalavam nos degraus. O cabelo castanho-avermelhado estava preso num rabo-de-cavalo, batendo nos ombros. O rosto virou para longe de mim num borrão fogoso. Ela parecia jovem feito uma estudante, embora fosse uma mulher adulta e uma mãe, e eu queria chamar por ela como você chamaria uma criança, para provocar e consolar. *Medo de mim, de Gilead... por quê?*

Grady era o nome na caixa do correio. Mas eu tomava cuidado ao falar esse nome em voz alta, sem saber se era o nome de um homem, o nome de um marido, e não dela. Falar alto o nome de alguém que é amado, ou falar alto o nome de alguém que é meu inimigo. Eu não sabia.

Ela é uma mulher de ossos pequenos, mas não é uma mulher fraca. Não! Tão forte na vontade quanto nos braços. Perto dela na escada da biblioteca eu vi que ela mal chegava ao meu ombro. E pesava talvez cinqüenta quilos menos do que eu.

Gilead é considerado um menino grande. Com um rosto e um coração jovem. Meu cabelo que cai sobre os olhos é da cor de palha de milho (dizem as mulheres). E meus olhos do azul mais azul. (Foi por isso que o bebê dela sorriu para mim, ao me reconhecer.) Então às vezes as garotas da rua se voltam para me olhar, e sorriem. Eu tenho uma picape à minha disposição, e às vezes quando estou dirigindo uma garota estica o polegar pedindo carona de brincadeira, mas eu nunca paro. Uma chama passa pelo meu rosto, mas nunca paro. E quando vim ao serviço municipal de saúde pela primeira vez, e ao consultório da Dra. Cotton, vi que ela me olhou surpresa de um jeito que não se espera de uma mulher daquela idade, com mais de quarenta ou até cinqüenta anos.

Foi o juiz de uma vara de família que determinou que eu deveria ser posto "sob os cuidados" da Dra. Cotton, "em vez de ser encarcerado" na prisão estadual masculina. A Dra. Cotton é minha amiga, eu acredito. Ela me chama de *Gilead* numa voz calma, como se fala com um cavalo nervoso para que o bicho não corcoveie ou fuja. Um cavalo que foi ferido e é capaz de ferir. Nunca a Dra. Cotton tocou em mim para me acalmar quando eu ficava agitado, mas em seus olhos há um desejo de tocar em mim, no meu cabelo comprido, na minha pele que explode em erupções, nos meus dedos com as pontas das unhas sujas e trincadas que tamborilam sem parar na borda da mesa metálica dela.

A cada duas segundas-feiras tenho consulta com a Dra. Cotton no prédio do município. De cinco e meia às seis. Eu subo e passo o serviço social, a assistência pública, o fiscal de impostos, o tabelião municipal, as certidões de óbito, as licenças para casamentos, o controle de insetos e roedores. Mais de sete meses tratado pela Dra. Cotton, que fala de "trauma"... "adaptação"... "cirurgia restauradora". Diante disso eu sorrio polidamente, sem dizer coisa alguma. Porque nunca mais Gilead entrará num hospital (não me lembro de ter sido levado para lá, dizem que de ambulância) outra vez na minha vida e será "posto para dormir" com minha garganta cortada por uma faca outra vez. *Nunca mais.*

Gilead, quando você vai me falar de sua mãe?, pergunta a Dra. Cotton. Muitos anos já se passaram, e aquela mulher não pode mais magoar você. Sinto uma agulhada de raiva por dentro que essa puta velha e feia fale assim da minha mãe como se a conhecesse e tivesse esse direito e minhas unhas tamborilam com força na beira da mesa de metal para que eu não levante da cadeira e agarre seus ombros ossudos e comece a *sacudir! sacudir! sacudir!* até que seus olhos saltem das órbitas e seu pescoço esteja quebrado. Você precisa falar da sua mãe, daquilo que ela fez com você, diz a Dra. Cotton. A fim de poder superar tudo. Gilead?

Fico sorrindo como um Happy Face. Baixo a cabeça como se não entendesse. Pois eu nunca disse quem fez isso comigo, e não há como eles saberem a verdade, se eu nunca falar. E eu não falarei, porque daria uma impressão falsa da minha mãe, que amava e queria proteger seu filho. Confundiria a pessoa que ela foi naquele único momento com a pessoa que ela era verdadeiramente, na sua alma.

Gilead, você está escutando?, pergunta a Dra. Cotton, franzindo a testa. Sua cara parece uma luva enrugada. Você tem 23 anos. Não é mais uma criança.

A pele e a cartilagem cicatrizadas na minha garganta formam um nó que não me deixa falar. Quando fico nervoso, minha boca se contorce como uma coisa viva. Minha cabeça e meus ombros se retorcem. Os meninos da minha idade riam de mim, mas as garotas não. As meninas e as mulheres se esquivavam de mim. Mas também havia piedade nos olhos delas. Diziam que eu sofria de "epilepsia"... "paralisia cerebral"... "asma". Que havia "toxinas químicas" no meu sangue. Minha mãe acreditava que eu tinha herdado o sangue amaldiçoado dela e de sua família e agora que ela morreu esse segredo morreu com ela.

Claro que já vi Gilead no espelho, com a cara avermelhada tentando falar, um espetáculo de piedade e feiúra. Nunca culpei ninguém por se esquivar de tal espetáculo. *Mas eu não estou zangado*, desejaria explicar. *Gilead não fica zangado, nunca.*

Só fico zangado pelos outros. Pelos inocentes, tristes e oprimidos. Eu sou o Anjo da Ira, e protejo aquela que amo.

Por favor não me siga
 Vou chamar a polícia se
 Já vi você me seguindo... *por favor, não faça isso*

Dessa vez eu estava na cidade quando vi a figura dela e não pude deixar de ir atrás foi por acaso, eu juro. Mas quando me viu ela parou como se tivesse levado um choque e me chamou com uma voz rouca como se fosse arranhada, perguntando o que eu queria dela, por que diabo estava indo atrás dela, era melhor eu parar, era melhor eu parar ou ela chamaria a polícia, ela já estava zangada, e eu recuei, puxando o boné para baixo da testa, pois estava envergonhado por ela me repudiar. Ela me conhecia, mas estava me repudiando. Por quê? *Gilead, eu sou Gilead, você me conhece.* Parecia que seus olhos estavam cegos, eu não podia entender. Ela tinha entrado numa loja de quinquilharias e eu fui pela viela até os fundos e quando ela apareceu ali saindo pela porta traseira (mas todo mundo sabe que há uma porta nos fundos) parou outra vez, olhando para mim como um coelho acuado e eu experimentei sorrir para dar tranquilidade a ela, tentei falar para explicar, mas ela começou a gritar, dizendo que chamaria a polícia, eu que me danasse, ela mandaria me prender, então eu me afastei, com a cara vermelha ardendo de vergonha.

Mamãezinha! Mas ela ficava exausta por causa do bebê às vezes. O pai do bebê nunca estava por perto e ela ficava sozinha cantando até o bebê cair no sono, mas outras vezes o bebê não dormia, só chorava, chorava. E meu coração se condoía dela: *Mamãezinha, eu estou aqui para ajudar você. Não me mande embora.*
Onde a persiana não estava abaixada e não chegava até o peitoril da janela, ou onde havia um rasgão na persiana feito um raio brilhante, eu podia observar. Sorria ao ver a imagem dela sabendo que ela não podia me ver ali na ruela atrás da casa. Velava por ela durante horas. Não tinha sono. Não precisava de sono. Ela morava num apartamento térreo, no número 929 da rua Seneca, numa fileira de casas de tijolos escurecidos pelo tempo. Eu tinha razões para pensar que ela se mudara pouco tempo antes, porque havia

poucos móveis e caixas de papelão ainda fechadas em todos os cômodos que eu podia ver. Durante algum tempo houve um telefone no chão com um banquinho ao lado. Ela fazia várias ligações, mas o aparelho raramente tocava. Às vezes, falando ao telefone, ela começava a chorar socando a perna e eu queria impedir que ela se machucasse, mas não ousava.

Na casa ao lado moravam dois homens que eram os donos do cachorro que latia muito, avançava e mostrava os dentes para qualquer pessoa que passasse por ali. Esses homens, que eram um pouco mais velhos do que Gilead, tratavam o cachorro com crueldade e não deixavam o bicho dentro de casa quando saíam. E eles saíam muito.

De dia eu observava como ela empurrava o carrinho do bebê tentando passar depressa e silenciosamente para não acordar o cachorro, mas o cachorro acordava e latia furiosamente, mostrando os dentes. Mais tarde, quando voltava, ela tinha o cuidado de se aproximar de casa passando pelo outro lado, mas o cachorro estava esperando e como uma criatura enlouquecida farejando sangue, latia, latia, latia e se lançava contra a corrente para meter medo nela e fazer o bebê chorar. E calmamente Gilead pensou: *O anjo da ira foi convocado.*

Trinta e cinco horas depois o cachorro jazia morto.

O bicho tinha sido morto à noite, mas o corpo ensangüentado e imóvel foi achado pelos donos na manhã seguinte. Em volta do pescoço a coleira estraçalhada, e presa à coleira a corrente. Ainda cedo o calor do dia tinha atraído uma nuvem brilhante de moscas azuis. Os olhos do cão estavam abertos, vidrados. O crânio tinha sido esmagado e o cérebro e o sangue se misturavam com a terra batida.

Provavelmente o primeiro golpe a atingir a cabeça do cachorro foi tão violento que ninguém ouviu o último arquejo. Ninguém ouviu luta alguma. Uma sucessão de golpes dada com uma arma pesada feito uma chave de roda. Era o que achavam os policiais que vieram investigar.

A tal arma não foi encontrada. Quem esmagou o crânio do animal não foi encontrado. Os donos do cachorro eram jovens e barbudos, com antebraços tatuados e olhos desconfiados. Os vizinhos achavam que eles mexiam com drogas e que tinham matado o próprio cachorro por não agüentar aqueles latidos malucos e não querer mais alimentar o bicho.

Na caixa de correio dela eu deixei um cartão do Happy Face. Dentro do envelope alguns pêlos do cachorro, grossos e ásperos.

A Dra. Cotton sorriu ao me ver tão feliz. Pois eu estava assobiando e tinha lavado o cabelo fazendo um penteado para trás que caía como duas asas ao lado do meu rosto. E tinha me barbeado. Gilead, como você está bonito, disse a Dra. Cotton. Mas havia problemas no meu emprego nos Correios; eles relataram à Dra. Cotton que eu tinha sumido por algumas horas. Eu baixei o boné de beisebol sobre a testa, envergonhado aos olhos daquela mulher. Como se ela pudesse ler meus pensamentos e saber do cachorro e eu precisasse lhe fazer mal para destruir aquela prova. Eu não queria fazer mal à Dra. Cotton; ela é uma mulher idosa que me trata bem.

Com grunhidos e gestos, apontando para a boca, o nariz e a garganta, eu contei à Dra. Cotton que tinha estado doente, um forte resfriado. Tossi e funguei e a Dra. Cotton disse que ia ligar para eles, mas eu fiquei zangado por ser forçado a mentir para ela, pois *Gilead é um homem que não mente*.

Era melhor largar aquele emprego e arranjar outro na seção de carga e descarga da Sears.

Para mim nunca foi difícil arranjar emprego. Eu era forte, só de olhar para mim você percebia. Gostava de obedecer. E o trabalho pesado não me incomodava, se falassem comigo gentilmente e explicassem o que eu precisava fazer.

O emprego novo pagaria vinte centavos a mais por hora do que o atual. E a Sears ficava perto da rua Seneca. Eu tomaria isso como um sinal.

Por causa do cachorro eu tinha razões para acreditar que ela agora me trataria com bondade. Tinha razões para acreditar que ela me convidaria a ir à sua casa, abriria a porta da casa e me permitiria entrar. E o bebê riria ao me ver e brincaria com meus dedos. O bebê de olhos azuis, do próprio Gilead. (Eu realmente sonhava com isso. E de dia começava a me lembrar.) Mas quando disquei seu número de um orelhão na estação de ônibus não aconteceu o que eu esperava.

A essa altura eu já sabia que GRADY não era o nome de um marido. Nenhum homem apareceu na casa 929 da rua Seneca durante as horas que eu tinha observado ali. O primeiro nome dela era Katrina, isso eu tinha descoberto. E já tinha treinado falar esse nome... Ka-*trii*-na... modelando os lábios com cuidado, diante do espelho.

Ela atendeu o telefone, dizendo com a voz esperançosa e ansiosa de uma menina:

– Marsh? É você, Marsh?

Respirei para dizer seu nome:

– Ka-*trii*-na...

Mas minha garganta fechou e ela percebeu que não era "Marsh" e só podia ser Gilead, que tinha matado por ela e era apaixonado por ela. Eu ouvi sua respiração rápida e entrecortada e ao fundo o bebê irritado e foi um choque para mim quando de repente Katrina começou a soluçar.

– Quer me deixar em paz? Por que você está fazendo isso? Eu não lhe pedi para machucar o coitado do cachorro... como você pôde fazer uma coisa daquelas? Você é maluco, e precisa me deixar em paz! *Eu vou chamar a polícia...*

Isso me causou tanta surpresa que eu nem consegui falar para pedir perdão, só uns sons abafados... *Uh-uh-uhhh K'trii-a...* e ela bateu com o telefone com força, como se quisesse quebrar o aparelho.

Mas não considerei que Katrina fosse mal-agradecida. Não acreditei que ela não me amasse. Eu tinha visto seu rosto no parque naquele dia. Era só uma questão de tempo, eu seria paciente. *Mamãezinha*, meus pensamentos voavam para ela, *eu amo você. Vim ao mundo como Gilead para amar você.*

E eu ficava pensando sobre "Marsh". Muitas vezes eu ouvia a voz dela, ansiosa e esperançosa, dizendo:
— Marsh.
"Marsh"... o pai do bebê (?).
"Marsh"... "Marsh"... esse nome eu falava em voz alta muitas e muitas vezes, até que o próprio som ficava estridente como vidro quebrado e provocava minha ira. Desejando que o homem estivesse na minha frente como aquele cachorro feroz preso pela corrente e sem lugar para se esconder.

Durante o verão, esperei que ela me chamasse, mas ela não fez isso e eu sempre mantive distância, esperando um sinal, e então recebi um choque: um dia ela chamou os policiais e eles vieram e eu soube que era verdade, fora ela que chamara, eles me informaram, grosseiros e rindo na minha cara. Eles me chamaram de Gilead, torcendo a boca para que o som do nome ficasse feio. Ela tinha levado o bebê para a creche Lots-of-Tots no porão da igreja na rua Cicero como fazia às segundas e quartas-feiras no começo da tarde e tomou o ônibus na avenida Sul em direção ao centro (para a faculdade comunitária, eu sabia, embora não fosse atrás dela, porque precisava trabalhar na Sears o dia inteiro), e quando às seis da tarde eu estava esperando sentado nos degraus da escada da igreja abrigado da chuva com os joelhos dobrados junto ao peito e a cabeça apoiada de lado nos joelhos (porque eu estava cansado, nesse dia) de repente apareceram na minha frente dois policiais uniformizados e falaram autoritariamente comigo, querendo saber meu sobrenome e ver minha identidade e dizendo que uma mulher tinha se queixado de estar sendo "assediada" por mim e que eu ficava ligando para ela e se isso não acabasse eu seria preso. Fiquei surpreso e não ofereci resistência. Você não oferece resistência aos policiais; eles têm armas e deixarão sua cabeça ennsangüentada e baterão nas suas costelas e darão chutes entre suas pernas. Não tive tempo de pensar em Katrina, por que ela chamaria a polícia, sabendo que era amada por mim e que eu nunca faria mal a ela, tentei falar e explicar, mas os sons que saíam da minha boca eram estranhos e truncados e vi na cara dos policiais aquele olhar de pena e repulsa. Tentando dizer "Eu amo Katrina", "Katrina me conhece", "Eu nunca faria mal a Katrina", mas só saíam sons feios e abafados. Comecei a tremer e me contorcer feito um paralítico e um dos policiais disse: Opa! Qual é o problema aí? Eles colocaram as mãos em mim e me puseram em pé e me fizeram descer os degraus, forçando minhas pernas a se mover como as de um boneco. Eu era forte, mas os dois policiais juntos eram tão altos quanto eu e mais pesados e fortes do que eu, e não resisti quando eles me encostaram na lateral da viatura policial, porque eu acreditava que Katrina estaria olhando e seu coração sofreria por mim. No banco traseiro do carro, tentei explicar.

– Ela não faria isso – eu disse para o policial que se virou para me vigiar através da divisória de arame. – Ela é minha amiga.

Acho que o policial entendeu, pois parecia envergonhado de ter me machucado, mas com o outro do lado, ele riu de mim, dizendo que a mulher não queria nada comigo:

– N-A-D-A... nada.

E se eu não tomasse cuidado seria posto atrás das grades com os outros malucos, portanto era melhor me preocupar com meus próprios problemas, falou, fique longe dessa mulher e não ligue para ela, falou? Sabe, Gilead, você não é o tipo dela. Falou?

Baixei a cabeça e sorri, falou.

Imediatamente liguei para ela do orelhão só para murmurar *eu amo você, desculpe, Katrina* e desliguei rápido antes que ela pudesse falar.

Pois ela não tinha contado à polícia que Gilead matara um cachorro por causa dela. Era esse o segredo entre nós, e o sinal.

E por três dias e três noites fiquei afastado do número 929 da Seneca, como a polícia tinha mandado, sem poder ver Katrina Grady para ir atrás dela, embora essa necessidade fosse tão forte que eu quase não conseguia respirar. Pois eu temia que algo pudesse acontecer a ela e o bebê sem minha proteção. Gilead, o que aconteceu com você? A Dra. Cotton ficou surpresa ao ver minha aparência, sem tomar banho e sem fazer a barba, e minha roupa de trabalho suja; ela sabia da "queixa", como dizia, e eu senti uma punhalada no coração quando percebi que não poderia ter segredos para aquela mulher; os policiais, assistentes sociais e terapeutas trocam informações; não existem esconderijos neste município. Ela queria falar sobre a "queixa"... "a jovem"... "a polícia"... se havia algum mal-entendido, e rapidamente concordei com a cabeça, sim, havia um mal-entendido; senti lágrimas de mágoa e ódio brotando nos olhos. *Eu não tive culpa.* A Dra. Cotton disse cautelosamente que se uma jovem não queria que eu falasse com ela, fosse atrás dela, ou ligasse para ela, claro que eu não devia fazer isso. Gilead não é esse tipo de pessoa, de se comportar grosseiramente com uma mulher, disse a Dra. Cotton. Eu fechei os olhos, me lembrando da minha mãe, que sempre sabia do que Gilead era capaz, nada sobre Gilead podia surpreender minha mãe, ela não ficaria surpresa ao saber que a polícia me pegara e minha barriga e minhas costelas tinham ficado cobertas de feias contusões roxas nos lugares onde me lançaram de encontro à lateral da viatura. Nenhuma explicação foi exigida da minha mãe pelo seu ato, e nunca houve qualquer explicação. A Dra. Cotton não compreendia isso. Minha mãe teria desdenhado dela. Eu me curvei na cadeira, baixando o boné de beisebol para esconder os olhos que estavam injetados e envergonhados, mas disse que sim, eu sabia.

Não contei a ela que Katrina Grady e eu nos conhecíamos muito antes desta vida. Que Katrina sabia disso no seu coração, mas esquecera. Mas ela saberia outra vez, um dia.

Eu não contei essas coisas para a Dra. Cotton. Pois não queria fazer mal a ela, mas poderia fazer, caso ela soubesse. Caso ela soubesse o que não tinha o direito de saber. Eu não falaria a ela da minha mãe e da faca e do que aquilo fizera comigo, porque ela não tinha o direito de saber. Isso era para proteger a Dra. Cotton. Eu sou um instrumento da piedade, bem como da ira. Sou aquele que respeita e protege as mulheres. Eu não machucaria uma mulher. Não amedrontaria uma mulher. Não uma senhora como a Dra. Cotton, daquela idade. Mas se alguma coisa desse errado, não seria culpa minha. Eu cravaria uma estaca na sua cabeça para que sua boca parasse de tagarelar. Seguraria aquela velha garganta enrugada nas mãos e apertaria, apertaria, apertaria, até que seus miolos de médica saíssem por um lado e as tripas por outro. Usaria a chave de roda para esmagar seu crânio feito um vaso de flores embaixo do encrespado cabelo tingido de preto, e enfiaria o salto da minha bota no buraco cabeludo entre as suas pernas. Isso seria para arrancar aquelas palavras verdes como bile dos meus ouvidos. Não seria por outra razão. Pois eu sabia que a Dra. Cotton era minha amiga. E para evitar que essas coisas ruins acontecessem, eu me contive na cadeira, para não ficar balançando de um lado para o outro, o que fazia as minhas professoras ralharem comigo quando eu era garoto, e disse para ela, sim, sim, Dra. Cotton. Sim, tem razão.

Discando o número que eu tinha decorado. Esperando que o telefone fosse atendido! Eu estava tremendo, com a respiração entrecortada. Mas o telefone tocou e tocou. Eu desliguei e tornei a ligar e o telefone tocou e ninguém atendeu e naquela hora Katrina Grady devia estar em casa, eu achava. Tentei em outra hora, e mais tarde. Nenhuma resposta. Então fui até a rua Seneca e fiquei muito tempo do outro lado da rua diante da casa, olhando para as janelas escuras. Senti um aperto no coração: *ela não estava lá.*

E no outro dia, e no outro ela tinha ido embora. Na viela atrás da casa fiquei olhando pela janela, sem ver ninguém. Mas não havia sinal de que ela partira. Pois as coisas dela e do bebê estavam espalhadas ali, assim como as caixas de papelão da mudança, só parcialmente abertas. Então achei que ela não tinha se mudado para outro lugar, embora existisse este perigo, que eu não tinha compreendido até então. Fiquei morrendo de medo de perder Katrina, por covardia. E se ela me fosse devolvida, isso seria sinal de que eu não poderia perder Katrina por covardia, uma segunda vez. Nunca mais.

Nunca houvera uma mulher assim na vida de Gilead? Não, não houvera. Gilead seria capaz de morrer e matar para proteger uma mulher assim. Algumas garotas e mulheres já tinham sorrido para ele e ido atrás *dele*. Sem acreditar ou se importar que Gilead fosse "devagar"... "estranho." Pois viam em mim uma delicadeza e uma bondade e uma força protetora e meu cabelo brilhante como o sol e os meus olhos e o queixo firme, e no banco da igreja às vezes um raio de sol cai sobre mim, feito uma bênção de Deus que não deixava engano. E minha garganta ferida. E minha fala deplorável. Gilead nunca falaria cruelmente de alguém, pois Gilead não pode falar. E Gilead não pode escrever ou ler. Uma criança de Deus cheia de pureza, pensavam todos.

Algumas delas tocavam no meu pulso. Algumas afagavam meu cabelo ou afastavam os fios do meu rosto e eu ficava parado, tomado pela timidez.

Finalmente ela voltou depois de seis dias e seis noites de ausência e dei graças a Deus de joelhos por ela me ter sido devolvida em segurança. E o bebê. O bebê de Gilead, dava para ver pelos olhos. Não havia engano. Ela nunca mais me deixaria, eu jurei. Achei que ela tinha ido embora para procurar outro homem, mas agora ela fora devolvida para mim. Meu coração estava cheio de ternura e perdão por Katrina Grady, que voltara para mim por vontade própria.

Depois que a polícia falou comigo, passei a me comportar com mais cautela. Quando garoto às vezes eu caçava. Conhecia a cautela que um caçador deve ter para não ser visto ou farejado. Assim, sempre que Katrina chamava a polícia ao me ver ou acreditar ter me visto, quando eles chegavam eu não estava lá na rua Seneca ou em qualquer outra rua perto dali. E quando ela chamava a polícia à noite, por ouvir um barulho como o vento sacudindo a casa ou um barulho na casa ao lado ou alguém na viela lá fora, acreditando ser Gilead, não era Gilead, porque eu estava na minha cama (onde a polícia me encontrava, se fosse até meu endereço), então começou a acontecer que a polícia não se dava mais o trabalho de vir, cada vez que ela chamava.

Estávamos no outono e o inverno se anunciava. Já ficara claro para eles que Gilead não era uma ameaça. Não era do tipo de causar danos, era do tipo que você diria "inofensivo". E, com o tempo, Katrina pararia de chamar a polícia. Era inútil chamar a polícia. Ela mudava o número do telefone, fazendo com que não constasse do catálogo, mas depois de uma semana ou alguns dias Gilead descobria o novo número e ligava para ouvir a voz dela cheia de esperança, antes de surgirem o medo e o pavor, e ela começar a xingar antes de bater o telefone.

— *Quer me deixar em paz*, diabo?

Eu comecei a entender que ela não estava falando sério, então não ficava magoado ou ofendido. Lembrava que minha mãe me magoara, mas com amor e um propósito definido. Sabia que chegaria a hora em que Katrina entenderia: *Gilead me ama, e ama o bebê. Ele veio ao mundo para nos amar.*

Eu era paciente... esperaria. Toda a vida de Gilead até agora tem sido uma espera.

Aquele inverno foi uma época de mudança para Katrina. Antes ela fugia ou se escondia ou se queixava de mim para os outros, mas agora quando me via (na rua, no parque, no estacionamento ou na loja) ela parava e olhava para mim, e às vezes torcia a boca num sorriso estranho. Um sorriso de zombaria, desprezo. Sua boca estava pálida feito uma pele esfolada e gasta. Os olhos já não pareciam bonitos... embora para Gilead continuassem bonitos como no primeiro dia no parque Patriot... estavam encovados. O cabelo comprido e esfiapado precisava ser lavado. Às vezes ela batia o pé na rua como se afugentasse um cão impertinente. Dava uma risada áspera feito uma pá raspando pedras.

— Ei, você! Pensa que sou cega, que não vejo? Eu vejo. Sei seu nome, Gilead, seu escroto de merda. Estou lhe dizendo... *você me deixa em paz, ou eu mato você.*

Ela cerrava o punho e batia na coxa, dizendo essas palavras horríveis. E eu enrubescia por ela, por sua cegueira.

Certo fim de tarde, no estacionamento de uma lanchonete, ela parou a uns três metros do lugar onde eu estava imóvel, com as mãos nos bolsos da calça e o boné baixado sobre a testa.

— Vou ser bem franca, Gilead. Você está me perseguindo e eu não gosto disso. Fica tentando me dizer que me "ama", mas nem me conhece. Não conhece! Não sabe coisa alguma sobre mim. Escute aqui, seu babaca, se você me conhecesse sentiria uma puta pena de mim. Eu sou um lixo, é isso que eu sou. Só um fracassado iria querer perseguir alguém como eu. Sacou? Será que isso entra no seu cérebro retardado? O pai do meu bebê nem agüenta me ver. Com certeza ele não está me perseguindo, caceta. Falou que em nenhuma circunstância eu podia ter esse bebê. Quando eu disse que teria, ele disse: "Então estou fora." Eu tive o bebê. Portanto, vá para o inferno. Você é uma piada ainda pior do que eu, sacou? Babaca.

    Ela desatou a chorar e correu para dentro da loja, antes que eu pudesse falar.

Então, em dezembro, ela deu um tiro na minha perna.

    Caí da escada dos fundos da sua casa na viela, gemendo como um cão ferido.

    Imediatamente ela saiu, exclamando:

– Ah, Deus, meu Deus, desculpe, meu Deus.

    Segurei no corrimão para me levantar, vendo o sangue escuro que escorria pela minha calça de trabalho; a bala arranhara a panturrilha direita e rasgara a carne. Era um pequeno revólver calibre 22 que ela tinha, como me mostraria mais tarde. Um calibre 22 pode causar um ferimento grave, se usado de perto. Uma bala não dói, mas bate em você feito um martelo, essa é a surpresa. O choque. A dor verdadeira só vem mais tarde. Então eu imediatamente disse a Katrina que estava bem, tentei dizer, com palavras mutiladas e estranguladas, e mesmo assim, isso foi maravilhoso, Katrina pareceu compreender tudo. Pela primeira vez ela me entendia e pude sentir o calor de suas mãos em mim. *Katrina Grady estava ao meu lado e me tocava.* Ela me ajudou a levantar e fez com que eu me apoiasse nela. Dizia que chamaria uma ambulância para me levar ao hospital, com pavor de que eu sangrasse até morrer, mas eu disse que não, que eu não estava muito ferido, que eu estava bem. Ela disse que estava envergonhada. Andara bebendo, e agora a polícia ficaria sabendo. Ela seria presa e perderia o bebê. Ela tinha bebido, mas agora estava sóbria e assustada com o que aconteceria. O revólver não era registrado, ela havia comprado a arma na rua. Ah, Deus, ela estava se cagando de medo de ser presa e o bebê ser tirado dela.

Ela me implorou para não contar, e eu disse a ela que não, nunca contaria.

Eu disse que tinha amor por ela e que nunca contaria.

Ela me levou para a cozinha, onde o ar estava aquecido por causa do forno aberto. Enrolamos a perna da minha calça e Katrina lavou a ferida e amarrou em volta uma toalha, bem apertada. A bala não estava encravada na perna, passara de raspão e caíra no chão lá fora. Ah, Deus, ah, Deus, ela murmurava. Como uma mulher rezando antes de dormir. Ela me deu uma cerveja para beber e ela própria bebeu direto na lata. Fez com que engolisse três aspirinas, e ela também tomou duas. Nós estávamos tremendo e olhando um para o outro, sem saber exatamente o que tinha acontecido, que Gilead fora baleado, na porta dos fundos da casa de Katrina ele fora baleado, baleado pela janela, mas agora estava naquela cozinha quente, bebendo uma cerveja enquanto seu ferimento era tratado. Loucura! Era para ficar maravilhado, e sorrir. Aquilo valia qualquer quantidade de sangue e dor. E o bebê de olhos azuis que dormira enquanto tudo isso acontecia continuava adormecido no quarto ao lado. Depois de cinco minutos, uma viatura policial veio pela rua Seneca. Os policiais batiam nas portas perguntando sobre os tiros. Alguém tinha chamado a polícia denunciando os disparos. Katrina vestiu uma capa de chuva por cima da camisola respingada de sangue e foi até a porta da frente quando os policiais bateram, e eu fiquei na cozinha sem ousar respirar, ouvindo sua voz amedrontada como a de uma menina.

— Tiros? Vocês querem dizer agora? Ah, Deus, eu ouço tiros a toda hora. Nessa vizinhança. Estou tão habituada que quase nem presto mais atenção. Mas não ouvi tiroteio essa noite. Quer dizer, acho que não ouvi. Eu estava dormindo. Meu bebê está dormindo. Eu gostaria de ajudar, mas acho que não posso.

Logo depois disso, Katrina me mandou embora. De volta à viela por onde eu chegara. Já havia dor, mas eu não sentia. Meu coração estava cheio de alegria por Deus ter me mandado tal bênção inesperada. Eu podia perdoar essa mulher que eu amava.

— Eu atirei em você, e você não me odeia? Gilead? Você não me odeia? Eu atirei em você.

Ela falava em tom triste e espantado. Nós examinávamos a ferida na minha perna, que tinha formado uma casca com o passar dos dias. Como uma ferida feita por uma faca serrilhada assim me parecia. Eu não me importava com a dor, você pode levar a dor para dentro feito ar gelado, para se aquecer.

– Eu esperava que você me odiasse. Acho que não entendo você.

Eu baixei os olhos, com o rosto vermelho e acalorado. Quase não conseguia me mexer, por causa da santidade do momento.

Naquela noite, Katrina me ofereceu um jantar. Ela não tinha me dito para voltar, mas eu voltei pela frente da casa dessa vez, e fiquei parado na calçada esburacada, até que ela espiou pela janela e me viu.

Ela pôs no meu prato um macarrão com queijo e pequenas salsichas que retirei cuidadosamente com o garfo. Porque eu já não como carne. Trabalhei num matadouro em Port Oriskany durante três meses, quando tinha 18 anos. Katrina olhou para mim e disse:

– Há uma pureza em você, Gilead. Eu dou um tiro em você e você volta para mim.

Ela me deu uma cerveja da geladeira. Nós iríamos beber juntos. Na sua cadeirinha, Reuben piscava os olhos azuis para nós e agitava as mãozinhas gorduchas. Ele era um bebê faminto. Katrina alimentava o filho muitas vezes por dia. Ele estava crescendo depressa, ela disse. Ele era toda a felicidade dela.

Ela disse que o pai tinha desejado que o bebê morresse. No útero, para ser sugado e descartado como lixo.

– Talvez eu não mereça esse bebê. Não mereço viver. Talvez.

Não gostei de ouvir aquelas palavras. Não!, eu disse.

Ela respondeu:

– A não ser pelo Reuben. Eu penso no que aconteceria com o bebê caso eu morresse, e tenho certeza de que não vou morrer. Isso vai demorar pra caralho.

Foi então que eu falei com ela, como Deus poderia falar. As palavras então me vieram. Não facilmente, mas vieram. Ela escutou pacientemente, enquanto eu formava as palavras com a boca, tentando não gaguejar ou contrair o pescoço.

— Deus é um espírito, Katrina. Em você e em mim. E em Reuben.
Rindo, ela respondeu:
— Ah, Gilead, que babaquice. Isso é lindo, mas é babaquice. Eu sei disso, e você também.
— Eu não sei disso. Não.
Havia moscas desorientadas no teto e nas vidraças da cozinha de Katrina. Acordavam no meio do inverno e saíam rastejando dos peitoris das janelas.
— Essas malditas moscas, Deus está nelas?
Não encontrei resposta para essa zombaria. Fiquei sentado em silêncio, comendo.
Enquanto falava dessa maneira, ela abriu outra lata de cerveja. Comeu um pouco e afastou o prato. Levantou o bebê da cadeira e foi trocar a fralda dele. Quando voltou, seu rosto demonstrou surpresa por ver Gilead na sua cozinha.
Ela riu, e seus olhos estavam inchados e vermelhos. Lágrimas brilhavam em suas faces. Debrucei sobre a mesa para limpar os olhos com as pontas dos dedos e Katrina se esquivou de mim feito um gato, mas sem rapidez suficiente.

E chegou um momento em que eu finalmente pude ajudar Katrina com o bebê.
Ela confiava em mim para segurar Reuben. Minhas mãos grandes, em forma de concha, seguravam delicadamente a cabeça e o bumbum dele, com os sonolentos olhos azuis mergulhando no sono, a boca molhada de saliva, e uma luz brilhava do rosto dele para o meu, e ouvi Katrina prender a respiração ao nos ver. Querendo falar alguma coisa, mas sem conseguir.

E chegou um momento em que Katrina pegou no meu pulso, que era grande demais para ser abarcado pelos dedos dela. Fomos até à cozinha, e ela fez com que eu sentasse. Depois disse com a voz trêmula de excitação:
— Gilead. Você podia me ajudar.
Eu baixei a cabeça para mais perto. Katrina sabia que qualquer palavra que dissesse seria uma ordem para mim.

— Há um homem. Ele me fez mal. E quis fazer mal ao Reuben. Merece ser punido.

Sim, respondi. Diga qual é o nome dele.

Katrina já estava espalhando fotos sobre a mesa. A maioria era dela, sorrindo, e de um homem com olhos acobreados, uma cara que parecia ter sido cozinhada no forno feito argila, ondulados cabelos escuros, tão longos que passavam muito perto do colarinho, e um bigode escuro. Sorrindo, e sem sorrir. O braço do homem pesava sobre os ombros esguios de Katrina. Numa das fotografias o homem posava sozinho, com óculos escuros e um cigarro na boca, soltando uma nuvem de fumaça azul. Eu vi imediatamente que aquele era o pai de Reuben que desejara destruir o bebê no útero da mãe. Katrina me mostrou uma cicatriz embaixo do queixo, que formava um colar de pequenos pontos na sua pele. Ela fora derrubada por ele, e se cortara nos estilhaços do tampo de vidro de uma mesa.

Os dedos de Katrina tocaram a cicatriz na minha garganta. Aquele nó na minha garganta.

Eu esperei que ela perguntasse quem tinha feito aquilo com Gilead. Feito a Dra. Cotton, ansiosa para saber sobre qualquer maldade de outra pessoa. Vendo o meu olhar, porém, ela não perguntou.

— Você também sofreu. Você sabe.

Katrina escreveu o nome dele... *Marshall Hagan*... e o endereço que ficava numa cidade a vinte quilômetros de distância. Uma cidade universitária como era chamada e "Marsh" vivia perto do campus em que Katrina disse que ele tinha sido um aluno adulto que estudava administração. Meu coração estava cheio de ira por causa desse homem; peguei o endereço e as fotos em que ele aparecia sozinho porque (eu pensei) se alguma coisa acontecesse eu não queria que Katrina fosse envolvida.

Katrina disse que eu só deveria fazer aquilo que verdadeiramente desejasse fazer, ela não me daria uma missão contrária ao meu próprio coração, mas eu já estava aflito para partir. Sabia o que ia fazer: tinha a chave de roda, e podia usar a picape. Agiria depressa como sempre e estaria de volta em casa à noite.

Katrina me acompanhou até a porta e eu estava ofegante e excitado e meu coração batia como se estivesse dando socos no meu peito e Katrina riu ao sentir aquilo, tocando no meu peito com os olhos erguidos para mim, espantados e amedrontados como de uma menina, mas ela riu.

— Gilead, vou dar minha bênção a você — disse ela, ficando na ponta dos pés para tocar no meu rosto com os dedos, e os lábios.

O Anjo da Ira. Agindo rápido e certeiro e sem emoção como se batesse com uma pá ou um machado realizando uma tarefa necessária. Levantando a chave de roda com as mãos enluvadas para bater na cabeça e nos ombros do homem, nas mãos trêmulas e nos braços erguidos, que não conseguiam aparar tais golpes. Aquela cara que eu odiava com a indignação do Senhor. Uma cara bonita quebrada de uma só vez, feito uma casca de ovo jorrando sangue. Para quebrar, quebrar e quebrar. O crânio e o pescoço. A espinha espatifada sob a camiseta manchada e Gilead coberto de suor e respirando pesadamente sem falar. O homem que magoara Katrina Grady e desejara destruir o bebê dela soltou inicialmente um grito de dor, surpresa, e espanto, mas logo parou de emitir qualquer som exceto gemidos e lamentos fracos que os vizinhos do prédio não ouviriam, pois uma tevê estava ligada e Gilead sairia pela escada dos fundos como entrara furtivamente à noite, levando a ensangüentada chave de roda embrulhada num jornal para lavar cuidadosamente antes de ir para casa. Pois chegaria o momento em que tal instrumento de ira seria necessário outra vez, e Gilead queria estar preparado.

Katrina jamais falaria dessa ocasião. Jamais perguntaria. Tomando as grandes mãos de Gilead em suas pequenas mãos trêmulas e erguendo o olhar para o rosto dele, sabendo que Gilead também jamais falaria sobre isso.

O segredo se alojou profundamente entre nós feito uma ferida cicatrizada.

— Gilead. Você deve estar com frio. Deve estar com fome.

Mas eu ficava pensando, ela me levaria para sua cama? Como outras garotas e mulheres tinham feito, ou tentado. Mas eu não amara nenhuma como agora amava essa mulher.

Naquela noite ela amamentou o bebê que lhe sugava avidamente o seio. Um seio gordo, claro e leitoso, com pálidas veias azuladas que cortaram meu coração quando vi aquilo pela primeira vez. Feito uma adolescente, Katrina riu para mim ao ver meu acanhamento. Ela me mandou sentar, sentar do outro lado da cama, não chegar mais perto, não me mexer nem falar, e, então, eu me sentei imóvel num banco, inclinado para a frente sobre os joelhos, olhando. Se você me perguntasse o que fora executado em troca de tal visão, eu não saberia responder, tudo fugira da minha mente feito um pedaço de papel soprado pelo vento.

Em volta da minha cabeça zumbia uma mosca desorientada por despertar em dezembro; espantei aquilo com a mão, sem saber o que era.

Anjo da piedade

No Reino de Derrame & Tumor
Nós receitamos Senso de Humor

1.

O Anjo da Piedade morreu em abril de 1974 e, ao lado do seu corpo, enroscado e arrumado como para dormir, foi encontrada uma seringa de hospital contendo vestígios de um forte relaxante muscular.

O Anjo da Piedade já foi visto algumas vezes de madrugada, principalmente entre quatro e seis horas, no fim do corredor com luz fluorescente no décimo primeiro andar onde as paredes se dissolvem em sombras parecidas com o enevoado horizonte urbano fora do hospital.

O Anjo da Piedade já foi visto até pelos funcionários novos do andar de neuropsiquiatria que nunca ouviram falar dela, às vezes somente um vapor vertical, uma condensação de névoa feito a exalação de uma respiração misteriosa, e às vezes andando firmemente ainda que parecendo deslizar em silêncio em seu engomado uniforme de náilon branco no estilo dos uniformes de enfermagem da década de 1950. Nada das calças ou batas que costumamos usar agora, pouco importando a idade ou a graduação, mas um vestido cintado, com a saia caindo pudicamente até o meio da panturrilha. E sua engomada touca branca na cabeça, presa com grampos no cabelo. E os imaculados sapatos brancos com cordões, do tipo ortopédico, com sola de borracha para ajudar a deslizar silenciosamente pelos quartos dos doentes, sorridente e disposta como qualquer jovem formada pela escola de Enfermagem de Mount Saint Joseph's em 1951. Com as meias brancas e transparentes que fazem suas coxas carnudas roçarem uma na outra, tirando-lhe o fôlego...

O Anjo da Piedade do andar de neuropsiquiatria do respeitado hospital da cidade, com vista para o famoso rio do Meio-Oeste que há muito tempo, já saturado de produtos químicos, irrompeu em chamas oleosas que chegavam a dez metros de altura.

Bem, as coisas estão melhores agora. Faz quase cinqüenta anos. Claro, as pessoas riem de nós, essa cidade do cinturão de ferrugem, dizem elas, como se os habitantes fossem culpados pela recessão; isso é tão cruel quanto culpar as vítimas das mudanças do clima ou da guerra ou o câncer pelas desgraças que acontecem na vida delas. Mas o incêndio no rio é uma história antiga. E as condições do hospital melhoraram muito; o moral da equipe melhorou depois que fomos sindicalizados. Sim, sempre seremos mal remunerados, alguns dizem explorados, mas no todo as coisas decididamente evoluíram. Eu não acredito, pessoalmente, que existiu essa Agnes. Quer dizer, uma enfermeira individual que tenha feito aquelas coisas. Ou qualquer outra pessoa. Se eu vi o Anjo da Piedade? Não, não vi. Quem está exausta ao fim do turno da noite em pé pode imaginar que viu coisas no elevador, ou no depósito onde supostamente ela morreu, mas isso não quer dizer que tais coisas existam. Só quer dizer que você está exausta, e por isso vulnerável. Porque a taxa de recuperação é nula nesse andar; há tantas mortes, até mesmo entre os pacientes mais jovens, que você pode ficar meio deprimida, ou meio alucinada. Mas decididamente as coisas melhoraram desde a década de 1950. O rio ainda pode estar poluído, mas não fede mais a formol, e realmente não queima. Não explodirá na sua cara, se você jogar um cigarro lá dentro. E dizem que estão voltando algumas espécies de peixes, ou moluscos. Alguma espécie de vida marinha resistente, com certeza, está voltando. De algum lugar.

2.

A primeira vez você esperaria que fosse mais difícil, não é? Mas não foi. Quando aconteceu (ela entendeu depois com o espanto de alguém que espiasse por cima da borda do mundo feito o aterrorizado vira-lata preto de Goya), foi como dar um tapa num mosquito...
Um reflexo. Pena, o flagelo da humanidade.

3.

Enfermeira R—, abril de 1999. Diplomada recentemente pela Escola de Enfermagem de Mount Saint Joseph, *summa cum laude*. Uma loura extraordinariamente bonita, usando camisa e calças de náilon branco, com eletricidade estática nos cotovelos e nas coxas. E o cabelo está estalando sob a engomada touca branca. Esta manhã, a tarefa de R— é banhar carne flácida e escaras supurosas cuidadosamente numa solução de água oxigenada (eca, que cheiro!). E gentilmente ensaboar cabelos ralos e duros, ou couros cabeludos escamosos. Mais tristes do que tudo são os casos como esse, resultado de semanas consecutivas de radioterapia após cirurgia cerebral: penugens macias como as de filhotes implumes caídos do ninho. O paciente geme e treme. R— murmura: *Está quente demais? Frio demais? Estou sendo muito brusca? Estou machucando você? Assim deve estar melhor*. A paciente é, ou era, uma atraente mulher caucasiana de meia-idade. Agora pisca confusa, incapaz de lembrar o significado das palavras. R— pensa: *Palavras: como alguém poderia explicar?*
Impossível. Não poderia.
As enfermeiras mais antigas na Cidade dos Condenados (como o décimo primeiro andar é chamado pela equipe) observam R— com aprovação. Faça seu trabalho, siga as instruções, nunca questione a autoridade. Não cabe às enfermeiras mais jovens questionar a autoridade.
Na Cidade dos Condenados, reinam os deuses Derrame & Tumor. São deuses traidores

Muitos pacientes são incontinentes. (R— se pergunta: O contrário de *incontinente* é *continente*? O que significam palavras assim?) O Doutor C— diz para R— que, depois da piora na fala, vão-se as funções do corpo: as células do cérebro degeneram. Não há recuperação nas doenças degenerativas como a de Alzheimer, por exemplo: o cérebro é incrustado com placas senis, depósitos de proteína, neurofibrilações emaranhadas. Nada pode ser feito. As pesquisas de células-tronco não vão ajudar esses pacientes. As células do cérebro não se regeneram... viram mingau. O relógio não volta atrás. Você esquece o que aprendeu quando foi ensinada a ir ao banheiro: a coisa mais fácil do mundo é esquecer; o verdadeiro milagre está na memória. E também é possível esquecer como se faz para comer.

R— escuta submissa, embora com relutância. O Doutor C— tornou-se médico residente há dois anos. É apenas dois ou três anos mais velho do que R—. Ele se inclina, dizendo que os pacientes com Alzheimer perdem a habilidade de comer; colocam comida na boca e não engolem. Esqueceram o que fazer com aquilo.

R— sabe dessas coisas, claro. Ela é uma enfermeira, não precisa que lhe ensinem isso. Não gosta da intenção dos comentários do Doutor C—, pretendendo fazer com que ela se sinta constrangida, vulnerável e suscetível à sedução. Mas se pega rindo nervosamente. A despeito do frio do hospital, sente calor no rosto; deve ser atraente para o Doutor C—, embora não tenha essa intenção. Murmurando: Mas alguém pode esquecer como se come? Isso deveria ser um instinto feito os bebês têm, sem precisar da memória. E Doutor C— diz, com seu hálito feito um elástico no rosto dela: Se você ficar mais um pouco na Cidade dos Condenados, vai descobrir.

R— jura que isso não acontecerá. Ela nunca ficará dura, cínica e deprimida como o resto.

4.

Ela era chamada de Anjo da Piedade. Agnes O'Dwyer. Depois que ela morreu, seria descoberto seu diário de enfermagem, num código que nunca foi satisfatoriamente decifrado pelas investigações.

> Março de 1959
>
> Nesse oitavo ano de serviço eu comecei.
> Finalmente descobri meu caminho, aquele que me foi destinado.
> ⟲↓ é o sinal.
>
> Atos de Piedade codificados em cuneiforme.
> No meu Diário de Enfermeira.
> Não eu num acredito que esses Atos venham a ser descobertos.
> Não temo que qualquer Tribunal me "julgue", pois eu não tenho culpa.
> É a Piedade aplicada nas vítimas inocentes do Mal de outrem.
>
> (D — S, cujo nome terrível não pode ser pronunciado.)

5.

Doutor C— faz piada: *Muitos são cegos mas poucos são escolhidos.*

No Reino de Derrame & Tumor, nessa primavera chuvosa de 2001, ao lado do rio poluído, entre os leitos dos doentes você passa feito uma labareda ambulante. Sadia e desafiadora, com o sexo envolto em náilon cheio de eletricidade estática. Além do Doutor C—, outros observam você de perto, com admiração. Com inveja.

Tão jovem.

Mas ela não permanecerá jovem para sempre.

Você deve ter ouvido histórias sobre o Anjo da Piedade; despreza tais histórias como superstições das mais ridículas. Você é uma jovem cristã, de maneira vaga e benevolente, não acredita em superstições e não é uma fanática. Você é R—, orgulhosa de seu trabalho. R—, cuja pele do rosto, brilhante e fresca, os cérebros doentes da Cidade dos Condenados observam, se seus olhos estiverem funcionando. Bom dia, bom dia, bom dia! Na Cidade dos Condenados sempre há ao menos um velhote com cabelos e bigodes brancos de Papai Noel que você deseja tratar com mais bondade. Pouco importa que esse velhote seja uma múmia de 93 anos, vítima de um derrame, e mal consiga respirar. Você precisa mudar o sujeito de posição, e virar o corpo sobre a cama malcheirosa na (vã) esperança de aliviar as escaras. Na Cidade dos Condenados sempre há ao menos uma senhora idosa que lembra sua adorada avó. Nesse caso é uma paciente com câncer no cérebro e olhos esgazeados, que seguem você por toda parte com ansiedade obscena. *Quem é você, você é minha filha, vai me levar para casa?* Derrame & Tumor & Placa Senil são os deuses deste reino.

Aquele odor de banana madura/leite azedo dos pacientes mais doentes você tem pavor de inalar, com medo que o odor penetre em sua pele, em seu couro cabeludo e no cabelo. É o cheiro inconfundível de bactérias procriando alegremente nas bocas de homens e mulheres condenados.

Sua carne quente, os dedos frios de alguém. É B—, o adolescente quase cego de 16 anos, um caso grave da doença de São Guido, tremendo e balbuciando na cadeira de rodas. *Ajude aqui, cacete, ajude aqui.* B— implora, mas sua boca cheia de saliva mexe sem conseguir falar, e com um sorriso de infinito pesar você afasta do pulso os dedos frios dele.

Mais tarde, em segredo, você examina as marcas daqueles dedos desesperados. Vergões vermelhos descorados como sinais amorosos em sua pele.

O derrame é rápido e espontâneo feito um clarão. O derrame é o relâmpago do cérebro. *Uma maneira de morrer sem dor, pelo menos.* Mas depois vêm a afasia, a demência e a paralisia, não a morte. Até que, finalmente, o mecanismo do cérebro é extinto; o "paciente" se foi. O corpo pode permanecer: o "paciente" se foi. E por fim a morte? *O horror que inunda você. Não se preocupe, livre-se de tais pensamentos, como fazem os cachorros com as gotas de água no pêlo.*

Há também os tumores. Tumores sorrateiros, proliferando como baratas no velho hospital ao lado do rio. São eliminados, mas muitas vezes reaparecem como baratas sob a forma de metástases generalizadas. Do cólon, por exemplo, ao córtex cerebral. Da próstata ao fígado. Do seio aos pulmões. Câncer no esôfago, câncer no cerebelo. No décimo primeiro andar do hospital caminhe bem cedo entre pacientes espasmódicos com tumores e olhos atarantados, catatônicos transudando um suor cinzento, vítimas do mal de Parkinson paralisadas, com os cérebros alveolares divididos caprichosamente ao meio. A eficiente e sorridente jovem R— se movimenta entre as camas dos pacientes e desaparece no vazio.

Enfermeira? Enfermeira, para onde você foi?

6

O Anjo da Piedade, nossa Agnes O'Dwyer de cabelos ruivos, vagando dentro e fora desses vazios. O Anjo da Piedade não virá quando convocado e virá quando menos se esperar.

Pois se você vê Agnes, no minuto seguinte não vê mais. Se você não vê Agnes, no minuto seguinte talvez veja.

Só aqueles que vemos existem?

7.

Foi um desastre espetacular. Entretenimento trágico da melhor qualidade. Apresentado com sensacionalismo nas primeiras páginas dos jornais e nos programas de tevê do Meio-Oeste, naquela época famintos de espetáculos trágicos. Um homem de 29 anos, num Porsche esporte de 75 mil dólares, apostando corrida numa via expressa à noite com o motorista de uma picape Dodge Dakota, perdeu o controle do carro, derrapou, batendo numa parede de concreto, e precisou ser removido dos escombros; com o corpo quebrado, crânio fraturado e cérebro lesionado, foi levado de ambulância para o hospital perto do rio. Foram horas seguidas de cirurgia cerebral. Dias de tratamento intensivo. E agora, no quarto 1.104, R— olha para aquela figura imóvel na cama. *Eu não me apaixonaria por qualquer paciente. E muito menos por este paciente. Uma enfermeira evita emoções. Vínculos pessoais. Eu já fui elogiada por ser uma "enfermeira nata".*

Além disso, R— não pode aprovar aquele homem. O *estilo de vida* dele. Há o problema de classe. Você fica indignada com pessoas assim. O pai de R— trabalhara numa concessionária de serviços públicos durante quarenta anos. Salários, direitos do sindicato. Uma pensão congelada cinco anos antes de sua aposentadoria. O pai de R—, adorado por ela, agora com 75 anos, sofria de enfisema e mal de Parkinson.

Não. R— não podia aprovar.

Mas vendo a foto do homem nos jornais. Na tevê. Ouvindo repetidamente o nome dele. Na hora do acidente, ele dirigia o Porsche a 150 quilômetros por hora. Ultrapassara a picape Dodge, deixando o outro motorista para trás. R— soubera desses e de outros fatos sobre Marcus Roper, antes que ele se tornasse seu paciente. Antes de sequer pensar que Roper seria seu paciente.

– Marcus Roper.

Não aquele que ele ainda fosse. Não era mais. Você podia ver isso. Virara uma figura de sexo, raça e idade indeterminados, embrulhado em gazes e ataduras, inerte como uma trouxa de lavanderia. As pernas quebradas, já inúteis, estavam destinadas a encolher e se atrofiar. A não ser que a consciência fosse logo recuperada, mas para onde teria ido a consciência? Sob as ataduras, diziam que faltava um terço da face morena. A orelha esquerda se perdera; restara apenas um pedaço de carne crua. Setenta e duas horas depois da neurocirurgia, a cabeça do paciente ainda estava enfaixada por ataduras, com dois recipientes plásticos de meio litro, feito as antenas de um inseto, sendo enchidos com o sangue drenado do couro cabeludo serrado, lacerado e costurado com muitos pontos, sangue nauseante que R— era obrigada a remover. Algumas funções vitais ainda persistiam, apesar do trauma. Havia valentes tremores nas pálpebras e contrações na boca mutilada que pareciam reagir a palavras ou estímulos. Eventualmente.

Vários dias passaram. R— voltou a um quarto vazio; o paciente apanhara uma infecção hospitalar e retornara à unidade de terapia intensiva. Uma febre de quarenta graus quase parara as funções vitais. No entanto, o coração era forte e não cessara de bater.

Um outro dia, R— retornou ao quarto 1.104. Marcus Roper estava de volta.

Quando minha sombra caiu sobre ele, suas pálpebras tremeram, seus olhos cegos ergueram-se para o meu rosto e um calafrio passou por seu corpo como se naquele instante ele me conhecesse como eu o conhecia.

8.

Agosto de 1964

Esses Atos de Piedade... ⤴ neste Diário.
Dos seis, nem um descoberto.
Pois a Enfermeira Agnes é cautelosa & age por Amor.

Missas pelos mortos. Eu ajoelho & rezo o rosário para
Nossa Senhora Santa Maria, uma enfermeira como eu.
Maria, reze pela minha alma.
Reze para D—S não ouvir.
A.

Novembro de 1967

(Raios estão vazando da sala de radiação,
é por isso que fui mandada para lá. Eu me
protejo com camadas duplas de roupas de baixo
e meias. Sob minha touca, uma touca de tricô.

Sei que alguns riem de mim,
mas não mostro que percebo.)

⟲ para Ação de Graças dessa vez solitária.
A.

Junho de 1969

⟲ ⟲ ⟲

A pena é o flagelo da humanidade.
A pena se reproduz como bactéria em feridas abertas.
Enfermeira Agnes endureça seu coração!
D—S não sabe o que é pena.
A.

9.

Agnes O'Dwyer. Pálida e sem graça. Um rosto sardento e beato, do tipo comum entre 1940 e 1950 em ambos os sexos, mas principalmente nas mulheres. Mãos hábeis e costas fortes. Agnes tinha uma aparência desajeitada e parecia uma vitela apoiada nas patas traseiras. Então você se surpreendia vendo como ela era eficiente e graciosa no trabalho. Pois algumas mulheres trabalhadoras têm uma espécie de graça até na deselegância.

Diziam que Agnes O'Dwyer nunca foi beijada. Não é verdade!

Diziam que Agnes O'Dwyer morreu virgem com a idade de 49 anos. É verdade!

Ela continuava uma bandeirante previsível e sem graça, mesmo aos quarenta anos. Raramente se queixava. Era dada ao silêncio, mas nunca ficava de mau humor diante dos aspectos mais desagradáveis da enfermagem (banho de peróxido com esponja, odores das escaras, hemorragias súbitas, espasmos de vômitos ou fraldas para adultos). Estava destinada a não casar. Passara toda a vida adulta dedicada aos pais idosos, doentes e agarrados a ela, e sem se queixar, também. *Algumas de nós perguntávamos se suas irmãs casadas não podiam ajudar mais em casa, e o seu irmão, por que se mudara para San Diego, isso parecia justo?* Mas Agnes apenas ria, corava e desviava o olhar, embaraçada.

Existem assuntos do coração dos quais você não pode falar.
Falta-lhe o vocabulário, você não pode falar.
Você pode agir. Mas não pode falar.

Os médicos mais velhos da equipe gostavam de Agnes O'Dwyer, a quem chamavam simplesmente de Agnes. Os médicos mais jovens esqueciam o nome dela, com o passar dos anos. Os funcionários do hospital notavam seu cabelo ruivo e seu aspecto sadio até ela passar dos 32, 33 anos, quando ficou difícil imaginar Agnes como uma mulher sensual. Pois como um homem se aproximaria daquele corpo desajeitado, com cotovelos, busto grande, queixo ossudo? Como beijar aquela boca acanhada, úmida e aberta?

Fevereiro de 1971

Ah, Maria, é que eu quero fazer o Bem
Isso é simples eu acho
♋ é a maneira mais direta, dando consolo
Vendo como você ajuda os doentes
Nos olhos deles.
A.

10.

— Marcus Roper? Marcus.

Com o tempo, o olho esquerdo de Marcus Roper se abriria: um cinza pétreo raiado de sangue. Com o tempo, ambos os olhos de Roper se abririam, embora desfocados, e o esquerdo vagaria feito um pensamento errante. R— queria tocar naquela face arruinada. Lembrava-se do rosto bonito nas espalhafatosas manchetes e tentava ver o rosto antigo naquele rosto, que parecia ter sido costurado com pedaços de pele que não combinavam. E o nariz, parcialmente afundado.

Mas as narinas estavam suficientemente à mostra para abrigar um tubo de respiração inicialmente. Agora o paciente ainda respirava com dificuldade, mas já sem auxílio. Sua alimentação era um mingau líquido que escorria por um tubo. E um cateter enfiado no pênis flácido levava embora o líquido tóxico. Por intermédio do Dr. C—, R— sabia que uma grande parte do lóbulo parietal no hemisfério cerebral esquerdo de Marcus Roper desaparecera. Perdera-se no acidente com o carro ou na mesa de cirurgia. (O Dr. C— observara a operação. Seis horas e quarenta minutos.) Muitas vezes surgia uma espuma vermelha na boca do paciente, feito restos de uma linguagem primitiva.

– Marcus.

Aproximando-se da alta cama do hospital como de um sacrário em que um homem jazia adormecido sem se mexer, R— tinha razão para acreditar que entrava naquele sono e era bem-vinda.

O paciente não morrera. Também não recuperara algo semelhante a uma consciência estável.

Os órgãos vitais do paciente, no entanto, pareciam fortes. Seu coração era forte. Seu cérebro danificado perseverava. Sonhando com o quê?

– Bom dia!

R— imaginou ver um ligeiro tremor na pálpebra esquerda. A essa altura, depois de tantos dias de intimidade, Marcus Roper já reconhecia a voz dela.

Estranho como R— esqueceu rapidamente seu ressentimento por Marcus Roper, dono de um carro esporte de 75 mil dólares. Um jovem mimado, de família abastada, apostando corrida com outro jovem na via expressa, pondo vidas em perigo. Arriscando a própria vida. Ele deveria ter morrido naquele acidente, qualquer outro teria morrido, mas o tenaz Marcus Roper não morrera. Na Cidade dos Condenados, entre os atordoados, os catatônicos, os comatosos, Marcus Roper era o mais fascinante. "Porque ele não é condenado, ele é jovem. Ele sobreviverá." No princípio, R— supusera que Roper nunca se recobraria em termos práticos; agora, ela começava a pensar que talvez isso acontecesse. Os danos no cérebro do paciente não eram conseqüência de uma doença degenerativa: talvez ele conseguisse reaprender a falar, recuperar a habilidade motora...

R— guardara os recortes dos jornais. O rosto de Marcus Roper antes da destruição seria sempre seu rosto interior, e isso era um consolo. *Eu sei. Eu sei quem você é. Marcus*. Esse nome que R— murmura suavemente, com ar de encorajamento, como qualquer enfermeira faria ao lado de um paciente adormecido.

– Marcus. Roper. – Ela se sentia atraída por aquelas quatro sílabas acentuadas igualmente... – Marcus. Roper. – Como se fossem poesia com um significado particular e especial. – Mar-cus. – Um nome fora do comum, com um som estrangeiro. – Marcus Roper. Mar-cus. – O nome parecia um feitiço, pronunciado na voz baixa e vibrante de R—, uma voz que ela assumia somente quando estava sozinha com o paciente no quarto 1.104 (e razoavelmente certa de que ninguém... no corredor lá fora?... pudesse entreouvir).

Roper parecia não estar respondendo a R— (ainda). Mas talvez estivesse, e ela precisava estar bem atenta. As pálpebras dele?

Fora uma longa e exaustiva vigília para os parentes do paciente. Na Cidade dos Condenados, tais vigílias eram comuns. Muitas vezes tornavam-se velórios para os mortos-vivos, os vivos que logo iriam morrer. Os parentes de Marcus Roper eram desse tipo. Deprimidos e exaustos, olhavam para o homem inconsciente com horror, angústia, medo. R—, que de vez em quando era obrigada a entrar no quarto nessas horas, observava que na presença daqueles sofredores Marcus Roper parecia mergulhar mais fundo em si mesmo. Que alívio ele sentia quando era deixado em paz. Quando só R— ficava com ele, os dois juntos, sozinhos.

11

Rezo para tornar meu coração mais duro. Como?

O Anjo da Piedade pensou que a primeira vez seria mais difícil, mas não foi. Como se espantasse uma mosca. Assim Agnes pensava. Um mosquito. Rindo, batendo na própria boca. Nos olhos. Então você vê que matou o mosquito. Esmagado sobre sua pele.

O Anjo da Piedade não decidira quem seria o primeiro, somente Agnes sabia. Depois vieram o segundo e o terceiro. Ao todo foram 18? Ou chegaram a 23, como acreditavam alguns investigadores? Ou mais? Ela foi chamada de Anjo da Piedade depois de sua morte, mas (claro) durante a vida Agnes não foi conhecida como um anjo, apenas como Agnes O'Dwyer, *uma enfermeira danada de boa*.

Não durante sua vida. Durante o que você chamaria de tempo de morte, que foi há quase trinta anos. O Anjo da Piedade, se você acredita nessas coisas. Um espírito, como um vapor. Como o vírus de um hospital. Não um fantasma.

As enfermeiras mais velhas se lembram de Agnes. *Não pode ter sido Agnes O'Dwyer. Não pode ter sido uma de nós. Quem afirmou ter visto uma seringa na mão dela? Não Agnes! Nós conhecíamos Agnes. Nunca acreditamos nessas acusações.*

Um vírus hospitalar, uma infecção. Seu sistema imunológico está fraco, você respira e pega.

Na unidade de tratamento intensivo neurológico. Nas horas calmas antes do amanhecer. Limpando o aparelho respiratório de uma senhora que tivera um derrame com um tubo plástico flexível enfiado na garganta para sugar as secreções de muco que bloqueavam a laringe, e o cheiro podre era tão forte que lhe veio a idéia de usar o mesmo tubo para sufocar a mulher; era um ato de piedade que D—S não faria. Embora não premeditado e inominado. A jovem enfermeira atordoada se sentiria em estado de graça, depois de vivenciar sua primeira morte íntima, que foi anotada diligentemente como ☊ em seu diário de enfermeira. Mas não seria a última.

O Anjo da Piedade passou 15 anos sem ser descoberto, porque ninguém suspeitava de coisa alguma. Os pacientes eram moribundos, ou quase. Sempre há pacientes que pioram no turno da noite. Ou dentro de poucas horas. Vinte e três anos como enfermeira no hospital perto do rio. Agnes registraria ☊ cada ano, tendo de repetir em alguns anos, claro, pois ela começara tarde, só no oitavo ano de serviço, 1959. *Isso é algo que acontece. É Bom, para dispersar o Mal. Eu trago Piedade para quem sofre. EU SOU A PIEDADE.*

12.

– Está fazendo um dia lindo, Marcus. Queria que você pudesse ver! Mas verá em breve. O céu está quase claro. Só algumas daquelas nuvens altas e fofas... cirros?

Pelas janelas com manchas encardidas, o pedaço de céu que R— via era cor de bandagem manchada, mas Roper não precisava saber disso.

– E o vento do sudoeste, lá do Tennessee. Das montanhas, quer dizer. Sem poluição.

R— representava seus rituais de enfermeira animadamente e sem emoção aparente. Ela pegou no pulso esquerdo do paciente, pressionou o indicador sobre a pele e mediu a pulsação, que era irregular mas forte. A pulsação era exibida num monitor, tanto no quarto 1.104 quanto na central de enfermagem. No entanto, a pulsação era um sinal entre eles, um fato de intimidade extraordinária. R— sentiu uma pontada de felicidade. Pois parecia que ela segurava o próprio coração daquele homem em sua mão. E ninguém podia saber, exceto Marcus Roper e R— .

O soro injetado por um tubo no braço machucado de Marcus Roper precisava ser renovado. Embaixo da cama, o recipiente plástico com a urina de cheiro forte drenada da virilha de Roper precisava ser esvaziado e despejado na privada. R— realizava essas tarefas de enfermagem com gosto e entusiasmo. Como se estivesse sendo observada por Marcus Roper. *Um milagre pode acontecer. Até na Cidade dos Condenados.*

Dizendo com voz baixa e emocionada:

– Agora eu preciso ir embora. Mas continuarei conferindo tudo aqui neste andar. E amanhã de manhã, claro. Sempre voltarei para conferir tudo, Marcus. Lembre-se disso!

As pálpebras tremelicaram. A esquerda teve uma contração e pareceu levantar meio centímetro. Mas uma meia-lua de muco pálido foi tudo o que apareceu na cavidade machucada do olho de Marcus Roper.

Saindo do quarto 1.104. Silenciosamente, deslizando sobre os sapatos de sola de borracha.

Saindo do quarto 1.104, com o jovem coração batendo forte. Calmamente.

Claro que não estou. Não estou apaixonada. Não por um paciente. Não por um paciente assim.

Nos elevadores, nessa madrugada sem sol, R— vê ondulações no ar. Talvez seja o cheiro de Lisol. Invisíveis bactérias mortais proliferando. O coração vacila, mas precisa bater. R— é jovem, só 26 anos. R— deve perseverar. R— pretende ser uma enfermeira danada de boa. Fechando os olhos, tonta de fadiga, ela se recusa a ver a brilhante sombra translúcida no final do corredor.

Abrindo a porta do depósito em que, 28 anos, cinco meses e 16 dias atrás, o corpo da enfermeira Agnes O'Dwyer foi descoberto por funcionários do hospital, sendo a morte atribuída a uma parada cardiopulmonar auto-induzida.

13.

Dezembro de 1960. Um quarto na penumbra com o costumeiro cheiro de pele. Ela entra em silêncio, respirando calmamente. A seringa está preparada com um novo relaxante muscular, Anectine. Dizem que é rapidamente eliminado da corrente sanguínea e não aparece no exame de sangue rotineiro. Parada respiratória para pacientes assim é a morte mais natural. Quem suspeitaria? Nesse quarto há três pacientes. Dois de derrame, um de tumor no cérebro recentemente operado. Dois são idosos. O outro, de meia-idade. Mulher ou homem, isso pouco importa agora. O Anjo da Piedade não faz discriminação. Nesses dias antes do Natal, o Anjo da Piedade deseja presentear os sofredores que mais merecem; mas só pode arriscar um único ↷, com medo de ser descoberta. Com tanto trabalho pela frente, anos de segredo e vigilância na Cidade dos Condenados.

O Anjo da Piedade sorri para o paciente da cama mais distante. Sim, é ele. A seringa pronta, os dedos hábeis da enfermeira Agnes injetando o Anectine na solução intravenosa que pinga no antebraço cheio de hematomas.

Aqui está a Piedade que D—S esqueceu. D—S não tem tempo para as multidões que perambulam pela Terra, embora sejam sua própria criação.

14.

É ridículo achar que R— está apaixonada por qualquer paciente na Cidade dos Condenados. R— tem um amante, D—. Ela valoriza a altivez e a autoconfiança dele. Valoriza o fato de D— não ter, como a maioria dos indivíduos que sabem pouco da profissão médica, consciência da mortalidade, muito menos sua própria mortalidade. D— sabe pouco sobre o velho hospital à margem do rio poluído e muitas vezes se gaba de nunca ter sido hospitalizado; ele raramente tem alguma doença, até um simples resfriado. R— sorri da vaidade de D—. Ela acredita que tal vaidade é normal na espécie. No íntimo, R— implora para ser amada por D—, porque assim estará a salvo do que pensa ser seu destino, se não receber o amor de D—.

É ridículo achar que R— está apaixonada por algum paciente na Cidade dos Condenados.

15.

Náusea de carne.

Começa abruptamente, você não está preparada. Por quê?

Banhando peles flácidas, limpando os aparelhos respiratórios e a carne vermelha no interior das bocas espumosas. Palpitantes carnes de músculos atrofiados, com a textura de miolo de pão. De repente, R— sente náuseas e sabe que algo em seu interior... o ser biológico ou animal... foi permanentemente alterado.

– Carne. – Seus lábios formam a feia e úmida palavra. *Carne, com uma textura fibrosa de goma de mascar. Carne que é o corpo. Suco de sangue de carne carnuda. Aquele inconfundível cheiro molhado de carne (crua). Carne na boca, partículas de carne presas entre os dentes. R— sente fraqueza e náusea, olhando para a carne no prato que esperam que ela coma. Olhando para a boca de D—, salivando ao mastigar.*

16.

Dizem que o paciente do quarto 1.104, pobre homem, precisaria de um milagre até para acordar. E, além disso...

R— ouve, mas conhece seu lugar. R— não é uma jovem enfermeira imprudente que contradiz seus superiores; ela sabe que não deve questionar os médicos. Ainda assim, precisa falar. A enfermeira mais velha olha surpresa, quando ela diz em tom de reprovação:

– Sim, mas. Milagres acontecem. Se você tem fé. Marcus Roper é jovem.

17.

R— é jovem, com apenas 26 anos, tendo nascido em julho de 1976.

Dois anos depois que o corpo frio de Agnes O'Dwyer, aparentemente dormindo, foi descoberto enroscado pacificamente num monte de toalhas no chão do depósito na Cidade dos Condenados.

R— nada sabe sobre Agnes O'Dwyer.

R— nunca viu uma fotografia, ou qualquer imagem, de Agnes O'Dwyer.

R— não tem paciência para rumores e fofocas. Superstições. Ela é uma daquelas que se afasta confusa e ofendida, quando alguém alude ao Anjo da Piedade. (Não somente as ajudantes de enfermagem nascidas na Jamaica, com seus cabelos trançados e olhos brilhantes, mas algumas enfermeiras mais velhas também. R— fica indignada: era de supor que essas mulheres, enfermeiras diplomadas, tomassem tenência!)

R— é uma orgulhosa enfermeira, formada em 1999, na escola de enfermagem Mount Saint Joseph, uma das mais conceituadas do estado. (Agnes O'Dwyer graduou-se na escola em 1949. Na Saint Joseph, o nome pavoroso de *Agnes O'Dwyer* nunca é pronunciado, nem mesmo como pilhéria.) R— foi diplomada *summa cum laude*, a sexta da turma de 89 jovens mulheres e oito homens. (Agnes O'Dwyer foi diplomada *summa cum laude*, a quarta de uma turma com 66, todas mulheres jovens.) R— não é uma católica romana (como se acredita que Agnes O'Dwyer era), mas ela se considera cristã: acredita no exemplo de Jesus Cristo e na redenção dos pecados. Acredita na vida em família, em seu país e na democracia. Acredita em cumprir sua missão de enfermeira satisfazendo a expectativa dos outros. R— ferve no íntimo, quando tolos bem-intencionados perguntam: por que escola de enfermagem e não escola de medicina? "O que você sabe da vida das enfermeiras? Você é ignorante."

18.

O pai de R— que ela adorava. O pai de R— no declínio de sua masculinidade. O choque de alguns odores exalados pelo corpo dele, ela reconhecia na Cidade dos Condenados. *Eu devo amar meu pai mais ainda. Ele precisa ser amado para ser salvo.*

Ele está furioso com a paralisia nas mãos. Tem a cara vermelha e congestionada pelos acessos de tosse. Mas a comida lhe dá calma. Na idade avançada, o apetite do pai de R— ficou infantil. Coisas açucaradas, sorvete, roscas e pão recheado com geléia. Além de carne. Carne cortada em grandes pedaços por sua filha R—, que amava o pai.

– Coma isso, no seu prato – diz ele de repente. – Coma essa maldita carne, essa é a sua brincadeira, não? Ve-ge-TA-ri-a-ris-mo. Babaquice.

R— fica chocada com a mudança do pai. Um senso de humor cruel e grosseiro. Ele sempre fora um homem taciturno, com um ar de dignidade sutilmente ferida. Um operário com mãos grandes e rudes. Agora ele ficou mandão, irritantemente vigilante. Parece ter esquecido que R— é adulta, que ela é uma enfermeira com um emprego excelente. Empurrando o prato de R— grosseiramente para ela, como se fosse jogar o conteúdo no colo dela. R— tenta rir, como se aquilo fosse uma brincadeira. Mas não consegue comer a carne gordurosa, fica nauseada vendo os outros comerem, com as bocas gordurosas, os dentes rangendo feito dentes de feras.

– Acha que é melhor do que a gente, hein? – zomba o velho.
– Mas você não é.

É só a idade. A doença. Eu amarei meu pai ainda mais. Ele será amado como costumava ser.

19.

O Anjo da Piedade, num cintilante uniforme branco apertado no busto e nos quadris, os tornozelos inchados em decorrência de anos de serviço na Cidade dos Condenados. O Anjo da Piedade que sacrificou sua juventude à Cidade dos Condenados. "É muito simples, eu acho. Reconfortar as pessoas." O Anjo da Piedade, cuja boca de hálito quente homem algum quer beijar, há uma década ou mais. Às vezes ela tem dificuldade para decifrar palavras. A caligrafia de alguns médicos, jornais, livros. (Mas Agnes O'Dwyer já abriu algum livro?) Às vezes, sua língua pastosa prega-lhe uma peça, pronunciando de forma errada palavras que Agnes conhece muito bem. Ela parou de aprender os nomes dos pacientes. Troca o nome de suas ajudantes. Chama enfermeiras e até médicos da equipe pelos nomes de pessoas há muito tempo aposentadas ou desaparecidas. O Anjo da Piedade tropeça, algumas vezes, nos sapatos de sola de borracha. O Anjo da Piedade está freqüentemente distraído e inepto. Deixa cair algumas coisas e troca outras de lugar. No entanto (quem poderia adivinhar? Agnes sorri, ao pensar), em segredo ela ficara ousadamente descuidada, extravagante. Como se quisesse (desejando?) ser descoberta. Atos de Piedade cometidos em pacientes que ninguém esperava que morressem tão depressa. Ou que simplesmente não morressem. Não os moribundos, mas os relativamente saudáveis... *Eu sou a Piedade*, sorrindo sobre suas vítimas. *Não resistam à Piedade.*

Ao longo dos anos, Agnes foi aperfeiçoando sua técnica. Virou uma feiticeira da morte. Possivelmente não é sempre por piedade, possivelmente às vezes são as matreiras mãos dela agindo por vontade própria, administrando doses letais de relaxante muscular, de morfina. O ar vai borbulhando para o coração. O magistral uso do travesseiro. (Nenhum leigo sabe o que uma enfermeira sabe; o travesseiro é, de todas as armas mortais, a mais eficiente e a menos detectável.)

Vendo num espelho uma cara encardida, sardenta e pálida feito uma coisa desenterrada do solo. Trincando os dentes num sorriso alarmado e dizendo:

– Eu pareço uma pessoa que...?

Ela visualiza seus acusadores sem rosto como homens. Eles olhariam, olhariam e, vendo Agnes O'Dwyer em seu uniforme de náilon branco, *não conseguiriam ver coisa alguma.*

20.

Banhando Marcus Roper no quarto 1.104. Banhando *Marcus*.

Embora seja improvável que alguém entre no quarto particular a esta hora, R— fecha a cortina em volta da cama. Ternamente, passa a esponja no flácido, embora estranhamente pesado, corpo masculino. Nos pêlos ásperos da virilha, no toco flexível do pênis, nos testículos. Às vezes, banhando esse homem (que é jovem, apenas 29 anos), R— observa o pênis se mover como por vontade própria, e parece-lhe que a respiração de Marcus Roper fica mais apressada. Ele geme como se estivesse desejando....

– Marcus Roper? Marcus.

R— murmura o nome dele como num encantamento. Durante o banho, ela murmurará isso muitas vezes, como as mães murmuram para os bebês. O nome "Marcus Roper" fascina R—, como se ela quisesse descobrir uma ligação com seu próprio nome.

De tempos em tempos, sempre de maneira imprevisível, esse paciente gravemente traumatizado recupera certo grau de consciência. Ele murmura palavras incoerentes e abre os olhos desfocados, possivelmente percebendo as luzes e os rostos. O olho esquerdo vaga indefeso, mas o direito, uma vez aberto, mostra um "olhar". R—

teve oportunidade de estar presente quando esse milagre ocorreu, não uma nem duas vezes; está convencida de que, muitas vezes, Marcus Roper tenta se comunicar com ela. Mas se recusou a discutir o assunto com outros, incluindo o neurologista de Marcus Roper, por medo de ser incompreendida.

– Sr. Roper? Estou aqui, sou sua enfermeira. Vou cuidar de você – diz ela hesitando, subitamente envergonhada. – Eu amo você, Marcus.

O coração de R— se enche de felicidade. Pronto, ela falou! Ela disse isso.

O fedor de peróxido gruda nas mãos dela, apesar das luvas de borracha. Uma espécie perversa de afrodisíaco. Ao sentir esse cheiro no fim do expediente, ela pensará nesse momento, nessa hora sagrada. Pensará nele.

O rosto queimado e dividido em pedaços de pele que não combinam, os olhos fundos, a boca ferida, R— inclina-se para beijar, roçando os lábios num desfalecimento, num êxtase de audácia juvenil.

– Marcus! Como você está frio. Mas logo ficará aquecido. Outra vez, eu prometo.

A cada semana menos visitantes aparecem para ver Marcus Roper. Isso é tudo o que conseguem fazer... ver o corpo de Marcus. Tem havido pouca comunicação com ele, talvez nenhuma. R— viu rapidamente os familiares, os rostos tensos e fatigados. *Como são entediantes os moribundos, que se agarram ao fim de suas vidas feito cracas ao casco de um navio podre.*

Mas R— nunca se entedia com o paciente do quarto 1.104.

R— também fica exausta, às vezes. Mas nunca entediada. Ela adiou sua semana de férias explicando que não era hora de viajar, pois o pai estava doente.

– Eu não ia me divertir. Ficaria preocupada. Aqui, eu não fico preocupada. Sei que sou necessária.

Em casa, R— é necessária. Mas com urgência maior na Cidade dos Condenados.

Banhando com a esponja, gentilmente, o pênis grosso e cheio de veias. Aquilo lhe parece uma lesma: viva, mas pouco sensível.

Aquecido pelos dedos de R—, o pênis se mexe, parecendo se tornar mais consciente do que o homem.

Mas as pálpebras dele tremem, quase inperceptivelmente.

21.

R— não estava bêbada. Ela tomara algumas cervejas. Talvez por nervosismo, estava indo ao banheiro feminino mais vezes do que o normal. Mais tarde, quando começou a ser beijada por D— no apartamento dele, sentiu um calor no rosto. Seus olhos estavam sonhadores e semicerrados, vendo Marcus Roper como ele era antes do acidente. Ela beijou D— com avidez, e os dois se deitaram juntos na cama. Quando D— começou a lhe tirar a roupa, ela sentiu seu corpo enfraquecer, enquanto pensava no rosto arruinado de seu verdadeiro amor e no secreto rosto interior que só R— conhecia. Mas continuou a beijar D—, mordendo os lábios dele numa espécie de paixão. Sentiu o pênis duro sobre sua barriga, forçando a umidade entre suas pernas. Mas abruptamente D— parou, e afastou a cabeça de R— como se houvesse pensado em algo. E R— murmurou:

– Há algo de errado?

Num momento D— estava fazendo amor com ela, no momento seguinte se afastou dela com uma expressão de repugnância.

– Aquele cheiro!

– Cheiro? Que cheiro?

R— ficou chocada. Jamais se esqueceria da consternação que sentiu. Ela se banhara cuidadosamente antes de encontrar D— naquela tarde. Queria protestar, dizendo que sempre tomava banho quando voltava do hospital. Pelo menos tomava uma chuveirada e lavava o cabelo com xampu. Passava uma loção e talco no corpo. Nunca se esquecia de usar uma fragrância, não muito forte, e desodorante nas axilas depiladas. Nessa noite, caprichara na maquiagem: uma sedutora boca vermelha e olhos atraentes. Sorrira e piscara para sua imagem no espelho, que prometia tanto.

Por isso ergueu a voz em tom ferido e descrente, dizendo:
– Que cheiro?

22.

Agnes O'Dwyer murmurou sobre o travesseiro para um amante sem rosto mas agressivo: *Ah, caramba, acho que não. Quer dizer, obrigada por me pedir em casamento, mas o trabalho no hospital é tudo o que quero da vida.*

Setembro de 1973

Os raios X estão nos meus ossos, acho eu.
Na noite, há um brilho de rádio
Que eu quase posso ver. Mas não tenho medo.
Eu vivi uma vida plena.

desde março de 1959, 26 ↻
nenhum levando a A. Pois ninguém acreditaria
& ninguém no hospital quer encrenca.

(Não votei no Sindicato, mas agora estou
feliz porque há um Sindicato para proteger as enfermeiras!)
                                                    A.

O Anjo da Piedade ficava ansioso quando pacientes conhecidos eram internados na Cidade dos Condenados. Pois às vezes eles eram vizinhos de Agnes O'Dwyer. Às vezes reconheciam Agnes, mas não se lembravam de seu nome. Às vezes ela conhecia os vizinhos, mas não era reconhecida por eles. E isso é amedrontador. É como olhar para um espelho e ver uma pessoa olhando de volta sem saber quem você é. Então apareceu Bessie, que fora amiga da mãe de Agnes poucos anos antes. Bessie era da paróquia de Saint Anne. Uma mulher gorducha, com uma cara cansada e olhos inquietos. Com freqüência ia à missa das oito horas que a mãe de Agnes costumava assistir, às vezes com a filha, murmurando o rosário. Bessie criara três filhos, trabalhando numa fábrica de enlatados e morando com o pai das crianças. Perturbado pela bebida, ele estava convencido de ser traído por Bessie com numerosos homens, incluindo o que ele chamava de "negos pretos". Era uma vida triste, mas todos os filhos de Bessie, menos um, tinham tido algum sucesso na vida. Agnes fora colega das meninas na escola; elas haviam fugido e presumia-se que enviavam dinheiro para a mãe, embora fizessem poucas visitas. Bessie tinha 68 anos, o que não é muito, mas estava exausta, com a pele esticada sobre os ossos da antiga cara redonda. Sofrera durante anos de um câncer no seio que agora se espalhara até o cérebro. A quimioterapia também estava acabando com ela. Agnes conhecia os sintomas. Viu horrorizada o rosto mirrado e o corpo disforme da amiga da mãe. A parte interna dos antebraços, dos tornozelos e das coxas estava descolorida por injeções. Ou tubos intravenosos. Agnes ficou com pavor de ser reconhecida por Bessie, que falaria o nome dela. Nesse delírio, Bessie perguntaria pela Sra. O'Dwyer (que morrera dois anos antes), ou confundiria Agnes com a Sra. O'Dwyer. Isso Agnes não suportaria. Percebeu que precisava livrar a Cidade dos Condenados de tal testemunha. Depressa, depressa! Agnes não usou uma seringa, mas um travesseiro. Um travesseiro é sempre arriscado (porque você pode estar sendo observado). Dois outros pacientes no quarto, então Agnes puxou as cortinas em volta da cama de Bessie. Os outros estavam sedados, dormindo. Mas se agitavam e gemiam durante o sono. Era um pouco depois da meia-noite, ainda fora da zona segura das primeiras horas da manhã, quando o Anjo da Piedade se sentia mais confiante. *Nós somos aqueles que D—S esqueceu. Eu amo você, Bessie.*

Quando levantou o pesado travesseiro, cobrindo o rosto e a cabeça da mulher, Agnes se alarmou, pois sentiu Bessie lutar fracamente. Ela não esperava resistência, pelo menos não muita. Pobre Bessie. Já perdera quarenta quilos, carcomida pelo câncer. Agnes murmurou:

– Não. Não! Pare!

Depois empurrou o travesseiro com mais força sobre a cabeça de Bessie, rilhando os dentes. Eram dentes grossos e grandes, os dentes de uma fera, podia-se pensar, desbotados por anos tomando chá. Não eram dentes dos quais Agnes se orgulhava quando menina, mas agora (ela acreditava) já perdera a vaidade, tal tolice desaparecera para sempre.

– Não. *Não.*

Como compreender que aquela mulher, carcomida pelo câncer, quisesse viver? Aquilo era errado. Era uma coisa perversa. Era feio. Agnes arquejava, empurrando o travesseiro, com os olhos úmidos e esbugalhados. Seu coração batia forte e determinado, sabendo que *Isso é Piedade, isso é necessário.*

Depois de alguns minutos, a luta acabou. Como todas as lutas terminam. Agnes levou embora o único indício, úmido com a saliva da mulher moribunda.

Mais tarde no lavatório das enfermeiras lavando o rosto afogueado e as mãos e uma enfermeira mais jovem entrou, uma mulata atraente, olhando de maneira estranha para Agnes O'Dwyer, mas dizendo apenas alô. No espelho salpicado pelas gotas de água da vigorosa lavagem, Agnes viu seu rosto arredondado e pálido. Os pequenos olhos sem pestanas e os dentes presos num sorriso, Agnes deu uma risadinha como se estivesse embaraçada.

– Ah, caramba! Tão cansada, às vezes... só quero me enroscar e dormir...

Depois da morte de Agnes, alguns anos mais tarde, a jovem enfermeira se lembraria dessa observação profética.

Na hora, ela só disse:

– Hum, hum! Então eu não sei?

23.

Essa foi a época da vida de R— em que o romance entre ela e o pai começou a azedar. Um ano após o diagnóstico de Parkinson. Três anos depois da morte da mãe. R— começou a perder a vontade de conversar com ele. Ao telefone, principalmente, Papai era difícil. Estava ficando surdo, não conseguia se adaptar ao aparelho de audição, ficava impaciente, gritava. Em silêncio, R— implorava: *Papai, eu amo você. Papai, esse não é você.*

Ele tinha enfisema; fumara três maços de cigarro por dia durante trinta anos, e teimosamente continuara muito tempo depois de aconselhado a parar. Era portador da doença de Parkinson, com paralisia e tremores. Tinha pressão alta. Não era um homem muito idoso, mas sua vida estava complicada. Ele odiava, principalmente, os tremores nas mãos que delatavam a doença a olhos mais atentos. Fazia piadas cruéis sobre o fato de urinar sangue na privada. Quando R— perguntava algo ansiosamente, ele dava de ombros e se recusava a responder.

– Papai, por favor, deixe-me levá-lo ao doutor – dizia ela, falando o nome do enérgico médico de meia-idade que seu pai desprezava.

R— era uma profissional que cuidava da saúde. Ela sabia o que o futuro reservava para aquele velho zangado. Se ela não amasse tanto o pai, e em seu coração infantil não guardasse uma esperança ilógica e insensata de que ele lhe fosse restituído como era alguns anos antes, diria: *Papai, por que você quer viver? Por que se agarrar a essa vida miserável? Cada momento da sua vida agora é de queixa, sofrimento e dor. Você é um rato numa armadilha. O tempo é a armadilha; a idade avançada é a armadilha. Você nem consegue roer a perna, como um rato faria. Agora você está começando a morrer, e seu corpo, a feder. Mas você quer viver. Entope a boca gordurosa. Come feito um porco. Suja a cama. Eu odeio você por isso. Papai, por que se desgraçar assim? Por que não morrer, enquanto é capaz disso? Você tem todas aquelas pílulas, e eu posso lhe dar mais.*

Mas R— amava o pai, e nunca diria palavras tão cruéis.

24.

Abril de 1974

Você pode perguntar a eles,
Agnes tinha o afeto & a confiança dos pacientes.

Eu sempre desejei o bem deles, não como
os médicos & o hospital que mantinham
as pessoas vivas feito vegetais pelo $.
Mesmo quando viam aquela enfermeira
curvada sobre eles sorrindo com uma seringa.
Mesmo quando viam o travesseiro grande feito uma
nuvem baixando sobre
seus cérebros como uma tempestade de poeira no céu,
mesmo assim,
eles não acreditavam que Agnes O'Dwyer quisesse
lhes fazer mal.

Acho que, em toda a minha vida,
eu diria que é disso que tenho mais orgulho.

A.

Naquele abril chuvoso, em seu diário de enfermeira, ela registraria ᘐ↓ pela última vez. Depressa e sem premeditação e quase inocente como fora o primeiro aparentemente muito tempo antes quando ela era jovem.

Um *travesseiro*. *Um travesseiro é melhor.* Ela passara a acreditar nisso. Pois quando o paciente é sufocado, o oxigênio pára de fluir para o cérebro. O coração dispara, dá pontadas, começa a vacilar, falha e acabando parando. Na Cidade dos Condenados, os corações são velhos, esgarçados e disformes. Há um anseio de parar. Um simples travesseiro sobre a boca e o nariz satisfaz esse anseio. O certificado de óbito registrará *ataque cardíaco*. E os médicos não desconfiarão. Por que eles fariam isso? Nem a maioria das enfermeiras. Embora Agnes precise tomar cuidado com algumas, que revelam (ela tem motivo para pensar isso) certa suspeita. Dessa vez, porém, Agnes precisa agir depressa para ᘐ↓. Um dos três doentes recém-operados de câncer, o cérebro dividido, metade do campo visual fatiado e removido, como se fatia um pêssego em dois. Homem ou mulher... pouco importava agora. Mas registrado como homem. Setenta e dois anos. Com uma cara esticada feito um tambor e olhos encovados como ovos quebrados. Bochechas murchas, de onde a dentadura desajustada fora removida. Agnes não esperava fazer muito esforço, mas depois de entrar no quarto suas mãos hábeis agiram depressa, por pena e impaciência. Ela diria para si mesma que não planejara tal ação, embora realmente se sentisse ansiosa e apreensiva. Ressentida com o que, ela não sabia. Como nos dias que antecediam suas cólicas menstruais (que haviam cessado logo após os quarenta anos). Menopausa! Os homens brincavam com isso, de forma grosseira e cruel. Como se eles também não passassem pela menopausa ao envelhecer. Agnes temia a demência, a senilidade. Temia os sintomas de derrames brandos e prematuros: derrames que você não sabe que ocorreram, que deixam a pessoa estranhamente alegre, indiferente e despreocupada. Na Cidade dos Condenados, os funcionários mais antigos achavam que tais sintomas tornavam-se contagiosos, com o passar do tempo. Feito o ar tingido de sépia da velha cidade industrial, passando seu miasma para os que ainda não haviam nascidos. "Pelo menos eu não terei filhos. Pelo menos isto." Embora soubesse que isso entristecia seus pais, Agnes não se casara ou tivera filhos. Acordando, às vezes, durante a noite, o coração batendo forte, no silêncio da casa geminada na rua Caliper, agora que seus pais estavam mortos e enterrados no cemitério, atrás da igreja de Saint Anne, salvos de sua injustiça e de sua desaprovação, Agnes nem sempre conseguia se lembrar do seu nome. Pânico! Ela não conseguia lembrar do mês, do ano. E certamente não lembrava do nome do presidente do país. (Essa pergunta sempre era feita aos pacientes recém-internados com suspeita de derrames brandos.) E lá estava o tal velho franzindo a testa para ela, com aqueles olhos encovados que pareciam cegos. Mas ele parecia estar vendo e condenando Agnes. A pequena boca rabugenta tartamudeava algo como:

– Vo-cê! *Você*!

Um cheiro de urina e fezes subia da comadre que as nádegas ossudas dele tinham deslocado. Agnes viu suas mãos em pânico se estenderem... agarrarem um travesseiro no armário de suprimentos... e ir até o velho. Seus lábios crispados murmuraram:

– Não. Não sou eu.

Pois ele não podia ver Agnes. Podia?

Não havia biombo em volta da cama do paciente, e nem tempo para puxar as cortinas, embora dois outros doentes estivessem sedados e atordoados em suas camas recebendo soro intravenoso, mas o Ato possuíra Agnes feito um feroz impulso sexual, que não admitia barreiras. E ela desprezava aquele ser patético que queria desesperadamente viver, mas não podia. Em transe, pressionou o travesseiro sobre aquela cara carrancuda. Pressionou e pressionou. Seus olhos brilhavam e veias incharam em sua testa. Ela não estava preparada para a resistência do homem, que lutava como se valesse a pena preservar sua vida até por uma hora. Era possível ouvir os gemidos do sujeito embaixo do travesseiro. A agulha do soro intravenoso escapou do braço que se debatia. A comadre virou, derramando o conteúdo nauseante na cama. Agnes ordenou:

— Pare! Pare! Pare!

Ela se sentiu inundada pela força do desespero. O voraz D—S, em quem ela não acreditava, foi a salvação. Gradualmente, o velho parou de lutar. Seus dedos puxavam feito garras a parte de baixo do travesseiro, tentando desarmar Agnes; subitamente, porém, os dedos relaxaram.

Ah, mas a manhã já estava pela metade, não era uma hora segura no hospital. Nem uma vez no seu diário de enfermeira, que já tinha 15 anos, Agnes registrara ⟲ numa hora tão perigosa. Pensando: *Isso provaria que a coisa não foi proposital. Nenhuma enfermeira se arriscaria tanto.*

Cautelosamente, Agnes levantou o travesseiro. Podia ser um truque... a imobilidade repentina do velho. Na cama perto da janela alguém se mexeu, gemendo fracamente. Agnes ficou olhando para sua vítima, vendo que o rosto acinzentado estava desfigurado, com o nariz amassado. Ela fizera aquilo? Foi inundada por uma onda gélida de terror. Ela seria descoberta, acusada. O travesseiro seria apreendido como prova.

Agnes agarrou apressadamente o pulso do homem. Com horror, sentiu que o coração ainda batia... não, eram as batidas de seu próprio coração, nas pontas dos dedos.

O travesseiro fora molhado pela saliva e pelos mucos do homem ao morrer. Calmamente, Agnes observou suas mãos levando aquilo embora pelo corredor, e rapidamente para a lavanderia. Pois aquela prova precisava ser removida, e foi removida. Os corredores da Cidade dos Condenados estavam movimentados àquela hora da manhã, mas Agnes achou que não fora vista, pois nos anos mais recentes ela se tornara invisível. *Uma boa enfermeira é invisível. Faz sua obrigação.* E agora, onde ela era esperada? Agnes entrou outra vez no quarto 1.117, que estranhamente estava banhado pela luz do sol. Através das altas janelas, um tanto sujas, o sol da manhã. Ela examinou rapidamente o quarto: os três pacientes em suas camas, imóveis. Pegou o pulso do velho outra vez, e nada sentiu. A pele parecia massa de pão pegajosa, mas retinha um pouco de calor. Com espanto, Agnes murmurou:

— Foi-se! Ah, meu Deus...

Seus olhos estavam arregalados com a inocência de quem imagina estar sendo observada. Mas Agnes sabia que não estava sendo observada. Ela saiu do quarto rapidamente, com os óculos tortos no nariz. Tinha o rosto molhado de suor. Uma outra enfermeira viu a expressão dela. *Talvez eu tenha percebido. Aquele olhar dela. Alguma coisa acontecera naquele quarto.* Agnes gaguejou:

— Ele morreu. Lá dentro. O pulso sumiu.

Foram chamados a supervisora do andar, o médico de plantão e a equipe de limpeza de óbitos. Não haveria autópsia, os sobreviventes do doente não queriam autópsia. Mesmo que houvesse uma autópsia, o que poderia ser anotado a não ser *ataque cardíaco*?

Ela não foi descoberta, outra vez. Não seria acusada!

Mas como ela estava cansada. Tomou sua decisão e, embora não estivesse de plantão à noite, voltou ao hospital de uniforme de náilon branco normalmente. Com a touca engomada, foi vista enxaguando o rosto e lavando as mãos vigorosamente na pia do lavatório das enfermeiras. *Ela parecia normal. Nem um pouco diferente. Eu juro, apenas mais cansada. E ela não me viu.* Em certo momento depois das três da madrugada, ela encheu a seringa com um potente relaxante muscular. No armário do depósito, preparou um ninho confortável com toalhas e se ajoelhou. Depois injetou toda a seringa no braço esquerdo e deitou-se enroscada, sentindo logo o alívio do sono misericordioso que proporcionara a outros. A data era 11 de abril de 1974. O corpo só seria descoberto às cinco e vinte e cinco da manhã.

25.

– Sr. Roper! Marcus.

Ela renovou os antibióticos intravenosos. Esvaziou o recipiente que ficava embaixo da cama e descarregou o conteúdo malcheiroso. Depois se preparou para banhar o homem inconsciente. Murmurou suavemente o nome dele, falando sobre o tempo na madrugada e a previsão para aquele dia, embora pela janela o céu se mostrasse totalmente opaco. O rio poluído não estava à vista. Ondas de nevoeiro se chocavam contra as vidraças, feito seres sem forma ou cérebro tentando entrar. Marcus Roper estava com febre. Ao voltar de uma nova cirurgia cerebral, ele contraíra uma infecção hospitalar. R— achava injusto que infecções assolassem o hospital, mais virulentas na pediatria, na oncologia e na Cidade dos Condenados.

R— acreditava que, exceto pela febre, Marcus estava "progredindo". Os interlúdios conscientes dele já eram mais freqüentes e duradouros. Ele ainda não conseguia pronunciar palavras coerentes, mas em certas horas parecia compreender o que lhe era dito. O neurologista não se mostrara pessimista, embora não (claro) muito otimista. Assim era a Casa dos Condenados. R— sentia vergonha de perguntar; não cabia a ela fazer perguntas. Mas sabia que a coluna vertebral de Roper fora ferida e que o coitado (como diziam as enfermeiras) ficaria parcialmente paralisado da cintura para baixo. Em breve ele seria removido para uma clínica de recuperação em outro local do estado.

– Mas para onde? Talvez eu pudesse... me inscrever lá. Poderia ser transferida.

R— esfregava com esponja a pele malcheirosa. Ela não podia deixar de reparar que a respiração do paciente era superficial. Que Marcus ficara mirrado, com o tórax grudado nas costelas, a pele amarelada de um velho doentio, e saliva sempre no canto da boca arruinada. O rosto não cicatrizava, e não seria restaurado. R— chegara a pensar numa possível restauração, mas já desistira. Enquanto banhava Marcus Roper, ela sentia a injustiça da situação. Aquele paciente não deveria ser afastado dela. Se não podia ser curado, deveria ser cuidado, cuidado permanentemente. Por que eles iriam afastar Marcus *dela*? Ela se imaginou implorando e argumentando. Visualizou seu pedido de emprego na clínica rasgado e ridicularizado. Enquanto isso, afagava aquele pênis flácido. Para consolar o homem e se consolar. Pois havia consolo nos prazeres simples e rudes, como o de afagar e banhar o corpo de uma criança. Uma criança toda feita de pele, com pouco cérebro. R— sentiu na pontas dos dedos a circulação do sangue do outro.

– Por favor, me leve com você. Eu quero ir com você, Marcus.

R— ficou desapontada quando as pálpebras machucadas não se ergueram, sequer tremeram. Era a febre destruindo o corpo. A boca fraturada que não podia falar. Como aquilo era exaustivo. A respiração superficial. As contorções e os tremores. O fluido intravenoso que continuava a pingar nas veias murchas, o excremento líquido drenado do corpo para um recipiente plástico embaixo da cama.

– Isto é a nossa vida? Não pode ser nossa vida.

Eles tinham sido destinados para muito mais. Mais vida, felicidade. Era para ter sido, mas não seria. Diziam que ela era uma enfermeira nata. Como se isso fosse o maior elogio, e não uma maldição. Como se fosse uma recomendação, e não chacota. Seus colegas de andar viviam fazendo críticas por ela ser distraída e esquecida. Ela seguia as instruções diligentemente, mas parecia que havia algo errado. O quê?

– Não é problema de ninguém, eu e o Marcus.

R— estava ficando emotiva, pensando nessas coisas. Mas eram fatos, e precisavam ser enfrentados. Como o pai dela: um homem idoso e doente. Mas que talvez ainda vivesse por longo tempo. R— já estava enjoada de ter pena daqueles dois homens alquebrados, que haviam sido tão másculos. Ela estava enjoada de se esforçar para cuidar deles. Estava enjoada de se esforçar para amar os dois.

— Eu odeio isso. Nunca deveria ter escolhido isso. Odeio "enfermagem".

Ela percebeu a futilidade da vida de Marcus Roper. Isso lhe deixou um gosto amargo e negro na boca. A futilidade, o absurdo. Por que Marcus Roper insistia em viver? E por que os outros, como R—, colaboravam com essa loucura? *Dentro do soro intravenoso. Demerol, Anectine?* Ela escolheria Anectine. A substância era rapidamente eliminada da corrente sanguínea. Não seria detectada pelos exames rotineiros, e causaria uma parada cardiopulmonar. A febre seria a culpada. A família Roper não iria querer uma autópsia. R— espionara por muito tempo aquelas pessoas aflitas e exaustas. Entendia que elas quisessem ver o jovem acidentado morto. E talvez ele nem morresse ali no quarto. Provavelmente seria transferido para a UTI em coma profundo. Talvez até fosse ressuscitado, mas acabaria morrendo. O coração e os órgãos exaustos falhariam. R— sentiu alívio ao perceber que já era tempo, e mais do que tempo.

R— terminou o banho de esponja, e estendeu a coberta de volta sobre o corpo febril.

— Sr. Roper! Adeus!

26.

Ela esperava o elevador, controlada e abatida, depois do exaustivo turno da noite. Pensando: *Acho que não sou jovem. Já não sou mais*. Era o fim do verão de 2002. Ou então era outono, ou um inverno prematuro. Logo viriam o solstício de inverno e o ano-novo. *No Reino de Derrame & Tumor/ Nós receitamos Senso de Humor*. Ela sorriu ao pensar que sim, era isso. No princípio, você não quer entender. Quando você é a enfermeira mais jovem na Cidade dos Condenados.

Ela começara a escrever um diário de enfermagem. Suas anotações eram curtas, feitas a tinta, em código. Asteriscos, símbolos, abreviaturas, iniciais. Ela começara logo depois da primeira morte. Embora o paciente não tivesse morrido no atendimento neuropsiquiátrico, e sim na unidade de tratamento intensivo, sob a supervisão das enfermeiras especializadas. Ela nunca mais vira Marcus Roper, depois daquele último banho de esponja. O quarto 1.104 estava ocupado agora por um paciente recém-operado de um tumor no cérebro. Era um homem de meia-idade com um diagnóstico "razoavelmente positivo", dado pelo cirurgião.

R— se sentia, depois do turno da noite, como uma seringa esvaziada. Antevendo uma vida de serviço, de desprendimento. Nenhum outro tipo de vida disponível lhe parecia valer a pena. Ela também previa que logo estaria morando sozinha. Choraria pelo pai, mas abriria mão dele. Precisava ser realista; ele era um homem velho. Seus pulmões iriam falhar. O coração, enfraquecido por anos de fumo. O mal de Parkinson lhe sangraria o cérebro. Ele logo ficaria acamado. Sob os cuidados da filha enfermeira.

R— já não via D— ou qualquer homem. Sentia repulsa ao pensar em casamento: estar com outra pessoa, dormir junto numa cama só. Agora ela sabia demais, já não podia haver romance para o corpo. Tudo isso fora largado para trás com desdém.

Havia, no entanto, momentos alegres na vida de R—. Ela vivia para esses momentos, que não falhavam. Até mesmo na Cidade dos Condenados. Ela sabia que jamais pediria transferência para outro andar. Jamais se candidataria a um emprego em outro hospital. "Este é o meu lugar. Eu sou daqui." Às vezes, tinha a sensação de que fora enfermeira na Cidade dos Condenados a vida toda. Eram lembranças que pareciam um sonho. Ela se interessava muito pelo diário de enfermagem. Aquilo era um arquivo de segredos, para ela mais real do que sua própria vida. No diário ela registrava momentos de êxtase interior, assim como sofrimentos. Milagres, assim como horrores. A promessa de novas internações no andar, por exemplo. Os pacientes com diagnósticos "positivos". Naquela manhã, por exemplo, ela entrara no quarto 1.104 carregando uma bandeja com o desjejum. Seu paciente já estava acordado, ansiando por suco de laranja, caldo de carne e papa de cereal sugado por um canudo. Ele tinha o crânio amassado e lacerado. O couro cabeludo costurado. Seus olhos estavam tão machucados que pareciam de palhaço. Mas ele sorrira para R—. Estava com uma fome voraz.

Era sempre uma emoção ver aquilo: quem mal pode comer, come com apetite.

Esperando o elevador subir até o décimo primeiro andar, R—, que acreditava estar ali sozinha, sentiu a presença de alguém junto ao seu cotovelo. Ela já sentira algumas vezes aquela presença. Pensando calmamente: *Se eu me virar, ninguém estará aqui.* Mas ela se virou e viu um paciente numa cadeira de rodas olhando para ela com um sorriso impudente. Era E—, de noventa anos, um paciente recém-operado de câncer, completamente calvo. Usava óculos grossos, presos na cabeça de casca de ovo por uma tira de elástico. No princípio, R— confundira E— com B—, que já partira da Cidade dos Condenados. Mas E— era diferente. Agressivo. Ousava até puxar o cotovelo de R—. Com uma voz rouca e sibilante que estalava feito papel de embrulho, dizia:

— Enfermeira? Você é a enfermeira? *Minha enfermeira? Enfermeira?*

Nota

Os contos a seguir foram publicados, geralmente em versões um pouco diferentes, nas seguintes revistas:

"Que Deus me Ajude" – *Virginia Quarterly Review*, 2004.

"O Espectro" – *Ellery Queen Mystery Magazine*, 2003.

"Boneca: Um Romance do Mississippi" – *Gettysburg Review*, 2003. Republicado em *The Mammoth Book of Best New Horror*, 2004.

"Fantoches na Avenida" – *Kenyon Review*, 2003.

"A Assombração" – *The Magazine of Fantasy and Science Fiction*, 2003. Republicado em *The Mammoth Book of Best New Horror*, 2004.

"Fome" – *Alfred Hitchcock Mystery Magazine*, 2001.

"Diga que me Perdoa?" – *Ellery Queen Mystery Magazine*, 2001. Republicado em *The World's Finest Mystery and Crime Stories*, vol. 3; e em *Great Mystery Novellas*, 2004.

"Anjo da Ira" – *Ellery Queen Mystery Magazine*, 2003.

"Anjo da Piedade" – *Spook*, 2001.

TÍTULOS DA COLEÇÃO NEGRA:

Noir americano – Uma antologia do crime de Chandler a Tarantino, editado por Peter Haining
Los Angeles – cidade proibida, de James Ellroy
Negro e amargo blues, de James Lee Burke
Sob o sol da Califórnia, de Robert Crais
Bandidos, de Elmore Leonard
Procura-se uma vítima, de Ross Macdonald
Perversão na cidade do jazz, de James Lee Burke
Marcas de nascença, de Sarah Dunant
Noturnos de Hollywood, de James Ellroy
Viúvas, de Ed McBain
Modelo para morrer, de Flávio Moreira da Costa
Violetas de março, de Philip Kerr
O homem sob a terra, de Ross Macdonald
Essa maldita farinha, de Rubens Figueiredo
A forma da água, de Andrea Camilleri
O colecionador de ossos, de Jeffery Deaver
A região submersa, de Tabajara Ruas
O cão de terracota, de Andrea Camilleri
Dália negra, de James Ellroy
Rios vermelhos, de Jean-Christophe Grangé
Beijo, de Ed McBain
O executante, de Rubem Mauro Machado
Sob minha pele, de Sarah Dunant
Jazz branco, de James Ellroy
A maneira negra, de Rafael Cardoso
O ladrão de merendas, de Andrea Camilleri
Cidade corrompida, de Ross Macdonald
Assassino branco, de Philip Kerr
A sombra materna, de Melodie Johnson Howe
A voz do violino, de Andrea Camilleri
As pérolas peregrinas, de Manuel de Lope
A cadeira vazia, de Jeffery Deaver
Os vinhedos de Salomão, de Jonathan Latimer
Uma morte em vermelho, de Walter Mosley
O grande deserto, de James Ellroy
Réquiem alemão, de Philip Kerr
Cadilac K.K.K., de James Lee Burke
Metrópole do medo, de Ed McBain
Um mês com Montalbano, de Andrea Camilleri
A lágrima do diabo, de Jeffery Deaver
Sempre em desvantagem, de Walter Mosley
O coração da floresta, de James Lee Burke
Dois assassinatos em minha vida dupla, de Josef Skvorecky
O vôo das cegonhas, de Jean-Christophe Grangé
6 mil em espécie, de James Ellroy

O vôo dos anjos, de Michael Connelly
Uma pequena morte em Lisboa, de Robert Wilson
Caos total, de Jean-Claude Izzo
Excursão a Tíndari, de Andrea Camilleri
Mistério à americana, organização e prefácio de Donald E. Westlake
Nossa Senhora da Solidão, de Marcela Serrano
Ferrovia do crepúsculo, de James Lee Burke
Sangue na lua, de James Ellroy
A última dança, de Ed McBain
Mistério à americana 2, organização de Lawrence Block
Mais escuro que a noite, de Michael Connelly
Uma volta com o cachorro, de Walter Mosley
O cheiro da noite, de Andrea Camilleri
Tela escura, de Davide Ferrario
Por causa da noite, de James Ellroy
Grana, grana, grana, de Ed McBain
Na companhia de estranhos, de Robert Wilson
Réquiem em Los Angeles, de Robert Crais
O macaco de pedra, de Jeffery Deaver
Alvo virtual, de Denise Danks
O morro do suicídio, de James Ellroy
Sempre caro, de Marcello Fois
Refém, de Robert Crais
O outro mundo, de Marcello Fois
Cidade dos ossos, de Michael Connelly
Mundos sujos, de José Latour
Dissolução, de C.J. Sansom
Chamada perdida, de Michael Connelly
Guinada na vida, de Andrea Camilleri
Sangue do céu, de Marcello Fois
Perto de casa, de Peter Robinson
Luz perdida, de Michael Connelly
Duplo homicídio, de Faye e Jonathan Kellerman
Espinheiro, de Ross Thomas
Correntezas da maldade, de Michael Connelly
Brincando com fogo, de Peter Robinson
Fogo negro, de C. J. Sansom
A lei do cão, de Don Winslow
Mulheres perigosas, organização de Otto Penzler
Camaradas em Miami, de José Latour
O livro do assassino, de Jonathan Kellerman
Morte proibida, de Michael Connelly
A lua de papel, de Andrea Camilleri
Anjos de pedra, de Stuart Archen Cohen
Caso estranho, de Peter Robinson
Um coração frio, de Jonathan Kellerman
O Poeta, de Michael Connelly

Este livro foi composto na
tipologia Goudy, em corpo 11/14, e
impresso em papel off-white 80g/m²,
no Sistema Cameron da Divisão Gráfica
da Distribuidora Record.